이상규 판타지 장편 소설

The Master Of Fate

天運超越者

천운초월자 4

이상규 판타지 장편 소설

초판 1쇄 찍은 날 § 2005년 7월 4일
초판 1쇄 펴낸 날 § 2005년 7월 14일

지은이 § 이상규
펴낸이 § 서경석

편집장 § 문혜영
편집책임 § 최하나
편집 § 김민정

펴낸곳 § 도서출판 청어람
등록번호 § 제1081-1-89호
등록일자 § 1999. 5. 31
어람번호 § 제1-0610호

주소 § 경기도 부천시 원미구 심곡1동 350-1 남성B/D 3F (우) 420-011
전화 § 032-656-4452 팩스 § 032-656-4453
http://www.chungeoram.com
E -mail § eoram99@chollian.net

ⓒ 이상규, 2001

값 8,000원

ISBN 89-5831-610-1 04810
ISBN 89-5505-167-0 (SET)

이상규 판타지 장편 소설

The Master Of Fate

천운초월자

天運超越者

천운초월자 **4** 완 결

도 서 출 판

청어람

목차

4
천운초월자

26장
제1공격

ⅡⅩⅥ 제1공격

　따뜻한 햇살이 창문 베란다를 통해 거실을 환하게 비추는 어느 주말의 오후.

　유명운은 거실 바닥에 드러누워 마나전자를 모으고 있는 유정운을 쳐다보았다. 유정운은 방금 전까지 하늘의 분노 게임 연습을 하다가 뭔가 잘 안 돼서 마법 수련을 하는 중이었다.

　어떤 심리학 관련 책에 학습을 할 때 서로 다른 종류의 학습을 차례로 하는 것이 비슷한 종류의 학습을 차례로 하는 것보다 학습률이 좋다고 나와 있었다. 즉, 한국사를 공부하고 세계사를 공부한 뒤 다시 한국사를 공부하는 것보다, 한국사를 공부하고 수학을 공부한 뒤 다시 한국사를 공부하는 편이 더 학습 능률이 좋다는 것이다. 그것에 입각하여 유정운도 게임을 연습하고 마법 수련을 한 뒤 다시 게임을 하는 패

턴으로 생활을 하고 있었다.

"……."

유명운은 잠시 갈등을 했다. 현재 유정운은 마법보다는 게임 쪽에 더 많은 시간을 투자하고 있었다. 게임 리그라는 눈앞의 목표가 있기 때문에 당연한 것이었다. 반면 마법은 눈에 보이는 목표나 결과물이 없기 때문에 뭔가 죽어라고 매진하기는 힘들다. 그래서 게임 위주로 생활하고 있는 유정운에게 마법만 파라고 할 수는 없었다. 그렇지만 자신이 생각하는 위기가 다가오고 있는 이 상황에서, 유정운이 마법을 소홀히 여기는 것을 원치 않았다.

"정운아, 너 터널링 유도라고 들어봤냐?"

"……?"

대(大) 자로 드러누워 마나전자를 모으고 있던 유정운의 얼굴에 물음표가 떴다. 일단 그렇게 유정운의 관심을 끄는 데 성공한 유명운은 의미심장한 웃음을 지으며 말을 이었다.

"우연적으로 일어나는 마나전자 터널링을 필연적으로 일어나게 만드는 방법이지. 이 천재적인 형님께서 수년간의 노력 끝에 생각해 낸 기발한 이론이란다."

"그런 게 가능해?"

"후후, 물론이지."

유명운은 득의양양한 표정으로 유정운을 내려다보았다. 그리고 여전히 천장을 바라보며 드러누워 있는 유정운을 향해 설명을 계속했다.

"마나전자는 원래 전자적인 성질을 가지고 있기 때문에 기본적으로 마이너스야. 그 말은 곧 플러스에 끌린다는 소리지. 한마디로 전도띠를 플러스 성질로 바꾸거나 원자기띠의 마나전자를 플러스 성질로 바꿔 버리면 마나전자는 반드시 넘어오게 된다는 소리! 어때? 놀랍지?"

"……."

유정운은 여전히 천장을 바라보았다. 하지만 유명운은 그것에 개의치 않고 자신의 생각을 거침없이 말했다.

"마나전자가 터널링해서 넘어오게 되면 보다 많은 마나전자를 사용할 수 있게 되지. 하지만 자신의 밴드 수가 상대보다 적으면 그 마나전자를 전부 수용할 수는 없어. 그렇기 때문에 가상의 전도띠를 생성하면 자신의 밴드 수보다 훨씬 많은 마나전자를 다룰 수 있게 되지. 잘만 하면 10밴드 이상의 마법 사용도 꿈이 아니라고~"

"……."

유명운은 잘난 듯이 말을 했지만 유정운의 표정에는 아무런 변화도 없었다. 그리고 잠시 후, 유정운이 담담한 어조로 질문을 날렸다.

"전도띠나 마나전자를 어떻게 플러스로 바꾸는데? 그리고 가상 전도띠는 무슨 수로 만드는데?"

"그거? 그거야 나도 모르지."

"……."

너무나 당당히 말하는 유명운의 태도에 유정운은 잠시 할 말을 잃었다. 보통 유명운이 모른다고 하는 경우는 별로 없기 때문에 조금은 신선하기도 했다. 하지만 결정적으로 유명운이 어째서 모르는 것을 자신에게 말하고 있는지가 의아했다.

"…원하는 게 뭔데?"

"내가 뭘 원한다고 그래? 그냥 해본 말일 뿐이다."

유정운의 의심스러운 눈초리를 유명운은 은근슬쩍 피했다. 그리고 아무 말도 안 했다는 듯이 TV 시청 모드로 돌입했다. 그것은 유명운이 더 이상 그 화제에 대해 얘기할 것이 없다는 뜻이었기 때문에 유정운도 캐묻는 것을 그만두었다. 하지만 유정운의 머리 속에는 방금 전에 유명운이 한 말이 자신도 모르게 계속 반복되고 있었다.

'터널링 유도…… 가상 전도띠…….'

"……."

유정운이 눈을 감고 생각하는 것을 곁눈질로 확인하며 유명운은 그에게 일말의 희망을 걸었다.

'난 이미 마법의 기본이라는 고정관념에 사로잡혀서 더 이상의 새로운 것을 만들어내지 못하고 있다. 하지만 아직 기본이나 상식을 모르는 정운이는…… 내가 생각할 수 없는 어떤 돌파구를 만들어낼지도 모른다.'

우주 금속이 뭔가 꿍꿍이를 가지고 슬슬 일을 벌이려 한다는 가정 하에 그것을 저지하기 위해서는 유명운에게 도움을 줄 사람이 필요했다. 하지만 다른 어느 누구도 우주 금속의 존재에 대해서 의심을 가지고 있지 않았고, 오히려 우주 금속의 지구 정복설을 주장하는 유명운을 정신 이상자 취급했다. 사실 증거가 없는 것을 주장하고 있으니 당연했다. 그렇지만 우주 금속의 도발을 직접 경험하고 있는 유명운으로서는 그냥 넘길 수가 없었다.

'분명 정운이도 우주 금속에게 어떤 접촉을 당하고 있다. 왜 우주 금속이 우리 형제에게 접촉하는지 알 수 없지만 아무튼 녀석에게 대항하기 위해서는 나뿐만 아니라 정운이도 성장해야 한다.'

그것이 유명운의 논리였다. 그래서 가능하면 유정운에게 많은 것을 알려주려고 노력했다. 다행히 지금까지 유정운은 그의 가르침에 잘 따라왔고, 악운의 징크스를 제외하고는 매우 높은 수준의 마법을 구사할 수 있게 되었다. 그런 유정운을 동료로 삼으면 심적으로 매우 든든할 것이란 생각을 하고 있었던 것이다.

*　　　*　　　*

유정운은 주말을 맞아 약속 장소인 아하 극장으로 향했다. 금요일쯤에 임배희로부터 전화가 왔었고, 전화상으로 마법에 관련된 영화를 한 편 보기로 정했기 때문이다. 평소에 대학 생활로 바쁜 임배희가 모처럼 시간을 낸 것이라 유정운은 아무런 불평도 하지 않고 영화를 보기로 했다.

"안녕하세요."

그때 에메랄드 색 단발머리를 휘날리며 한 소녀가 유정운에게 인사를 건넸다. 여름으로 접어들 무렵이라 비교적 얇은 반팔 티와 허벅지의 절반 정도만 덮는 미니스커트를 입은 소녀. 그녀는 다름 아닌 채영은이었다.

"어, 안녕."

유정운은 담담한 어조로 대답했지만 속으로는 상당히 놀라고 있었다. 부 활동이 끝나고 개인적으로 채영은과 만난 적이 단 한 번도 없어서 언제나 채영은의 교복 차림에만 익숙해 있었는데, 꽤나 신경 쓴 듯한 그녀의 사복 차림을 보니 왠지 그녀를 똑바로 쳐다보기가 힘들었던 것이다.

"배희 언니는 아직 안 왔어요?"

"어. 조금 있으면 오겠지."

채영은의 질문에 대답하면서 유정운은 일부러 시선을 다른 쪽으로 돌렸다. 원래 이번 영화 관람 계획에 채영은을 포함시킬 예정은 없었다. 하지만 임배희로부터 연락이 온 때가 부 활동 시간이었고, 약속을 잡으면서 옆에 있던 채영은이 그 소리를 듣고 자기도 가겠다고 했다. 임배희가 채소은과 친구로 지낼 무렵 채소은의 집에 놀러 가 채영은과 만난 적이 있기 때문에, 임배희는 채영은의 합류를 매우 반겼다. 그렇게 해서 유정운은 임배희, 채영은과 함께 영화를 보게 된 것이다.

"미안. 늦었지?"

그때 흑발의 긴 머리를 휘날리며 임배희가 모습을 나타내었다. 대학 진학 이후에 그녀를 만나는 것은 이번이 처음이기 때문에 유정운은 잠깐 동안 그녀를 살펴보았다. 그동안 임배희의 겉모습은 달라진 게 거의 없었다. 단지 옷을 입는 스타일이 많이 달라졌다. 예전에는 그다지 눈에 띄지 않는 수수한 옷을 즐겨 입었는데, 오늘은 과감하게 미니스커트를 입고 나타났기 때문이다.

'시선 둘 곳이 참 애매하군⋯⋯.'

유정운은 임배희에게도 제대로 시선을 주지 못하고 인사 겸 가볍게 고개만 까딱했다. 임배희나 채영은 모두 얇은 상의에 미니스커트라 온몸의 곡선 라인이 매우 잘 살아나고 있었다. 그래서 유정운은 어느 한 부분에 시선을 고정시키지 못하고 주로 주변으로 시선을 분산시켜야만 했다.

"오랜만이에요, 언니."

"그래. 영은이 예뻐졌네."

채영은과 임배희는 오랜만에 만났기 때문인지 매우 반가운 표정을 지었다. 그도 그럴 것이 채소은이 혼수상태에 빠진 이후 임배희는 채영은과 거의 만나지 못했기 때문이다. 아니, 정확히는 의도적으로 채영은을 만나지 않았다. 그녀를 만나면 채소은이 생각날 수밖에 없으니까.

"이렇게 만나는 거…… 오랜만이네……."

"예……."

앞서 채영은과는 다르게 유정운을 대하는 임배희의 표정에는 긴장하는 기색이 역력했다. 그것은 단순히 오래 보지 못했던 사람을 만나서 생기는 긴장감이 아니었다. 보고 싶은 사람을 만났으나 그 사람이 자신을 어떻게 볼 것인가 하는 걱정에서 우러나오는 긴장감이었던 것이다. 정작 임배희와 유정운은 그런 분위기를 애써 신경 쓰려고 하지 않았지만 제삼자인 채영은은 그것을 너무나 확실하게 느끼고 있었다.

"시간 됐으니까 어서 들어가요."

마치 재촉하듯이 채영은은 임배희와 유정운을 극장 안으로 끌고 갔다. 그대로 두면 하염없이 그 자리에 서 있을 것 같아서였다. 그러나 마음속에서는 왠지 모를 불쾌감이 일어나고 있었다. 그것은 단순히 솔로가 커플에게 품는 살의(殺意)가 아니었다. 임배희와 유정운이 부끄럽다는 듯이 얼굴을 붉히며 얘기하는 모습을 보기 싫다는 정체 모를 감정이었던 것이다.

그렇게 일행은 영화관 안으로 들어가 팝콘 같은 먹을 것을 산 뒤에 예매해 놓았던 자리로 가서 앉았다. 가장 안쪽에는 임배희가 앉았고, 그 다음으로 유정운과 채영은이 순서대로 앉았다. 그 결과 유정운은 양손에 꽃이라는 말처럼 두 미인 가운데에 앉게 되었다.

"정운 선배는 영화관 자주 와요?"

모두 자리에 앉자 채영은이 유정운을 쳐다보며 물었다. 왠지 유정운의 성격상 영화를 자주 볼 것 같지는 않았기 때문이다. 그런 채영은의 예상대로 유정운은 고개를 저었다.

"영화관 온 적 별로 없어. 영화를 즐겨 보는 성격도 아니고."

"그럼 게임밖에 안 하는 거예요?"

"뭐, 그런 셈이지."

유정운과 채영은이 이런저런 얘기를 주고받자 임배희는 유정운의 시선을 자신에게로 돌리고자 그의 손을 잡았다. 그리고는 입을 열어 대화를 시작했다.

"그동안 학교 공부 하느라 마마 홈페이지도 못 만들고 연락도 자주 못했어. 미안해."

"아뇨. 형을 봐도 대학 공부가 만만치 않던데요. 게다가 배희 선배는 장학금 때문에 더 열심히 하잖아요. 시간이 없는 건 당연하죠."

"이해해 줘서 고마워."

임배희는 살짝 미소를 지었다. 이제 그녀의 표정에서는 채소은에 대한 슬픔을 찾아보기 힘들었다. 대신 이상하게 뭔가 불안해하는 듯한 표정을 가끔씩 내비쳤는데 지금 역시 미묘하게나마 그런 표정이었다. 유정운으로서는 왜 그녀가 불안해하는지 알 길이 없어서 조금 답답했다.

"무슨 걱정 있어요?"

"응?"

"왠지 표정이 안 좋아 보여서요."

"아……."

유정운의 물음에 임배희는 쓴웃음을 머금었다.

'너 때문이야, 바보.'

임배희의 입이 그 말을 하려는 듯 잠깐 벌려졌지만 이내 원래의 위치로 돌아갔다. 임배희는 대학에 들어가면 뭔가 새로운 만남도 있고, 여러 가지 사정상 천인 고등학교 졸업 때의 감정이 무뎌질 것이라 생각했다. 그러나 장학금 때문에 공부하느라 바쁘고, 주변에는 마음에 드는 남자도 없을 뿐만 아니라, 마법물리학 강의를 들을 때마다 보는 유명운의 모습이 그녀의 감정을 거의 변하지 않도록 만들었다. 오히려 자주 보지 못하기 때문에 그 감정이 더 커졌다고도 볼 수 있었다.

"그냥 공부해야 한다는 생각 때문에 그래. 장학금 받는 게 쉽지는 않잖아?"

임배희는 유정운의 걱정을 덜어주기 위해 일부러 활짝 웃었다. 확실히 처음 그녀를 만났을 때보다 웃는 횟수가 많아져서 유정운은 나름대로 안심했다. 아무래도 무감정한 표정보다는 웃는 얼굴이 보기에 더 좋기 때문이다.

"영화 시작해요."

그때 두 사람의 대화를 차단하듯이 채영은이 유정운의 손을 잡으며 입을 열었다. 그녀의 말내로 CF가 끝나고 영화가 시작되었기 때문에 임배희와 유정운은 스크린으로 시선을 돌렸다. 하지만 임배희의 손과 채영은의 손은 유정운의 손을 잡은 채였다. 결국 유정운은 양쪽 미인에게 양손을 모두 잡혀서 머리만 움직일 수 있는 상황에 몰리고 말았다.

……

영화가 상영되는 내내 유정운 일행은 집중해서 영화를 보려고 노력했다. 그러나 영화가 모두 끝날 때까지 영화 스토리가 무엇인지 말해볼 수 있는 사람은 세 명 중 아무도 없었다. 두 미인에게 양손을 잡힌 유정운이야 말할 것도 없고, 임배희와 채영은 역시 유정운의 반응을 살피느라 영화 감상에 많은 주의를 기울이지 못했던 것이다. 그렇게 영화가 모두 끝나고 불이 들어오자 사람들은 우르르 영화관을 빠져나가기 시작했다.

"이제 나가죠."

유정운은 자리에서 일어날 심산으로 임배희에게 말을 걸었다. 일단 그녀가 손을 놓아야만 유정운도 운신이 자유로워지기 때문이다. 유정운의 그런 바람대로 임배희는 그의 손을 놓아주었다.

"그래, 나가자."

사람들이 모두 빠져나가기를 기다려 임배희가 먼저 일어났고, 유정운과 채영은이 그 뒤를 따라 일어섰다. 임배희가 가장 안쪽에 앉아 있었기 때문에 채영은이 먼저 움직이고, 그 다음으로 유정운이 빠져나가야 했다. 그런데 막 자리에서 일어난 유정운이 갑자기 행동을 멈추고 영화 스크린을 쳐다보았다. 그것을 이상하게 여긴 임배희가 물음을 던졌다.

"왜 그래?"

"……."

하지만 유정운은 아무런 대답을 하지 않았다. 그저 영화 스크린에 시선을 못 박은 채 움직일 줄을 몰랐다. 중간에 있는 유정운이 움직이지 않아서 임배희는 나가고 싶어도 나가지 못했다. 그러나 그보다 왜 유정운이 그런 행동을 하는지 알 수가 없어서 그것이 걱정이었다.

우우웅―

그때였다. 유정운의 시선이 박혀 있는 스크린에서 이상한 현상이 일어나기 시작했다. 이상한 진동 소리와 함께 스크린이 일그러지기 시작했던 것이다. 그래서 유정운에게 쏠려 있던 임배희와 채영은의 시선도 자연스레 스크린에 꽂혔다.

콰앙―!

"꺄악!"

"으악!"

일그러지던 스크린에서 폭발이 일어나자 막 밖으로 나가려던 사람들이 비명을 내질렀다. 하지만 일부 남아 있는 사람들 중에서 막상 이곳을 빠져나가야 한다는 생각을 하는 사람은 거의 없었다. 그것을 보고 유정운이 크게 소리쳤다.

"어서 나가요! 여긴 위험하다구요!"

"……!"

유정운의 외침을 듣고 나서야 아직까지 남아 있던 사람들이 헐레벌떡 밖으로 뛰어나가갔다. 그러는 동안 스크린은 스멀스멀거리며 어떤 하나의 형체를 형성하기 시작했다. 그것을 경계하며 유정운은 임배희와 채영은을 향해 입을 열었다.

"빨리 나가요. 저 녀석은 일단 제가 어떻게든 할 테니까."

"……."

하지만 임배희나 채영은이나 유정운을 두고 섣불리 나갈 생각을 하지 않았다. 채영은 같은 경우에는 이런 현상을 겪어본 적이 없어서 사실 굉장히 당황하고 있었으나 유정운이 남아 있기 때문에 몸을 피하지 않는 것이었다. 그리고 임배희는 예전에 유정운과 같이 서점에 갔을 때 꿈틀이를 직접 목격한 적이 있었고, 확실하지는 않지만 천인 고등학교 방송실에서도 인간 꿈틀이를 본 적이 있었기 때문에 이런 상황에 어느 정도 익숙했다.

"나도 도와줄게."

"예? 하지만……!"

느닷없는 임배희의 말에 유정운이 크게 놀랐다. 하지만 놀라는 것도 그다지 오래가지 못했다. 스크린에서 형체가 만들어짐과 동시에 전깃불이 모조리 나갔기 때문이다. 순식간에 암흑으로 뒤덮여 버린 영화관 안에서, 출구를 찾아 빠져나간다는 건 그다지 녹록한 일이 아니었다. 그래서 유정운은 임배희와 채영은의 탈출보다는 눈앞에 있는 꿈틀이에게 정신을 집중시켰다.

우우웅—

소리굽쇠에서 나오는 진동처럼 소리가 점차 강해지는 가운데 마침내 스크린으로부터 완전한 형태의 꿈틀이가 완성되었다. 사실 유정운으로서는 꿈틀이가 완성되기 전에 공격을 퍼부을 수도 있었지만 문제는 그렇게 하다가 방송실에서처럼 후폭풍에 휘말려 크게 다칠 가능성도 있었기 때문에 일단 선공격을 자제했다.

"쿠우……."

완전한 사람의 형체를 가진 꿈틀이는 입이라 추정되는 곳에서 미묘한 소리를 발했다. 그것을 보고 임배희는 자신이 방송실에서 보았던 인간 꿈틀이가 진짜였다는 사실을 확신하게 되었다. 하지만 그렇게 사실을 확신했다고 하더라도 지금 이 상황이 두려운 것은 어쩔 수가 없었다.

"저건……!"

"선배? 저게……?!"

꿈틀이의 얼굴을 확인한 임배희와 채영은은 두려움에 진저리를 쳤다. 진저리를 치지 않으면 사람이 아니었다. 꿈틀이의 얼굴 모습은 유정운과 완전히 판박이였으니까.

"히이……."

유정운의 얼굴을 한 꿈틀이는 기분 나쁜 미소를 지었다. 그것을 보고 유정운은 좌석에서 벗어나 통로 쪽에 섰다. 꿈틀이와 싸우기 위해서는 약간이라도 움직임이 자유로운 곳에서 싸워야 하기 때문이다. 그리고 그런 그의 옆에는 임배희와 채영은이 바짝 붙어 있었다.

"지금이라도 늦지 않았으니까 도망쳐요. 안 그러면 저 녀석하고 싸울 수가 없어요."

"하지만……!"

유정운은 임배희와 채영은에게 이 자리를 피할 것을 명령조로 부탁했지만 두 사람은 말을 듣지 않았다. 이미 어느 정도 어둠에 익숙해졌고, 출구 바깥에서 불빛이 흘러들어 와 출구의 위치도 찾기 쉬웠다. 그러나 유정운 혼자 내버려 두고 도망친다는 것은 임배희와 채영은에게 양심의 가책상 불가능했다.

"크크…… 이제 내 의지를 전달할 수 있을 정도로 에너지가 모였다……."

유정운 꿈틀이는 얼굴에 간사한 웃음을 띠었다. 방송실에서의 인간 꿈틀이와는 다르게 의미를 가진 말을 하고 있었다. 그것을 보고 유정운이 유정운 꿈틀이에게 질문을 날렸다.

"넌 누구냐?"

"크크…… 이미 짐작하고 있지 않나?"

유정운 꿈틀이는 더욱 간사하게 웃었다. 자신과 똑같이 생긴 녀석이 기분 나쁘게 웃자 유정운은 눈살을 찌푸렸다. 그렇지만 이번 질문을 통해서 유정운 꿈틀이가 하나의 의지를 가진 존재라는 것을 확신할 수 있었다. 그것은 유정운을 꽤 긴장하게 만들었다.

"왜 내 모습을 하고 있는 거냐?"

"크크…… 재미있어서."

"……."

유정운 꿈틀이는 별 도움 안 되는 대답을 하고 나서 천천히 유정운에게로 걸어갔다. 그것을 보고 유정운은 흠칫하여 뒤로 물러섰다. 유정운 꿈틀이가 움직일 수 있을 것이라고는 생각하지 못했기 때문이다. 방송실에서 제자리에 서 있던 인간 꿈틀이도 상대하기 어려웠는데, 이제는 움직이기까지 하는 녀석과 싸워야 하니 좀처럼 긴장감이 사라지지 않았다. 그러는 와중 유정운 꿈틀이는 천천히 걸어오면서 입을 열었다.

"너희 형제는 꽤나 대단하다. 현 인간들 중에서 가장 무서운 존재들이지.”

“……?”

“거의 직접적으로 끈을 다루고 있어서 나에게도 꽤 부담스럽다. 그래서 너희 형제를 없앨 것이다. 그 첫 번째로 아직 미숙한 네가 타깃이다.”

“……!”

유정운 꿈틀이의 얼굴에 떠오른 사악한 미소를 보고 유정운은 이제 싸울 수밖에 없음을 깨달았다. 그러나 지금 이 자리에서 싸우기에는 임배희와 채영은이 가장 문제였다. 그래서 유정운은 마나전자 들뜸 유도 주문을 외움과 동시에 좌석 사이로 뛰어들었다.

“위대한 마나여! 차가운 얼음의 꽃을 피우라!”

좌석을 매개로 유정운은 유정운 꿈틀이에게 얼음 마법을 사용했다. 좌석에서 주황색의 빛이 흘러나오며 유정운 꿈틀이의 얼굴 부분에 얼음 마법이 걸렸다. 그러나 유정운 꿈틀이는 가볍게 얼음 마법을 방어 마법으로 밀쳐 내었다. 그것도 어느 한 방향으로만 밀쳐 냈기 때문에 예전처럼 얼굴이 얼음에 덮이는 일은 일어나지 않았다. 대신 공처럼 뭉친 얼음이 유정운 꿈틀이의 얼굴 왼쪽에 만들어진 뒤, 땅으로 떨어져 산산이 흩어졌다.

“크크…… 공격의 레퍼토리를 좀 바꿔보지 그래? 언제나 같은 마법만 쓰나?”

유정운 꿈틀이는 유정운에게로 다가오며 씨익 웃었다. 유정운 꿈틀이의 안중에는 임배희나 채영은이 전혀 들어 있는 것 같지 않았다. 그런 확신을 하게 된 유정운은 안심하고 마법을 사용하기로 했다.

"위대한 마나여! 보이지 않는 기운이 모든 것을 억압하리라!"

이번에 사용한 마법은 2밴드의 중력 마법이었다. 일단 자신에게 다가오는 녀석의 얼굴을 보고 싶지 않았기 때문에 중력 마법으로 녀석의 전진을 늦출 생각이었던 것이다. 하지만 이번에도 유정운 꿈틀이는 여유있게 방어 마법으로 중력 마법을 튕겨 버렸다.

콰쾅—

유정운 꿈틀이가 중력 마법을 천장으로 튕겨서 천장에 있던 전구가 중력에 짓눌려 전부 터졌다. 그 상황에서 중력 마법을 계속 유지시킨다는 것은 바보 짓이기 때문에 유정운은 곧바로 중력 마법을 해제했다. 그래서 터진 전구의 조각들이 우수수 바닥으로 떨어지게 되었다.

"크크…… 이제 내 차례다."

음흉하게 웃은 유정운 꿈틀이는 손을 들어 유정운에게로 향했다. 그리고 그와 거의 동시에 그의 손에서 노란색의 빛이 흘러나왔다. 그것을 보고 유정운은 재빨리 그 자리를 피해 몸을 날렸다.

콰앙!

유정운이 있던 자리에서 비교적 큰 폭발이 일어났다. 그것은 유정운 꿈틀이가 폭발 마법을 사용했다는 증거였다. 그리고 방송실에서의 인간 꿈틀이처럼 유정운 꿈틀이도 아무런 주문 없이 마법을 사용할 수 있음을 유정운은 확인하게 되었다.

"크크…… 역시 몸이 꽤 날렵하군."

유정운 꿈틀이는 유정운을 칭찬하는 듯이 말했다. 그러나 유정운은 그것이 칭찬하려는 의도가 아님을 알고 있었다. 다음에 이어질 공격은 유정운의 움직임을 예상해서 마법을 사용할 것이 분명했기 때문이다.

'피할 것인가 맞받아칠 것인가!'

스윽—

유정운이 다음 행동에 대해 갈등을 하는 동안 유정운 꿈틀이의 손이 다시 유정운에게로 향했다. 그러나 곧바로 마법을 쓰지는 않았다. 뭔가 이상한 낌새를 눈치채고 임배희와 채영은이 있는 쪽으로 고개를 돌렸던 것이다.

"크크…… 네놈들 아직도 있었나?"

"위대한 마나여, 그대 뜨거운 입김으로 모든 것을 불태우리라!"

바로 그 순간 임배희가 점화 마법을 발동했다. 하지만 2밴드의 미미한 마법이라 그 마법 자체로는 유정운 꿈틀이에게 벼룩 발톱의 때만큼도 타격을 줄 수 없었다. 예상대로 유정운 꿈틀이는 임배희의 공격 마법을 가볍게 방어 마법으로 쳐냈고, 그 결과 불은 맞은편 좌석에서 붙게 되었다.

"아……!"

자신의 마법이 전혀 통하지 않은 것을 보고 임배희의 눈빛이 크게 흔들렸다. 예전에 방송실에서 인간 꿈틀이를 봤을 때 아무것도 하지 못하고 기절해 버린 일이 지금도 재현될 것 같은 느낌이 들었던 것이다. 사실 뭔가를 파괴하기 위해 마법을 사용해 본 적이 전혀 없는 임배희이기 때문에 이 상황에서 그녀가 유정운 꿈틀이를 없앤다는 것은 기적에 가까웠다.

"위대한 마나여! 그대의 강렬하고 뜨거운 분노가 하늘을 두렵게 하리라!"

"······!"

유정운 꿈틀이의 시선이 임배희에게 가 있는 동안 유정운은 주문을 완성했다. 평소대로 유정운 꿈틀이와 대치 상황에서 마법을 사용하면 유정운 꿈틀이가 방어 마법으로 튕겨 버리기 때문에, 임배희에게 방어 마법을 사용한 직후 공격하기로 결심한 것이다. 그것은 매우 유효해서 유정운 꿈틀이에게 방어 마법을 사용할 시간을 주지 않았다.

콰앙—!

4밴드에 해당하는 강력한 폭발 마법이 유정운 꿈틀이에게서 일어났다. 물론 폭발이 일어나는 범위를 정신을 집중하여 최소화시켰기 때문에 전처럼 후폭풍에 부상을 입는 사태는 일어나지 않았다. 하지만 유정운 꿈틀이에게는 상당한 데미지가 들어갔다.

"크으······."

오른쪽 팔다리를 비롯한 오른쪽의 몸 자체가 폭발 마법에 의해 날아가 버린 유정운 꿈틀이는 신음 비슷한 소리를 냈다. 절반의 몸을 가지고도 제대로 서 있는 것에 경의를 표하며 유정운은 재차 마법을 사용하기 위해 일단 마나전자 생성 주문을 외웠다. 녀석이 바로 반격을 할 수도 있는 상황이었지만 그렇다고 마나전자가 바닥난 상태에서 마법을 사용할 수는 없기 때문에 일단 무조건 마나전자를 만들고 보자는 생각이었던 것이다. 사실 유정운 꿈틀이에게 심각한 타격을 주었으니 약간의 시간은 벌었다는 생각도 들었다. 그러나,

"쿠아아악—!"

갑자기 유정운 꿈틀이의 입에서 괴성이 터져 나왔다. 그리고 거의

그와 동시에 유정운 꿈틀이의 몸에서 노란색의 빛이 뿜어져 나왔다. 그것은 유정운 꿈틀이가 마법을 사용했다는 증거였기 때문에 유정운은 서둘러 임배희와 채영은에게 경고를 했다.

"피해요!"

"……!"

그 말이 떨어지기가 무섭게 유정운 꿈틀이의 주변에서 강력한 바람이 일어나기 시작했다. 그 바람은 마치 칼날처럼 사방으로 퍼져 나갔고 어떤 부분에서는 강력하게, 어떤 부분에서는 조금 약하게 피해를 주었다.

콰앙!

"꺄악!"

"하윽!"

스크린이 터지는 소리와 함께 임배희와 채영은의 입에서도 비명 소리가 터져 나왔다. 사방으로 뻗어나갔던 바람칼날에 몸이 다치지 않는다는 건 사실 불가능했다. 미리 유정운 꿈틀이의 공격을 예상하고 좌석 쪽으로 몸을 피한 유정운조차 팔다리에 약간의 상처를 입을 정도였으니 전혀 예상하지 못하고 있던 임배희와 채영은은 큰 부상을 입을 수밖에 없었던 것이다.

"배희 선배! 영은아!"

임배희와 채영은의 비명 소리를 듣고 크게 놀란 유정운이 몸을 일으켜 그녀들을 찾았다. 그러나 지금 유정운이 서 있는 자리에서는 그녀들의 모습이 보이지 않았기 때문에 유정운은 서둘러 그녀들이 서 있던 자리로 달려갔다. 다행히 강력한 마법을 사용한 직후라 그런지, 원래 큰 데미지를 입었다가 반사적으로 나온 공격이라 그런지, 확실치 않지만, 유정운 꿈틀이가 제2차 공격을 하지는 않았기 때문에 유정운은 아무런 방해도 받지 않고 임배희와 채영은이 있는 자리까지 도착할 수 있었다.

"……!"

도착한 순간 유정운의 눈이 부릅떠졌다. 가장 먼저 보인 광경이 너무나 끔찍했기 때문이다. 온몸을 새빨간 피로 물들인 임배희와 채영은이 차가운 바닥에 누워 있었던 것이다. 바람칼날이 날아올 때 반사적으로 팔을 들어 얼굴을 가린 탓인지 얼굴 쪽에는 약간 긁힌 정도의 상처밖에 없었으나 팔과 다리, 그리고 허리 쪽에 바람칼날이 스치고 지나간 흔적이 역력했다. 특히 채영은의 경우에는 왼쪽 팔의 뼈가 드러나 보일 정도로 심각한 중상을 입은 상태였다.

"크윽……!"

선혈이 낭자한 임배희와 채영은의 모습을 보며 유정운은 입술을 질끈 깨물었다. 그녀들의 모습이 자꾸 채소은의 영상과 겹쳐서 유정운의 심리를 거세게 흔들었다. 그의 머리 속에는 분노와 보복이라는 글자가 선명히 떠오르고 있었다.

"이 자식!!"

유정운은 포효하며 유정운 꿈틀이에게로 돌아섰다. 유정운 꿈틀이는 반만 남은 몸으로 비틀비틀거리고 있었다. 반사적인 마법의 사용 탓에 유정운 꿈틀이의 상태는 반격 불가능이었다.

우웅—

유정운이 공격을 하려고 마음먹은 순간, 갑자기 그의 귀에서 기이한 울림이 일어났다. 그 울림은 그의 머리를 지배했고, 그의 몸을 지배했다. 무엇인가가 붕 뜬 듯한 느낌을 받으며 유정운은 유명운이 했던 말들을 떠올렸다.

「우연적으로 일어나는 마나전자 터널링을 필연적으로 바꾸는 방법이지.」
「가상의 전도띠를 생성하면 자신의 밴드 수보다 훨씬 많은 마나전자를 다룰 수 있게 되지.」

"……."
머리 속의 울림을 따라 유정운은 마나전자와 밴드를 제어했다. 그러자 일순간에 마이너스 성질이었던 마나전자와 밴드가 플러스 성질로 바뀌었고, 그에 따라 가까이에 있던 임배희와 채영은의 마나전자가 유정운 쪽으로 끌려오듯 넘어왔다. 그녀들이 가지고 있던 마나전자가 모조리 넘어온 탓에 유정운의 전도띠는 그 마나전자들을 모두 수용할 수가 없었다. 하지만 곧바로 전도띠 위에 다시 전도띠가 새로 만들어져 용량 이상의 마나전자를 수용하게 되었다. 그렇게 마나전자가 모두 터널링되자 유정운은 마나전자와 밴드의 성질을 다시 마이너스로 바꾸고 마나전자가 전도띠와 가상 전도띠를 돌도록 만들었다.
"넌…… 이제 끝이다."
유정운은 유정운 꿈틀이에게 싸늘한 한마디를 날린 뒤 곧바로 마법 주문을 외웠다.
"위대한 마나여, 그대의 보이지 않는 뜨거운 열정이 이 땅의 모든 것을 무로 되돌리리라."

유정운의 주문 영창은 단 한 번이었다. 하지만 그 단 한 번의 주문 영창만으로 유정운은 분열 마법을 완성할 수 있었다. 최소 5밴드 이상의 마나전자가 있어야 실현 가능하다는 분열 마법. 그 마법이 지금 5밴드밖에 안 되는 유정운에게서 실현되려 하고 있었다.

번쩍—

새벽녘을 연상시키는 푸르스름한 빛이 영화관 내부를 완전히 뒤덮었다. 만약 임배희나 채영은이 부상 때문에 정신을 잃지 않고 이 광경을 봤다면 필시 경악했을 것이다. 매개체에서 나오는 파란 빛. 이것은 지금 유정운이 6밴드의 마법을 사용하고 있다는 뜻이었으니까.

"크아아악—!"

방어 마법을 자유자재로 사용할 수 있는 유정운 꿈틀이조차 6밴드의 분열 마법을 튕겨내지 못했다. 그 결과 분열 마법으로 인한 엄청난 양의 에너지 유입으로 유정운 꿈틀이의 몸을 이루고 있던 분자들의 결합이 끊어지며 단순한 기체 상태로 돌아갔다. 말 그대로 유정운 꿈틀이의 몸이 분열하여 아무것도 남기지 않고 사라져 버린 것이다.

"후우……."

유정운 꿈틀이를 무(無)로 되돌린 유정운은 극도의 정신력 소모 때문에 잠시 심호흡을 크게 했다. 언젠가 꿈틀이와 싸워야 할 때를 대비해서 외워두었던 분열 마법을, 아직 6밴드도 만들지 못한 지금 상황에서 사용했다는 것에 유정운 스스로도 상당히 놀라고 있었다. 그것도 유명운이 한 번 말해 줬을 뿐인 마나전자 터널링 강제 유도와 가상 밴드 형성을 자신도 모르게 성공했다는 것이 놀라웠다.

'뭔가…… 알 것 같다……'

유정운은 자신의 마나 밴드에 일어난 변화를 다시 한 번 자각하면서 분열 마법을 사용하기 전까지의 기억을 떠올렸다. 그렇게 자신도 모르게 기억을 더듬어 나가던 유정운의 귀로 매우 익숙한 소리가 들려왔다.

"저…… 정운…… 아……."

"……!"

평소라면 무시했을 소리였으나 유정운은 그것을 듣고 정신을 번쩍 차렸다. 지금 느긋하게 마법 사용한 걸 되짚으면서 공부나 할 때가 아니라는 것을 깨달았기 때문이다. 큰 부상을 입은 임배희와 채영은이 방치된 채로 있는 것이다.

"배희 선배! 영은아!"

유정운은 바닥에 쓰러진 임배희와 채영은에게 뛰어가서 그녀들의 이름을 불렀다. 하지만 둘 다 대답하지 못하고 신음만 내질렀다. 신음을 낸다는 것은 아직 정신이 있다는 것이기 때문에 유정운은 즉각 핸드폰을 꺼내 들고 119에 연락을 했다.

《119구조대 상황실입니다. 무슨 일이십니까?》

"여기 아하 극장인데 지금 부상자가 있어요! 피를 많이 흘리고 있어요!"

《가해자가 지금 있습니까?》

"아니요. 그래도 칼 같은 것에 베인 상처가 깊어서 출혈이 많아요!"

《알겠습니다. 지금 곧 구급차를 보내겠습니다. 위치 추적을 위해 핸드폰은 통화 상태로 두시기 바랍니다.》

119 안내원의 지시대로 핸드폰을 끄지 않은 유정운은 피를 흘리는 임배희와 채영은을 보고 가만있을 수가 없었다. 그래서 지혈을 위해 입고 있던 셔츠를 벗어 찢으려고 했다. 그러나 불행히도 좋은 재질로 만들어진 옷이라 칼이 없어서는 완력만으로 옷을 찢는다는 것은 불가능했다.

"망할! 위대한 마나여! 들떠라!"

임배희와 채영은의 마나전자를 빌려서 6밴드의 분열 마법을 사용한 관계로 유정운에게는 아직 남아 있는 마나전자가 있었다. 일단 극히 짧은 주문으로 마나전자를 들뜨게 한 뒤 그대로 돌풍 마법 주문을 외웠다.

"위대한 마나여! 날카로운 손길로 모든 것을 베어라!"

돌풍 마법 역시 약식 주문으로 해결한 유정운은 연속된 정신력 소모로 인해 머리가 아픈 상황에서 돌풍 마법으로 자신의 셔츠를 두 쪽으로 잘라 버렸다. 그리고 가장 출혈이 심한 부위를 찢어진 셔츠로 묶었다. 일단 그렇게 응급조치를 취한 후에 제2차 응급조치를 시작했다.

"위대한 마나여, 그대 따스한 손으로 평온과 안식을 내리라."

유정운은 남은 마나전자를 쥐어짜 내어 치료 마법을 사용했다. 머리가 깨질 듯이 아파서 약식 주문을 사용하지 못하고 정식 주문으로 마법을 사용해야만 했다. 그렇지만 어떻게 해서든 임배희와 채영은의 고통을 덜어주어야 한다는 생각에 두통 따위는 신경 쓰지 않았다.

삐이삐이—

시간이 어느 정도 흐른 뒤 디지털 사이렌 소리와 함께 119 구급대원들이 모습을 드러내었다. 그들은 테러 가능성을 염두에 두고 경찰과 함께 영화관으로 진입했지만 안에는 경찰이 활약할 만한 일이 없어서 119 대원들만이 활동을 시작했다.

"저기 사람이 쓰러져 있다!"

"어서 들것을!"

영화관 바닥에 쓰러져 있는 임배희와 채영은을 발견하고 119 대원들은 들것으로 그녀들을 옮기기 시작했다. 그리고 옆에 무릎 꿇듯이 앉아 있는 유정운에게도 말을 걸었다.

"너도 다쳤으니 구급차에 어서…… 어이!"

119 대원이 말을 걸기 무섭게 유정운의 몸은 맨바닥에 쓰러졌다. 임배희와 채영은이 구조되는 것을 확인하자마자 긴장이 풀리면서 정신을 잃어버린 것이다. 유정운이 기절한 모습을 보고 119 대원은 많이 당황했으나 생명에는 지장이 없어 보여 일단 자신이 그를 들쳐 업고 구급차에 올라탔다.

*   *   *

"명운 씨, 늦어서 미안해요."

약속 시간보다 5분 정도 늦게 도착한 남궁소진이 미안한 표정을 지으며 유명운에게 다가왔다. 요즘 들어 우주 금속 연구 때문에 시간 내기 어려운 유명운이 모처럼 함께 쇼핑하자고 제안한 것이라 남궁소진으로서는 스스로 5분을 낭비했다는 생각에 한숨을 내쉬었다. 그러나 유명운은 그녀의 어깨를 토닥이며 밝게 웃었다.

"늦을 수도 있는데 뭘 그래? 어서 쇼핑하러 가자구."

"네."

유명운과 남궁소진은 서로 팔짱을 낀 채 백화점 안으로 들어갔다. 휴일이라 그런지 백화점 안에는 쇼핑하러 온 사람들로 바글바글했다. 하지만 둘만의 세계에 빠진 유명운과 남궁소진에게 그 정도의 인파는 아무것도 아니었다.

"명운 씨, 이거 어때요?"

백화점 여기저기를 둘러보는 도중 남궁소진이 어떤 옷을 들고 유명운에게 다가왔다. 그녀가 고른 옷은 길이가 매우 짧은 미니스커트였다. 지금 남궁소진이 입고 있는, 무릎 위까지만 오는 일반적인 길이의 치마와 비교하니 더욱 짧게 느껴졌다.

"아니, 그렇게 짧은 걸 굳이 입을 필요는 없잖아? 지금도 충분히 괜찮은데 뭐."

말은 그렇게 했지만 유명운의 속마음은 두 가지 문제로 갈등을 일으키고 있었다. 미니스커트를 입은 남궁소진의 모습을 보고 싶은 것과 그런 남궁소진을 다른 남자들에게 보여주고 싶지 않다는 것이 갈등의 주 내용이었다. 남궁소진은 복잡 미묘한 표정을 짓고 있는 유명운을 보며 살짝 웃었다.

"사실 미니스커트는 부담스러워서 못 입겠어요. 그런데 이런 거 입고 다니는 여자들 보면 예뻐 보여서 부럽기도 하고……."

"뭐…… 그렇긴 그렇지만……."

남궁소진과 유명운 둘 다 이렇다 할 결정을 하지 못하는 사이, 다른 손님을 상대하고 있던 백화점 직원이 유명운 커플에게 마수를 뻗치려고 다가왔다. 하지만 백화점 직원이 말을 붙이려고 할 때 유명운의 표정이 갑자기 바뀌었다.

'이 느낌은……!'

온몸에서 느껴지는 미묘한 진동. 그것은 지금껏 유명운이 몇 번인가 경험한 적이 있는 느낌이었다.

'놈이다!'

그런 생각이 들자마자 유명운의 눈매가 날카롭게 변했다. 갑자기 굳은 표정을 지은 유명운을 보고 남궁소진이 놀라서 뭐라고 말하기도 전에 백화점 한쪽 구석에서 비명 소리가 터져 나왔다.

"까악!"

"으악!"

남자 여자 가릴 것 없이 공포에 질린 비명 소리가 백화점 내부를 뒤흔들었다. 그리고 그와 동시에 많은 사람들이 백화점을 빠져나가기 위해 엘리베이터와 계단으로 몰려들었다. 그러나 백화점에 있던 사람들 수가 워낙 많다 보니 서로 부대끼기만 할 뿐 신속한 이동은 불가능했다.

우우웅—

콰앙!

메스껍게 느껴질 정도의 진동과 함께 백화점 안에 있던 전등과 기계들이 일제히 터져 나가기 시작했다. 유명운은 그 자리에 선 채 폭발이 일어난 쪽을 바라보았다. 그런 그의 옆에는 남궁소진이 바짝 붙어 있었다.

"소진이는 사람들 따라 밖으로 나가 있어."

"명운 씨는요?"

"난 할 일이 있어."

"그럼 저도 있을래요."

유명운은 남궁소진을 밖으로 나가게 하려고 했으나 그녀는 그의 말을 듣지 않았다. 이미 남궁소진은 예전에 극장에서 유명운과 함께 이상한 사건에 휘말린 적이 있었기 때문에 지금도 그때와 마찬가지 사건이 일어나고 있음을 직감할 수 있었다. 그래서인지 그녀는 약간의 긴장만을 할 뿐 당황함을 보이지 않았다.

"크크크……."

듣기 거북한 웃음소리가 울려 퍼지며 인간이라 부를 수 없는 존재가 유명운 커플 앞에 모습을 드러내었다. 몸 전체가 아메바처럼 흐물거리지만 외관상의 형태는 완벽한 인간인 존재. 그것은 유정운의 모습을 한 인간 꿈틀이였다.

"크크…… 이런 곳에 있으면 내가 찾아가기 조금 번거롭잖나……크크……."

유정운 꿈틀이는 기분 나쁜 미소를 지으며 유명운을 쳐다보았다. 유명운과 남궁소진은 인간 꿈틀이가 유정운의 모습을 하고 있는 것에 경악했다.

"너…… 정운이에게 무슨 짓 했냐………?"

유명운의 어투는 매우 차가웠다. 일단 꿈틀이를 만난 것도 기분 나쁜데, 녀석이 유정운의 모습을 하고 있으니 도저히 부드러운 말투를 사용할 수가 없었던 것이다. 그런 유명운의 모습을 보고 유정운 꿈틀이는 씨익 하고 웃었다.

"유정운…… 생각보다 강하더군…… 없애러 갔다가 도리어 내가 당했지……."

"……!"

"그래서 이번엔 널 없애려고 왔다…… 방해하는 녀석이 있는 건 재미 삼아 즐길 수 있는데…… 그게 두 녀석이면 조금 골치 아프거든……."

유정운 꿈틀이의 표정이 사악하게 변함과 동시에 그의 손이 유명운을 향해 들려졌다. 그것을 보고 유명운은 미리 들뜨게 만들어놓았던 마나전자를 이용해 마법을 펼쳤다.

"바람의 이동!"

콰앙!

유명운의 손에 들린 핸드폰에서 노란색의 빛이 흘러나왔고, 바람 이동 마법에 의해 유명운과 남궁소진은 오른쪽으로 빠르게 이동했다. 그리고 유명운 커플이 서 있었던 자리에서 거대한 폭발이 일어났다. 그것은 물론 유정운 꿈틀이가 폭발 마법을 사용했기 때문이다.

"진공 돌풍!"

휘이잉—

유정운 꿈틀이의 공격을 피하자마자 유명운은 4밴드에 해당하는 진공 돌풍 마법을 사용했다. 예전에 실험실에서 우주 금속을 공격했을 때는 6밴드나 되는 마나전자를 사용해서 진공 돌풍 마법을 구현했으나 지금은 바람 이동 마법을 쓴 상태라서 일단 견제 차원으로 적은 수의 마나전자를 사용한 것이었다.

파파팍—

"……!"

견제용으로 사용한 진공 돌풍 마법이었으나 유정운 꿈틀이는 가볍게 그 마법 공격을 튕겨내었다. 그래서 유명운은 흠칫했다. 4밴드의 마법을 튕겨냈다는 것은 5밴드 이상의 마법으로 공격할 수밖에 없음을 뜻하기 때문이었다.

"크크…… 그런 잔재주는 안 통해……."

유정운 꿈틀이는 기분 나쁜 웃음소리를 흘렸다. 그리고는 재차 유명운에게 공격을 가하려고 손을 들었다. 그러다가 유명운 옆에서 두려움에 몸을 떨고 있는 남궁소진을 발견했다.

"네놈 옆에 있는 인간…… 의외로군……."

"……?"

유정운 꿈틀이가 한 말의 의도를 파악하지 못한 유명운은 긴장을 늦추지 않은 채 의문스러운 표정을 떠올렸다. 그리고 느닷없이 지목을 당한 남궁소진도 긴장하며 유명운에게 더욱 달라붙었다. 그런 모습을 보며 유정운 꿈틀이는 더욱 기분 나쁜 웃음소리를 내었다.

"크크…… 그 인간 여자…… 아주 마음에 들어……."

"……!"

유명운은 흠칫했다. 일단 유정운 꿈틀이가 관심을 남궁소진에게 돌렸다는 것이 기분 나빴고, 그 말의 내용이 더욱 기분 나빴다. 왠지 유정운 꿈틀이가 남궁소진에게 흑심을 품으려 한다는 생각이 들었기 때문이다. 하지만 유정운 꿈틀이는 그럴 생각이 없어 보였다.

"크크······ 난 인간이 아니기 때문에 성욕 따위는 없다······ 남아 있는 감정이란 것은 오직 즐거움뿐······."

"······?"

"그 여자······ 내 즐거움을 위해서 나중에 써먹을 가치가 있겠어······ 크크······."

"이 자식!"

유정운 꿈틀이가 남궁소진을 어떻게 써먹을 것인지 예상할 수 없었지만 그녀를 도구로 이용하려는 생각을 확인하자마자 유명운은 호통을 내지르며 유정운 꿈틀이를 향해 공격 마법을 사용했다. 일종의 기습 공격이라 강력한 마법을 사용할 수는 없었지만, 우선적으로 유정운 꿈틀이의 관심을 남궁소진에게서 자신으로 돌리려는 의도가 묻어 있는 공격이었다.

"폭발!"

콰앙!

3밴드의 폭발 마법을 사용했으나 유정운 꿈틀이의 자동 방어에 의해 마법이 튕겨져 나가며 백화점 천장을 박살 내었다. 연속되는 마법 공격으로 인해 대부분의 마나전자를 소모한 유명운은 다시 마나전자를 모으기 시작했고, 유정운 꿈틀이는 유명운을 보며 입을 열었다.

"내 즐거움을 위해 너희 형제 중 한 명은 사라져 줘야겠다······ 둘 다 상대하려면 귀찮으니까 말이야······."

스윽—

유정운 꿈틀이의 손이 들림과 동시에 유명운은 남궁소진을 안고 몸을 날렸다. 그러나 그것을 마치 예상이라도 했듯이 유명운의 진행 방향 쪽으로 유정운 꿈틀이의 마법이 작렬했다.

콰앙!

"큭!"

"악!"

두 마디의 비명 소리와 함께 유명운과 남궁소진은 유정운 꿈틀이의 폭발 마법에 휘말려 1미터 정도 날아갔다. 다행히 공격이 빗나갔기 때문에 그 정도로 끝난 거지 제대로 맞았으면 200퍼센트의 확률로 이승을 떠났을 것이다.

"소진아……!"

폭발에 휘말렸다는 생각이 들자마자 유명운은 남궁소진이 날아간 방향으로 눈을 돌렸다. 단순히 폭발에 휘말린 정도라 특별한 외상은 없었지만 날아가다 어디에 부딪친 것인지 남궁소진은 차가운 백화점 바닥에 쓰러져 정신을 잃은 상태였다. 그것을 보고 유명운의 이성이 180도로 회전해 버렸다.

"너 이 자식…… 오늘 곱게 돌아갈 생각 하지 마라."

"크크…… 재미있군…… 할 수 있으면 해보시지?"

유정운 꿈틀이는 비아냥거리며 재차 마법을 쓰려고 손을 들었다. 그러나 유명운은 그 자리를 피하며 마나전자를 모아나갔다. 일단 마나전자 모으는 데 시간이 조금 걸리기 때문에 유정운 꿈틀이의 공격을 당분간 고스란히 맞을 수밖에 없었다. 그것을 눈치채고 유정운 꿈틀이는 기분 나쁜 미소를 지었다.

"잘 가라…… 크크……."

콰앙!

유명운의 예상 이동 경로에 폭발 마법을 사용한 유정운 꿈틀이는 폭발에 휘말려 뒤로 밀려나는 유명운의 모습을 확인하고 기분 좋은 듯이 웃었다. 이제 자신의 신경을 건드리던 형제 중 한 명을 제거할 수 있다는 생각에 즐거워진 것이었다. 그러나 그것은 유정운 꿈틀이만의 착각이었다.

"부분 폭발! 부분 폭발!"

콰앙!

아직 6밴드의 마나전자를 모두 모으지는 못했지만 유명운은 곧바로 4밴드의 폭발 마법을 두 번 연속해서 사용했다. 정확히는 일부분에 타격을 가하는 부분 폭발 마법이었는데, 그것을 거의 시간 차 없이 사용한 결과 유정운 꿈틀이는 자동 방어를 했음에도 불구하고 두 번째로 발동된 부분 폭발 마법을 직격으로 맞게 되었다.

"크악!"

머리 쪽이 날아가 버린 유정운 꿈틀이는 괴로운지 괴성을 지르며 온몸을 뒤틀었다. 유명운은 순간적으로 머리가 날아간 녀석이 어떻게 비명을 지를 수 있나라는 생각을 했으나 2차 공격을 가하기 위해 정신을 집중했다.

"마나전자 획득…… 그리고 폭발!"

콰앙!

잠시 동안 마나전자를 모으던 유명운은 3밴드에 해당하는 폭발 마법을 사용했다. 아까 전의 공격에 제대로 타격을 받은 유정운 꿈틀이는 유명운의 2차 공격을 전혀 방어하지 못했고, 그 결과 유정운 꿈틀이의 몸은 3밴드 폭발 마법에 의해 산산이 분해되고 말았다.

"후우……."

털썩—

한순간에 집중을 과도하게 해서인지 긴장이 풀리자마자 유명운은 바닥에 무릎을 꿇었다. 그렇지만 남궁소진의 안위가 걱정되었기 때문에 잠깐의 휴식 뒤 곧바로 남궁소진에게로 달려갔다. 남궁소진은 아직도 정신을 잃은 상태였으나 숨은 확실히 쉬고 있는 걸로 봐서 단순한 기절로 보였다.

"소진아! 소진아! 정신 차려!"

유명운은 남궁소진을 흔들며 그녀를 깨우려고 했다. 단순한 기절 상태라고 해도 일단 그녀를 깨워서 몸의 이상 유무를 확인해야 하기 때문이었다. 다행히 남궁소진은 얼마 안 있어 눈을 떴다.

"명운…… 씨……."

"다행이다. 어디 다친 데는 없어?"

"아…… 없는 것 같아요."

정신을 차린 남궁소진은 자신의 몸을 이리저리 둘러보았으나 별다른 외상도 없고 통증도 없다는 것을 알았다. 그래서 웃는 얼굴로 유명운의 물음에 답할 수 있었다.

"그런데…… 그 정운이처럼 생긴 괴물은…… 어떻게 됐어요?"

여기저기 폭발 흔적이 남아 있는 것을 보며 남궁소진은 불안한 듯 물었다. 유명운은 그런 그녀를 살짝 껴안으며 입을 열었다.

"내가 혼을 내줬어. 당분간은 안 나타날 거야."

'당분간…….'

남궁소진은 속으로 그 말을 되뇌었다. 이번을 포함해 꿈틀이와 두 번 정도 상봉한 그녀로서는 걱정이 들 수밖에 없었다. 점점 꿈틀이가 강해지고 있다는 느낌이 들었기 때문이다. 그리고 유명운을 위해 자신이 할 수 있는 일이 아무것도 없다는 것 역시 가장 큰 걱정거리였다.

27장
방문자

ⅡⅩⅦ 방문자

영화관에서의 폭발이 있은 후 임배희와 채영은은 전치 4주의 진단을 받았고, 유정운은 1주일 정도 병원 신세를 져야 했다. 장학금을 노리고 있었던 임배희는 4주 동안 학교를 갈 수 없어서 학점 관리에 비상등이 켜졌고, 채영은 역시 학업에 소홀할 수밖에 없었다. 반면 공부에는 별 관심이 없으나 이번에 하늘의 분노 리그에 참가할 생각이었던 유정운은 그 생각을 완전히 접어야 했다.

"이제 괜찮냐?"

병문안을 온 유명운이 병원 침대에 앉아 있는 유정운에게 말을 걸었다. 유정운은 잠시 병원 창문을 통해 밖에 있는 환자들을 바라보다가 입을 열었다.

"잃은 게 너무 많아. 배희 선배도, 영은이도, 나도."

"……."

유명운은 아무런 말도 할 수 없었다. 유정운의 말대로 이번 꿈틀이와의 전투로 인해 그들이 진행하던 많은 것이 물거품이 되었다. 가뜩이나 게임 감각이 간당간당한 유정운에게 1주일 동안 완전히 게임에 손을 놓으라는 것은 게임을 포기하라는 것이나 다름없었다. 유정운이 1주일 쉬는 동안 다른 프로 게이머들은 죽어라고 연습하고 있는데, 아무리 게임의 천재라도 그런 그들을 따라잡는 건 불가능하기 때문이었다.

"…형."

"응?"

가만히 창밖을 바라보던 유정운이 고개도 돌리지 않고 유명운을 불렀다.

"녀석은…… 무슨 목적으로 우리를 공격하는 거지?"

"글쎄……."

"녀석이 우리만 공격하는 건 확실하지?"

"그래. 녀석은 여태까지 우리 외에는 형체를 가지고 공격을 한 적이 단 한 번도 없어. 확실히 녀석은 의지를 가지고 있고, 녀석의 목적은 우리야."

유명운의 말을 들으며 유정운은 고개를 유명운 쪽으로 돌렸다.

"나…… 녀석을 없앨 때까지 마법에만 전념할 거야. 녀석이 있는 한 내가 하고 싶은 일을 할 수 없으니까."

"그래."

유정운의 눈에서 강한 결의를 확인한 유명운은 약간 안타까운 듯이 고개를 끄덕였다. 가능하면 자신의 손에서 이 사건을 해결하고 싶었지만 상대는 자신의 예상보다 훨씬 강했다. 만약 온전히 모습을 드러낸 우주 금속을 상대로 하려면 유정운의 힘이 절대적으로 필요했던 것이다.

"그런데 녀석에게 이길 승산은 있는 거냐?"

"있어. 이번 전투로 뭔가 깨달은 게 있어. 그걸 조금 더 갈고닦으면…… 녀석을 확실하게 없앨 수 있어."

"……."

유명운은 아무 말도 하지 않았다. 단지 확신에 차 있는 유정운의 모습을 보며 어쩌면 그가 자신의 능력을 뛰어넘을 것 같다는 느낌이 들었다. 어떤 벽에 막혀 있는 자신보다 이제 유정운만이 우주 금속을 상대할 수 있는 비장의 카드인 것이다.

*　　　*　　　*

2075년 7월 14일 일요일.

여름방학 시작이 일주일 정도 남은 일요일 오전. 유정운은 느긋한 마음으로 마나전자를 모으고 있었다. 그러나 그런 일요일 오전의 여유도 단 한 통의 전화로 깨지고 말았다.

띠리링― 띠리링―

멜로디 설정을 기본으로 쓰고 있는 유정운의 핸드폰이 시끄럽게 울렸다. 발신자 표시를 보니 전화를 건 사람은 일본 아카모리 고등학교에 재학 중인 아카모리 나나미였다.

"여보세요?"

《나야, 나나미. 잘 지냈어?》

"그럭저럭. 근데 웬일이야? 어제도 전화했으면서."

《전화 자주 하면 안 되는 거야?》

"그건 아닌데…… 평소에는 3일에 한 번 꼴로 전화했잖아."

《오늘은 일이 있어서 그래.》

나나미는 뭐가 그리 즐거운지 들뜬 목소리로 말을 했다. 그리고는 유정운에게 전혀 뜻밖의 목적을 전했다.

《나 지금 나리타 공항에 있어. 오전 10시 비행기인데 출발 30분 전에 전화하는 거야. 목적지는 김포 공항이니까 마중 나와줘.》

"……!"

느닷없이 비행기 타고 온다는 말에 유정운은 큰 충격을 받았다.

"온다고? 지금?"

《응. 어제 유 박사님한테 일정 알려 드렸는데 몰랐어?》

"…전혀 몰랐어."

《아무튼 유 박사님한테도 허락을 받은 거니까 마중 나와. 안 나오면 화낼 거야.》

"…알았어."

나나미와의 통화를 끝내고 유정운은 잠시 멍한 표정을 지었다. 그러다가 이내 유명운에게 전화를 걸었다.

띠리링— 띠리링— 삑—

《정운이냐? 나 바쁘다.》

"바쁘든 말든 내 알 바 아니고…… 오늘 나나미 온다는 거 알고 있었어?"

《나나미? 아…… 아카모리 회사의 외동딸? 그래, 어제 연락을 받았지.》

"근데 왜 말을 안 해줘?"

《그랬냐? 하하, 내가 요즘 정신이 없어서. 참, 방은 내 방을 대신 쓰기로 했으니까 정리 잘해라.》

"……."

《그럼 난 회의 있으니까 끊는다.》

삑— 뚜우 뚜우—

"……."

자기 할 말만 해버린 유명운은 그대로 전화를 끊었다. 우주 금속 때문에 정신없는 나날을 보내고 있는 유명운에게 자세한 설명을 듣는다는 건 불가능하다고 판단, 유정운은 그냥 그대로 넘어가기로 했다. 일단 나나미가 온다는 것만큼은 확실한 상황이라 마중을 나가기로 결정했다.

삑삑—

김포 공항이라고는 단 한 번도 가본 적 없는 유정운이었으나 핸드폰에서 제공하고 있는 위성 위치 서비스를 통해 김포 공항까지 가기로 마음먹었다. 핸드폰상에서 출발지와 목적지를 정하면 그에 맞는 교통편을 알려주고, 그 교통편을 이용하면서 계속 위치 표시가 되기 때문에 내려야 할 정거장이나 길 위치를 확실하게 알려주는 기능을 가지고 있는 것이 바로 위성 위치 서비스였다. 편한 서비스인 만큼 돈이 꽤 들긴 하지만 어느 정도 벌어놓은 돈이 있는 유정운이라 별문제는 없었다.

……

위성 위치 서비스를 통해 빠른 시간 내에 김포 공항에 도착한 유정운은 게이트 쪽에서 기다렸다. 항공 시간표를 보니 대략 10분 후쯤에 도착 예정이라 기다리는 시간이 그렇게 길지는 않았다.

"아! 있다!"

게이트에서 나오던 나나미가 먼저 유정운을 발견하고 기쁜 듯이 소리쳤다. 원래 그녀가 한 말은 일본어인 「あっ，いた！」였지만 발음 자체가 상당히 비슷하고 뜻도 똑같았기 때문에 유정운은 나나미가 한국말을 한 걸로 착각했다.

"어서 와."

"응!"

바퀴가 달린 여행용 가방을 끌고 온 나나미는 유정운에게 다가오자마자 환한 미소를 지었다. 크고 동글동글한 눈으로 미소를 짓는 나나미의 모습은 확실히 귀여웠다. 나나미는 유정운이 꿈틀이와의 전투로 1주일 동안 병원 신세를 졌다는 사실을 모르기 때문에 유정운은 일부러라도 밝은 표정을 지으려고 노력했다.

"갑자기 온다는 연락을 받아서 놀랐어. 형이 한마디도 얘길 안 해줬으니까."

"그렇구나. 그럼 오늘은 호텔에서 지내야 하나?"

"아니, 형 방을 쓰면 돼. 어차피 소진 누나가 시간 나면 형 대신 청소하고 있으니까 깨끗할 거야."

"소진 누나? 아, 유 박사님의 미래의 부인?"

"그렇지 뭐."

유정운과 나나미는 이런저런 얘기를 주고받으며 공항을 빠져나왔다. 주로 나나미가 일본에서 있었던 일을 재잘재잘 얘기했고 유정운은 간간이 반응하면서 듣는 편이었다. 그러다가 문득 궁금한 것이 떠올라 유정운이 모처럼 질문을 던졌다.

"그런데 혼자 온 거야?"

"응."

"집에서 혼자 가게 놔둬? 대기업 딸이 혼자 다니는데?"

"아버지와 싸워 이긴 결과라고나 할까~"

나나미는 그 이상 얘기하는 게 싫은지 웃음으로 넘겨 버렸다. 유정운도 굳이 억지로 들을 생각이 없었기 때문에 더 이상의 질문은 하지 않았다. 그러자 이번엔 나나미가 유정운을 불렀다.

"정운아."

"……?"

"나, 한 달 동안 여기 머무를 거야. 그리고 너희 학교 보충 수업에도 참가할 거고."

"……!"

느닷없는 나나미의 선언에 유정운은 크게 놀랐다. 한 달 동안 머무른다는 건 놀랍지 않았지만 천인 고등학교 보충 수업에 참가하겠다는 게 놀라웠던 것이다. 모처럼 해외로 나왔는데도 수업을 받으려는 나나미의 생각을 유정운으로서는 이해하기 힘들었다.

"방학이잖아? 근데 왜 보충 수업을………?"

"원래 우리 학교도 보충 수업이 있어. 그런데 해외여행으로 그걸 못하게 되니까 천인 고등학교에서 대신 받는 거야. 이미 교장 선생님들끼리 얘기가 다 됐어."

"그래? 그럼…… 반은?"

"그거야 물론 정운이네 반. 내가 박박 우겼어."

"……."

유정운은 할 말을 잃었다. 사실 나나미 정도의 위치면 보충 수업 안 받는 것쯤은 일도 아니었다. 그것은 방학 시작하기 일주일 전인데도 한국으로 날아올 수 있다는 사실이 증명하고 있었다. 그러므로 나나미가 보충 수업 받으려는 의도는 천인 고등학교 학생들의 실력을 파악하고자 함에 있다고 유정운 스스로 결론을 내렸다.

…….

집에 도착하고 나서 유정운은 나나미가 짐 푸는 것을 도와주었다. 아니, 도와주려고 했으나 나나미의 짐 대부분이 옷 종류라 도와주기가 껄끄러워서 관두었다. 아무리 얼굴에 철판을 깐 유정운이라 해도 소녀의 속옷을 정리해 줄 용기는 없었기 때문이다.

"정리 끝! 배고프다~"

대강의 짐 정리를 끝낸 나나미가 기지개를 켰다. 일본에서 한국까지 얼마 걸리지 않아서인지 나나미에게서 여독 따위는 찾아볼 수 없었다. 오히려 더욱 힘이 넘쳐 보였다.

"앞으로 한 달간 잘 부탁해, 정운아."

"어."

짤막한 인사와 함께 나나미와 유정운은 악수를 했다. 그것이 혈기왕성한 두 소년 소녀의 동거 생활 시작이었다.

　　　　　　＊　　　　　　＊　　　　　　＊

2075년 7월 15일 월요일.

"야, 오늘 전학생 온대!"

어디서 그런 소리를 들었는지 이상규가 헐레벌떡 뛰어오며 유정운과 박호준에게 소리치듯 말했다. 하지만 두 사람이 이렇다 할 반응을 보이지 않자 이상규는 더 쇼킹한 것으로 관심을 끌려고 했다.

"그 전학생이 일본에서 온 여자애래! 게다가 엄청 귀엽대!"

"진짜냐?"

맨 처음 반응을 보인 사람은 박호준이었다. 아무래도 귀여운 여자애라는 말에 귀가 솔깃하지 않을 수 없었던 것이다.

"진짜라니까! 내 확실한 정보통에 따르면……!"

"전학생 아니야."

신나게 말을 이어가던 이상규의 말을 중간에 차단한 사람은 유정운이었다. 느닷없는 유정운의 중간 커트에 박호준과 이상규는 물론이고 그 말을 듣고 있던 다른 학생들의 시선이 유정운에게 집중되었다. 그런 그들의 시선을 받으며 유정운은 담담히 말을 계속했다.

"전학생이 아니라 앞으로 한 달 동안 천인 고등학교의 수업을 받는 것뿐이야. 일본 아카모리 고등학교 2학년이고, 이름은 아카모리 나나미."

"오오……!"

의외로 유정운이 구체적으로 알고 있자 모두 탄성을 내질렀다. 하지만 이상규는 탄성으로만 그치지 않고 좀 더 심도있는 질문을 했다.

"네가 그걸 어떻게 알아? 설마…… 숨겨둔 애인?!"

"너희도 봤잖아. 작년 수학여행 메이지 배틀 때 맨 마지막으로 나하고 시합했던 일본 여자애. 그 애야."

"그 나나미?!"

이번엔 박호준이 기겁을 했다. 작년 수학여행 메이지 배틀이 끝나고 유정운, 전애리 선생과 함께 나나미의 집에 가본 적이 있는 박호준이라 나나미의 모습이 확실히 떠올랐기 때문이다.

"너 진짜 나나미랑 사귀는 거냐?"

나나미네 집을 방문했을 때도 나나미의 눈길이 심상치 않음을 깨달았던 박호준이라 이번 일로 유정운과 나나미 사이를 더욱 의심하게 되었다. 유정운은 그런 사실에 대해 부인하려고 했으나 이상규의 질문이 날아와서 무산되었다.

"그 애 어디서 지내냐? 서울 어디야?"

"…우리 집."

"컥!"

대답할까 말까 망설이던 유정운은 거짓말을 해봤자 금방 들통날 것 같아서 사실대로 말했다. 그러자 이상규가 피를 토하듯 헛바람을 집어삼켰다.

"그, 그 말인즉슨…… 동거?!"

"그런 셈이다."

"커커컥!"

이상규는 연달아 피를 토하는 듯한 액션을 취했다. 이상규뿐만이 아니라 박호준을 비롯한 반 아이들도 기겁을 했다. 비록 박호준을 제외한 학생들은 나나미가 어떻게 생겼는지 잘 모르지만 일본 여고생과 한 지붕 아래 산다는 것 자체가 충격적이라 놀라고 있었다. 특히 여자 쪽에 관심이 없어 보이는 유정운이었기 때문에 그 충격은 더했다.

"형님!"

"……?"

그때 느닷없이 이상규가 유정운의 손을 움켜잡았다. 유정운의 얼굴에 물음표가 뜨자 이상규가 커다란 목소리로 소리쳤다.

"날 아우로 삼아주십쇼! 앞으로 형님 집에서 지내겠심다!"

"……."

이상규의 목적이 무엇인지 파악한 유정운은 무덤덤한 표정을 지었다. 그리고는 자신의 손을 잡은 이상규의 손가락을 확 꺾은 뒤에 입을 열었다.

"너 같은 동생 필요없어."

"후욱!"

순간적으로 손가락이 꺾인 아픔 때문에 이상규가 뒹굴거리고 있을 때 유정운은 박호준에게 미안한 듯이 말했다.

"잠깐 옆자리 좀 비워줘. 아침에 나나미가 내 옆자리 꼭 비우라고 해서 말이야."

"부, 부러운 녀석……!"

유정운의 부탁에 박호준은 불쾌한 표정보다는 부러움의 표정을 지으며 순순히 옆자리를 비워주었다. 다행히 테이블 자체가 좌우로 길게 나 있는 형태라 박호준이 뒷자리나 앞자리로 이동해야 할 필요는 없었다.

'이런이런……'

예상했던 반 아이들의 반응에 유정운은 속으로 쓴웃음을 지었다. 사실 어제까지만 해도 나나미가 여름 보충 수업만 받을 거라 생각했는데 느닷없이 월요일부터 학교 간다고 해서 기겁했었다. 교과서야 전자책에 모두 담겨 있으니 전자책을 하나 사줘서 해결하기는 했지만 문제는 나나미가 이쪽 학교생활을 잘 모른다는 것에 있었다. 그것은 유정운이 나나미 옆에 붙어서 그녀를 서포트해야 한다는 소리였다.

스륵─

조회 시간이 되자 앞문이 열리며 2학년 1반 담임인 오경락 선생이 모습을 드러내었다. 덩치가 조금 큰 오경락 선생에게 가려서 처음에는 보이지 않았지만 뒤이어 들어오는 붉은 머리의 소녀를 보고 반 아이들이 경악했다.

"저런 애가 지구상에 존재했었다니!"

이상규가 호들갑스럽게 떠들었고, 다른 학생들도 자기들끼리 수군거렸다. 그런 학생들을 조용히 시키며 오경락 선생이 나나미를 소개했다.

"앞으로 약 한 달간 같이 수업을 받게 될 아카모리 나나미다. 이름에서 알 수 있듯이 일본인이고, 작년에 수학여행으로 가봤던 아카모리 고등학교 학생이다. 한국말을 잘하니까 괜히 어설픈 일본어 쓰다 망신당하지 마라. 자, 나나미 인사해라."

오경락 선생이 나나미에게 자기소개를 지시했고 나나미는 그 지시에 충실히 따랐다.

"아까 선생님이 말씀해 주신 대로 아카모리 고등학교 2학년 아카모리 나나미라고 합니다. 앞으로 한 달 동안 수업을 같이 듣게 되었어요. 잘 부탁드립니다."

짝짝—

능숙하게 한국말을 구사하는 나나미를 보고 모두 진심으로 박수를 쳤다. 그러나 그중의 한 명이 느닷없는 질문을 던졌다.

"지금 정운이하고 동거하고 있다는 게 사실이야?!"

"아……."

질문을 한 사람은 예상대로 이상규였다. 나나미는 잠시 어떻게 대답할 것인가를 놓고 갈등하다 유정운을 쳐다보았고, 유정운은 사실대로 말하라는 뜻으로 고개를 끄덕였다. 그러자 나나미는 여전히 웃는 얼굴로 대답을 했다.

"네. 지금은 정운이와 같이 살고 있어요."

"사, 사실이었다니……!"

이상규는 새하얗게 불태운 듯한 표정으로 자기 자리에 주저앉았다. 일단 질문이 끝난 것을 확인한 오경락 선생은 유정운의 옆자리를 가리키며 말했다.

"어차피 같이 사니까 정운이가 나나미를 잘 보살펴라. 나나미는 정운이 옆에 앉아라."

"네."

오경락 선생의 지시대로 나나미는 유정운과 박호준 사이에 앉았다. 천인 고등학교와 아카모리 고등학교의 교복이 다르기 때문에 나나미의 모습은 눈에 확 띄었다. 게다가 한미모 하고 있으니 더 더욱 눈에 띌 수밖에 없었다.

"앞으로 한 달간 잘 부탁해."

나나미가 웃으며 유정운에게 말을 걸었고, 유정운은 나지막한 한숨을 쉬며 입을 열었다.

"그 말은 어저께 했잖아."

"그건 집에서 생활하는 것을 잘 부탁한다는 거고 이번에는 학교생활을 잘 부탁한다는 의미."

"…그래, 잘 부탁한다."

유정운은 할 수 없다는 듯이 그녀의 말에 대꾸했다. 그러나 기분 자체는 전혀 나쁘지 않았다. 오히려 점차 지루해지려는 학교생활에 활력소가 들어온 듯한 느낌이었다. 그렇게 두 소년 소녀의 학교생활이 시작되었다.

        …….

학교 수업이 모두 끝난 뒤, 유정운은 나나미와 함께 마법 연구부로 향했다. 중간에 따라오겠다는 이상규를 따돌리느라 조금 애를 먹었지만 아무튼 무사히 8층 물리실A에 도착했다. 물리실 문을 열고 들어가기 전에 유정운은 다시 한 번 나나미의 생각을 바꾸고자 했다.

"부 활동까지 할 필요는 없잖아. 게다가 수업 첫날인데 너무 무리하는 거 아니야?"

"괜찮아. 걱정해 줘서 고마워. 하지만 이 정도는 아무렇지도 않다구."

'아니, 난 걱정하는 게 아니라…….'

밝게 웃는 나나미와는 달리 유정운의 마음은 무거웠다. 사실 나나미가 마법 연구부 견학을 한다고 해도 유정운에게 피해 될 것은 없었다.

하지만 채영은이 자신과 나나미가 같이 살고 있다는 말을 들으면 어떤 반응을 보일지 걱정되었다. 한때 자신의 언니와 사귀었던 인간이 다른 여자를 끼고 오는데 좋은 반응을 보일 리가 없기 때문이었다.

'에라, 모르겠다!'

스륵—

마음의 걱정을 묻어버리고 유정운은 과감히 문을 열고 부실 안으로 들어갔다. 이상규를 따돌리느라 늦어서인지 3학년을 제외한 1, 2학년 부원이 전부 모여 있었다. 부실 안으로 들어온 유정운을 보고 밝은 표정을 지었던 채영은이 뒤에 서 있는 나나미를 보고 표정을 굳혔다. 그 사이 대표 격인 김세민이 유정운에게 질문을 날렸다.

"뒤에 있는 사람은 누구야?"

"아카모리 고등학교에서 견학 온 아카모리 나나미. 2학년이고 앞으로 한 달 정도 같이 수업 받다가 돌아갈 거야."

유정운은 최대한 간단하게 나나미의 소개를 끝냈다. 그렇지만 남자 부원들은 그 정도의 소개에 만족하지 않았다.

"아카모리라면 유명한 마법 학교 아니에요? 그런데 왜 이리로 견학 왔어요?"

"진짜 한 달 동안 같이 수업 받는 거야? 마법 연구부도 견학?"

1학년 송시열과 2학년 김세민의 질문 공세를 받았으나 나나미는 살짝 미소 지으며 대답했다.

"한국에서 유명한 마법 학교를 견학하고 싶어서 왔고, 마법 연구부도 한 달 동안 견학하려고 생각해요. 여러분이 반대하면 할 수 없지만요."

"반대는 무슨! 대환영이야!"

김세민은 실실 웃으며 나나미를 채영은의 옆자리에 배치시켰다. 본래 그 자리는 유정운이 차지하고 있었지만 나나미의 등장으로 자신의 자리를 빼앗겨 버렸다. 그러나 유정운은 2학년의 권력을 앞세워 바로 옆자리의 송시열을 몰아내고 자신이 나나미 옆에 앉았다. 본래 유정운의 성격상 아무 데나 앉는 편이었으나 나나미 옆에 앉지 않으면 나나미가 집에 돌아가서 투정을 부릴지도 몰랐기 때문에 일부러 옆에 앉은 것이었다.

"……."

'으……!'

나나미 옆에 앉은 유정운은 문득 따가운 시선을 느꼈다. 두 명의 남자 부원의 시선이야 원래 면역이 되어서 상관없었지만 채영은의 따가운 시선은 항체가 형성되지 않아서 견디기 어려웠다. 그런 유정운의 상황을 아는지 모르는지 나나미는 즐거운 표정을 지으며 유정운에게 말했다.

"생각보다 부실이 좁구나. 사람도 별로 없고. 응…… 전부 2학년인가?"

"아니. 나하고 쟤하고 쟤가 2학년이고 나머지는 1학년. 3학년은 아예 참가를 안 해."

유정운이 대충대충 소개를 한 관계로 당사자들이 나서서 자기소개를 다시 했다.

"난 2학년 대표 김세민이야. 잘 부탁해."

"난 2학년 양우미."

"1학년 송시열입니다. 잘 부탁해요!"

"1학년 안은선이에요."

각자의 소개가 있었으나 그들의 이름을 한 번 만에 외운다는 것은 아무리 머리 좋은 나나미라도 불가능했다. 그래서 나중에 이름을 잊어먹으면 유정운에게 물어보자라는 생각을 하다가 문득 자신의 옆에 앉은 채영은이 자기소개를 하지 않았음을 깨달았다. 그래서 나나미는 채영은 쪽으로 시선을 돌렸다.

'あっ, 可愛い人…….'

나나미가 채영은을 처음 보고 느낀 감정은 '귀엽다' 였다. 약간 병약한 듯한 모습이 보호 본능을 자극했던 것이다. 그런데 그런 귀여운 후배가 자신을 싸늘한 표정으로 보고 있으니 기분이 씁쓸했다.

"저기……."

"1학년 채영은이에요."

나나미가 뭔가 말을 하려고 할 때 채영은이 먼저 자기소개를 했다. 그러나 그 자기소개는 호의가 전혀 담겨 있지 않은 것이었다. 왜 채영은이 자신을 싫어하는지 알지 못하는 나나미로서는 답답할 수밖에 없었다.

"그런데 나나미는 지금 몇 밴드야?"

유정운과 마찬가지로 수학여행을 갔다 온 김세민이었으나 당시 나나미를 눈여겨보지 않았기 때문에 그녀가 마지막 메이지 배틀에서 유정운과 대결을 펼친 사람이라는 것을 알지 못했다. 그래서 나나미의 실력을 파악하기 위해 밴드 수를 물은 것이었다. 그러자 나나미는 마치 유정운에게 자랑이라도 하려는 듯이 유정운을 힐끗 보고 입을 열었다.

"얼마 전에 4밴드 달성했어."

"오! 영은이하고 똑같네?"

4밴드라는 말에 채영은과 유정운을 제외한 나머지 부원들이 탄성을 내질렀다. 일단 학교 전체를 통틀어도 4밴드를 달성한 사람은 거의 찾기 어렵기 때문이다. 그럼에도 불구하고 나나미는 '영은이하고 똑같네'라는 말에 충격을 받았다.

"영은이라면………?"

"저예요."

방금 전에 소개를 받아 기억에서 지워지지 않은 채영은을 바라보며 나나미가 놀란 표정을 지었고, 채영은은 담담히 자신을 가리키며 대답했다.

"1학년인데…… 4밴드?"

"네."

채영은의 대답은 여전히 온기가 없었지만 나나미는 그것에 신경 쓸 여유가 없었다. 그녀의 머리 속에는 오직 1학년이 4밴드를 가지고 있다는 사실만이 각인되고 있을 뿐이었다.

"언제부터 마법을 배웠기에 그렇게 빨리……!"

"중학교 때부터 배웠어요."

"그렇게 짧은 시간에?"

"……"

재차 이어진 나나미의 질문에 채영은은 대답하지 않았다. 본래 그녀는 언니 채소은의 무조건적인 보호로부터 벗어나기 위해 죽어라고 마법을 공부했다. 어릴 때부터 병약해서 항상 보호를 받는 입장이었기 때문에 마법을 배우면 그런 보호를 받지 않아도 된다는 생각을 한 것이었다. 그래서인지 그녀의 마법 습득 속도는 또래의 아이들에 비해 굉장히 빨랐다.

'말도 안 돼……'

나나미는 그런 생각밖에 할 수 없었다. 솔직히 유정운이야 유명운이라는 걸출한 천재의 동생이니까 그렇다 쳐도 일개 고교 1학년생이 4밴드라는 사실은 그녀에게 충격을 주기 충분했다. 그전까지 나나미는 자기 스스로 자신의 마법 실력이 또래에 비해 뛰어나다고 생각하고 있었기 때문이다.

"그럼 회의를 시작해 볼까?"

나나미의 수준을 파악한 김세민은 회의 시작을 알렸으나 솔직히 지금까지 회의다운 회의를 한 적이 없었기 때문에 그냥 이런저런 잡담만을 늘어놓는 꼴이었다. 말을 하는 사람은 김세민을 위주로 한 네 명의 부원이었고 유정운과 채영은, 나나미는 주로 듣기만 했다.

…….

"수고하셨습니다."

부 활동 시간이 끝나고 모두 인사를 나누는 동안 채영은이 유정운에게 다가왔다. 그리고 매우 싸늘한 표정으로 유정운을 불렀다.

"정운 선배, 잠깐 할 얘기가 있어요. 따라오세요."

"어……."

거의 반강제적인 어투에 유정운은 끽소리 못하고 그녀의 말을 따랐다. 그러나 중간에 나나미가 끼어들어 채영은의 행동을 방해했다.

"나도 같이 가면 안 될까? 어차피 돌아갈 때 정운이하고 같이 가야 하니까."

"……."

나나미의 말을 들은 채영은의 표정이 딱딱하게 굳어졌다. 그것은 나나미의 관여를 일절 원하지 않는다는 뜻이었다. 유정운 역시 나나미가 끼어들면 일이 더 꼬일 것 같은 느낌이 들어서 채영은의 뜻을 뒷받침해 주었다.

"나나미는 잠깐 부실에서 기다리고 있어. 길게 걸리지는 않을 거야."

"응…… 알았어."

유정운의 진심 어린 부탁에 나나미는 자신의 뜻을 굽혔다. 그래서 유정운은 채영은이 이끄는 대로 학교 옥상으로 향하는 계단까지 걸어갔다. 어차피 학교 옥상으로 가는 길은 두꺼운 쇠창살로 막혀 있기 때문에 유정운과 채영은은 그 앞에서 이야기를 하게 되었다. 먼저 말을 꺼낸 것은 채영은 쪽이었다.

"나나미라는 사람…… 선배하고 어떤 관계죠?"

"수학여행 때 만나서 알게 되었을 뿐이고 별 관계는 없어. 있다면 그쪽 집안과 형이 아주 긴밀한 관계라는 거."

"……."

채영은은 뭔가 더 말을 하려고 했지만 그대로 입을 다물었다. 유정운 역시 할 말이 있는 건 아니었기 때문에 채영은이 무슨 말을 할 때까지 기다리기로 했다. 둘 사이의 침묵이 이어지자 결국 채영은이 다시 질문을 던졌다.

"정운 선배는 아직도 언니를 좋아하나요?"

"……."

꽤 단도직입적인 질문이라 유정운은 잠시 머리 속을 정리해야 했다.

"글쎄…… 나도 내 자신을 잘 모르니까 뭐라고 대답할 수가 없어. 단지 지금 난 다른 일 때문에 마음의 여유가 없고. 그 일이 해결되지 않는 한 어떻게 될지 모르겠다."

"그 일이란 게 뭐죠?"

"지금은 말할 수 없어. 말하기도 어렵고. 그냥 그렇게 생각해 줘."

"……."

유정운의 애매모호한 대답에 채영은은 한숨을 내쉬었다. 유정운이 말하기 싫어하는 걸 캐물어봤자 소득이 없다는 것을 알고 있었기 때문이다. 아니, 그보다 채영은 스스로도 자신이 지금 왜 유정운을 다그치고 있는지 알지 못했다. 그래서 이쯤에서 끝내기로 했다.

"알았어요. 부디 나나미 선배한테 이상한 마음 안 먹길 바라요."

그 말을 끝으로 채영은은 유정운을 놔두고 아래층으로 내려갔다. 채영은이 어떤 의도로 그런 말을 했는지 유정운으로서는 파악하지 못했지만 그 이상 생각하지는 않고 곧바로 나나미가 있는 부실로 향했다. 나나미는 유정운이 올 때까지 얌전히 부실에서 기다리고 있었다.

"얘기 끝났어?"

"어."

"무슨 얘기 했어?"

"별 얘기 아니야. 그만 가자."

유정운은 나나미에게 성의없는 대답만을 하고 그녀를 데리고 학교를 빠져나왔다. 비록 유정운과 같이 지낸 시간이 많지 않은 나나미였지만, 유정운의 성격을 잘 알고 있기 때문에 말없이 그의 뒤를 따랐다. 그렇게 나나미와 채영은의 첫 대면은 유정운의 묵묵부답으로 어영부영 넘어가 버렸다.

*   *   *

여름방학의 시작과 함께 보충 수업도 시작되었다. 그러나 마법 고등학교인 천인 고등학교가 보충 수업을 중요하게 생각하지는 않았기 때문에 보충 수업은 널널하게 진행되었다. 그래서인지 부 활동을 하는 사람들도 널널한 마음으로 부 활동을 빼먹기가 일쑤였다.

"오늘은 전멸이네?"

나나미가 썰렁한 부실을 보며 쓴웃음을 지었다. 그녀의 말대로 1차 보충 수업이 끝나는 오늘 유정운, 나나미, 채영은을 제외한 나머지 부원들은 단 한 명도 오지 않았다. 지금까지 여름방학 시작하고 나서 부 활동에 계속 참여한 사람은 위의 세 명뿐이었다.

"이러다가 부 해체되는 거 아닌지 모르겠네요. 나나미 선배네 학교 마법부도 이래요?"

채영은이 나나미의 말에 맞장구를 치며 그녀에게 질문을 던졌다. 처음에는 나나미에 대해 차가운 태도로 일관하던 그녀가 어느 사이엔가 친밀한 태도를 보이게 되었다. 그것은 나나미가 괜찮은 사람이라는 것을 인식하고 상당한 마법 실력을 보유하고 있다는 것을 알게 된 후부터였다. 부 활동 때 열심히 토론에 참여하는 나나미의 모습은 채영은의 마음을 열어놓기에 충분했던 것이다.

"우리 학교 마법부는 규모가 커서 한 번이라도 빠지면 그냥 제명이야. 들어오려고 하는 사람이 많아서."

"굉장하네요. 우리랑은 완전히 반대인데요?"

나나미와 채영은은 마법부에 관한 얘기를 하면서 웃음꽃을 피웠다. 하지만 유정운은 둘 사이의 대화에 끼어들지 않고 뭔가를 생각하는 건지 그냥 자는 건지 눈을 감고 있었다. 그 모습을 본 나나미가 유정운을 흔들었다.

"뭐 해? 졸려?"

"아니, 잠깐 정리 좀 하느라고."

여전히 눈을 감은 채로 유정운은 무덤덤하게 대답했다. 그러나 나나미는 유정운에게서 좀 더 구체적인 답변을 듣고자 했다.

"무슨 정리를 하는데?"

"들어도 이해가 안 될 텐데."

"……!"

자신을 무시하는 듯한 유정운의 말에 나나미가 발끈했다.

"마법에 대한 거지? 그럼 나도 이해할 수 있다구!"

"그래요. 요즘 정운 선배는 너무 혼자서만 생각하려고 해요. 우리한테 알려주면 안 되는 거예요?"

나나미에 이어 채영은도 유정운을 공격하기 시작했다. 사실 여름방학 시작되고 나서부터 유정운은 의견을 내놓지 않고 그저 듣기만 했고, 나나미와 채영은 중심으로 부 활동이 이루어지고 있었다. 그것이 두 소녀에게는 불만이었다.

"말해 봐! 무슨 일이 있어도 이해해 줄 테니까!"

"말해 봐요. 선배가 무슨 생각을 하는지 들어봐야겠어요."

나나미와 채영은은 강하게 유정운을 압박했다. 두 소녀의 압박에 유정운은 할 수 없이 백기를 들어야 했다.

"알았어. 얘기할게."

일단 항복의 뜻을 전달해서 두 소녀의 공격을 늦춘 후, 자신의 생각을 말하기 시작했다.

"몇 달 전인가…… 아무튼 형한테서 이런 얘기를 들은 적이 있었어. 마나전자 터널링을 강제로 일으키면 마나전자를 들뜨게 하지 않고도 다른 사람의 마나전자를 이용해 마법을 사용할 수 있다고. 그리고 넘어온 마나전자를 가상으로 만든 밴드에 넣어두면 자신이 가지고 있는 밴드 수보다 훨씬 강한 마법을 사용할 수도 있고."

"……?"

"……?"

마법에 대해 어느 정도 알고 있다고 자부하는 나나미와 채영은이었으나 유정운의 얘기는 쉽게 이해가 되지 않았다. 그것도 그럴 것이 지금 유정운이 하고 있는 설명은 그 어떤 마법책에도 나와 있지 않기 때문이었다. 즉, 마나전자 터널링 강제 유도와 가상 밴드라는 것 자체가 완전히 새로운 개념인 것이다.

"마나전자 터널링…… 이라면 마나전자가 다른 사람에게로 넘어가는 현상?"

"어."

아직 마나전자 터널링에 대해서 자세히 배우지 않은 나나미였기 때문에 터널링에 대한 대략적이고 불확실한 지식밖에 없었다. 그것은 채영은이라고 해서 크게 다르지 않았다.

"제가 어떤 책에서 읽은 바로는 터널링이 일어날 확률은 매우 적다고 했는데…… 맞나요?"

"맞아."

일단 나나미와 채영은이 마나전자 터널링에 대해서 약간이나마 지식을 가지고 있다는 것을 확인한 유정운은 그녀들을 위해 부연 설명을 했다.

"원래 마나전자 터널링은 잘 일어나지 않아. 마나전자를 들뜨게 하면 전도띠의 구속력 때문에 마나전자가 전도띠를 돌게 되는데, 그런 전도띠의 구속력을 벗어나서 다른 마법사의 전도띠로 마나전자가 넘어가는 걸 마나전자 터널링이라고 해."

"음……."

"아……."

뭔가 알 듯 말 듯한 표정으로 나나미와 채영은은 유정운의 말을 경청했다. 부 활동 때에도 다른 부원들의 말을 쭉 듣다가 그 의견에 대한 옳고 그름을 구별하는 쪽이 유정운이라 그의 영향력은 꽤 큰 편이었다. 다른 사람이라면 몰라도 유정운의 말은 마법 연구부원들에게 거의 진리에 가까웠던 것이다.

"만약 마나전자 터널링을 강제로 일으키게만 할 수 있다면 자신의 마나전자를 들뜨게 하지 않고도 마나전자를 끌어 모을 수 있으니까 마법을 사용할 수 있어. 그리고 자신의 마나전자를 전부 소모해도 다른 사람으로부터 마나전자를 터널링시켜 공급받을 수도 있고. 실현만 된다면 정말 무시무시한 능력이야."

"정말 그렇겠네요!"

"그렇게도 활용할 수 있겠구나!"

채영은과 나나미는 유정운의 설명을 듣고 탄성을 내질렀다. 그러다가 '실현만 된다면'이라는 말을 듣고 안타까운 반응을 보였다.

"아직 실현이 안 된 건가요? 정말 유용하게 쓰일 수 있는 능력 같은데."

"그런 게 실현되면 사기지. 솔직히 실현 가능성도 없어 보이고."

두 소녀는 유정운의 말이 단순한 공상일 뿐이라고 생각했다. 그러나 유정운은 그녀들의 생각을 일축해 버렸다.

"아니, 쓸 수 있어."

일단 운을 띄운 유정운은 이어서 설명했다.

"마나전자가 전도띠로 넘어가게 하는 방법은 여러 가지가 있을 수 있겠지만, 전도띠를 +로 바꾸면 −를 띠는 마나전자는 자연스럽게 전도띠로 넘어오게 돼. 자연스럽게 마나전자가 넘어온다는 점에서 터널링이라고 부르기는 어렵지만 아무튼 터널링을 일으킬 수 있어."

"전도띠를 +로 바꾼다구요? 그런 게 가능해요?"

중간에 채영은이 반론을 제기했다. 그건 유명운이 그 얘기를 했을 때 유정운 스스로도 했던 반론이기 때문에 아무런 망설임 없이 대답할 수 있었다.

"말은 쉽지만 전도띠를 +로 바꾸는 방법은 없어. 순전히 정신력으로만 제어해야 하니까. 정신력이라고는 해도 마나전자를 끌어들인다는 일념만으로 제어해야 하니까 사실 불가능에 가까울지도 몰라."

"근데 아까 실현했다고 말하지 않았어? 불가능에 가깝다면······!"

"불가능에 가까울 뿐이지 불가능한 건 아니잖아."

"······!"

유정운의 말에 채영은과 나나미는 놀란 표정을 지었다. 그러나 두 소녀의 얼굴에는 주로 불신의 빛이 떠올라 있었다. 그러한 두 소녀의 표정을 보고 유정운은 자신의 말을 직접 증명하기로 결정했다.

"잠깐만 기다려 봐. 직접 보여줄 테니까."

"······?"

"······?"

채영은과 나나미가 의문의 빛을 얼굴에 띠는 동안 유정운은 눈을 감고 정신을 집중했다. 순전히 정신력만으로 전도띠의 성질을 바꿔야 했기 때문이다. 그것은 상당한 집중력을 요하는 일이라 뭔가를 보면서―특히 두 미소녀의 얼굴―정신을 집중한다는 건 힘들어서 눈을 감았다.

"······!"

"······!"

얼마간의 시간이 지나자 채영은과 나나미의 얼굴 표정이 크게 변했다. 그럴 수밖에 없는 것이 얌전히 원자가띠에서 돌고 있던 마나전자가 느닷없이 어디론가 사라져 버렸기 때문이다. 두 사람에게서 사라진 마나전자는 모두 합쳐서 대략 1밴드에 해당했다.

"위대한 마나여, 얼음의 꽃을 피우라."

유정운이 앉아 있는 테이블에서 옅은 붉은색의 빛이 흘러나오며 유정운 바로 앞에서 하나의 얼음덩어리가 생겼다. 그것을 보고 나나미가 경악에 찬 표정으로 소리쳤다.

"설마 방금 그거 내 마나전자 쓴 거야?!"

끄덕—

유정운은 말없이 고개를 끄덕였다. 마나전자를 빼앗긴 것은 나나미뿐만이 아니었기 때문에 채영은도 유정운을 향해 질문을 던졌다.

"제 마나전자도 가져갔죠?"

끄덕—

유정운은 여전히 고개만 끄덕였다. 이미 마나전자 터널링 강제 유도를 두 소녀가 직접 경험했기 때문에 굳이 말로 설명할 필요가 없었던 것이다. 마나전자 터널링 자체도 겪어보지 못한 두 사람에게 이번의 경험은 신선하다기보다는 두려울 정도였다.

"나, 나도 할 수 있는 거야?"

나나미가 약간 떨리는 목소리로 물었다. 분명히 유정운이 마나전자를 들뜨게 하지 않은 상태에서 마법을 사용한 것을 목격했기 때문에 유정운의 말을 믿게 되었던 것이다. 유정운은 그런 나나미를 보면서 머리를 갸웃했다.

"글쎄…… 나도 적은 양밖에 전도띠 성질을 못 바꿔. 한 달 정도 연습을 했는데도 이 정도니까…… 제대로 사용하려면 시간이 더 걸릴 것 같다."

말은 그렇게 했지만 유정운 스스로도 나나미나 채영은이 전도띠 성질 변환을 성공할 수 있을지에 대해서는 매우 회의적이었다. 유정운의 경우에는 꿈틀이와 목숨을 걸고 싸우던 도중에 마나전자 터널링 강제 유도를 성공한 것이고, 그 느낌을 가지고 연습을 해왔기 때문에 평상시에도 터널링 강제 유도를 할 수 있었다. 하지만 아무런 경험 없이 정신력만으로 전도띠 성질을 바꾼다는 것에는 회의적일 수밖에 없었다.

"마나전자 터널링 강제 유도가 된다는 말은…… 아까 정운 선배가 말한 '가상으로 만든 밴드'인가도 가능하다는 말이 아닌가요?"

유정운이 흘러가듯 언급했던 가상 밴드에 대한 것을 떠올린 채영은은 가상 밴드의 실현성에 대해 물어왔다. 유정운은 채영은의 기억력이 참 좋다고 생각하면서 질문에 대한 대답을 했다.

"몇 달 전에 내가 가상 밴드 형성에 성공한 적이 있었어. 그때는 정신없이 싸우는 도중에 주변 사람들의 마나전자를 강제 터널링으로 모았는데, 그 양이 너무 많아서 내가 가지고 있는 밴드 수를 넘어섰지. 그 순간에 갑자기 내 전도띠 위로 새로운 전도띠가 만들어졌어. 그리고 넘치는 마나전자가 그리로 들어가 그 마나전자를 전부 사용할 수 있었고."

"……!"

"그 후로는 많은 양의 마나전자를 강제 터널링한 적이 없어서 가상 밴드를 만들지 못했어. 가상 밴드 형성은 일단 마나전자 강제 터널링을 자유롭게 쓰게 된 후에 연습을 해야 할 것 같아."

유정운의 말을 듣고 나나미와 채영은은 놀란 입을 다물지 못했다. 마법책에서조차 써져 있지 않은 현상을 개발해서 실제 사용했다고 하니 놀랄 수밖에 없었던 것이다.

"정운 선배가 가상의 밴드를 만들어서 마법을 썼다고 하는 때가…… 그 이상한 괴물과 싸울 때인가요?"

계속 놀라고 있던 채영은이 뭔가 깨달은 듯이 유정운에게 재차 질문을 던졌다. 비록 그때 유정운 꿈틀이의 공격을 받아 큰 부상을 입어서 정신을 잃은 상태였지만, 그런 강력한 상대를 유정운이 제거했다는 것은 어느 정도 예상했던 일인데다 정신을 차렸을 때 자신의 마나전자가 싸그리 없어져 있다는 사실을 극심한 고통 속에서 알아차렸기 때문에 자기 나름대로의 결론을 내린 것이었다.

"맞아. 그때 너하고 배희 선배의 마나전자를 써서 6밴드 분열 마법을 썼었어."

"6, 6밴드?!"

유정운은 덤덤하게 말했지만 채영은과 나나미는 또다시 경악했다. 5밴드인 유정운이 6밴드 마법을 사용했다는 사실보다 6밴드 마법이라는 그 자체에 놀란 것이었다. 기껏해야 5밴드 마법사가 고위 마법사라고 대접받는 요즘, 6밴드 마법이라는 몽상 속에서나 가능한 마법을 실제 사용하는 사람이 있으리라고는 생각하지 못했기 때문이다.

"원래 내가 가지고 있는 밴드 수가 5니까 이론적으로는 6밴드 마법을 사용할 수 없어. 하지만 다른 사람의 마나전자를 강제 터널링시켜서 6밴드까지 모은 후에 가상 밴드에다 돌리면 6밴드의 마법을 사용할 수 있지. 이게 마나전자 강제 터널링과 가상 밴드 형성 콤보라고나 할까."

"……!"

채영은과 나나미는 완전히 할 말을 잃어버리고 말았다. 가만히 있을 때는 모르는데 마법에 관한 얘기만 했다 하면 유정운은 독보적인 존재가 되곤 했다. 특히 마나전자 강제 터널링과 가상 밴드 형성이라는 사상 초유의 마법 사용을 얘기하고 있는 유정운에게서는 일반 마법사들이 범접하기 어려운 포스가 뿜어져 나오고 있었다.

"…잠깐."

놀라는 도중에 나나미가 표정을 바꾸고 유정운을 똑바로 쳐다보았다. 그리고 유정운에게 질문을 던졌다.

"아까 무슨 괴물하고 싸웠다는 얘기를 한 것 같은데…… 무슨 소리야?"

"……!"

그 얘기를 듣고 유정운은 아차 싶었다. 당시 채영은이 같이 있었다는 사실만을 떠올려서 나나미가 자초지종을 전혀 모른다는 사실을 간과했던 것이다. 물론 채영은도 꿈틀이나 우주 금속에 대해서 아는 게 거의 없다고 해도 무방했지만, 직접 겪은 사람과 그렇지 않은 사람과는 이해력에서 상당한 차이를 보이기 때문에 나나미에게 그 당시 일을 설명하는 것 자체도 유정운에게는 부담스러웠다.

"그냥 이상한 사건이 있었을 뿐이야. 그때 아는 학교 선배하고 영은이하고 같이 있었고."

"그냥 이상한 사건이 일어났을 뿐인데 6밴드의 마법을 써?"

유정운은 얼렁뚱땅 넘어가려 했지만 나나미는 꼬투리를 잡고 늘어졌다. 나나미의 얼굴에서는 뭔가 알아내야겠다는 확고한 의지가 엿보였다. 그 때문에 유정운은 얘기하기 싫었지만 얘기해 주는 수밖에 없었다.

"세계 각지에서 일어나는 이상한 기계 폭발 사고에 대해서 알아?"

"뉴스에서 들은 정도밖에 잘 몰라."

"이건 어디까지나 가설일 뿐인데……."

말을 이어가던 유정운은 잠깐 숨을 골랐다. 자신이 하는 얘기에 채영은도 주의를 기울이고 있다는 것을 알았기 때문이다. 사실 사건 당시 채영은이 유정운으로부터 꿈틀이에 대한 얘기를 하나도 듣지 못했으니 뭔가를 말하려는 유정운에게 관심이 가지 않을 수 없었다.

"내 형과 나는…… 지금 일어나는 일련의 사건이 누군가의 조작에 의한 것이라고 생각하고 있어."

"……?"

"……!"

나나미는 의아한 표정을 지었으나 채영은은 크게 놀란 표정을 지었다. 원래 나나미의 경우에는 기계 폭발 사고에 관심이 없었으니 당연한 것이었고, 직접 꿈틀이와 싸워보았던 채영은의 경우에는 그 꿈틀이가 누군가의 조작에 의해 만들어졌다는 생각에 경악하게 된 것이다. 그런 상반된 두 소녀의 반응을 보며 유정운은 천천히 말을 이어나갔다.

"그 누군가가 누군지는 아직 몰라. 그래도 그 누군가는 어떤 분명한 목적을 가지고 계속해서 기계 폭발 사고를 일으키고 있어. 언젠가는 모습을 드러내겠지."

"왜…… 그 사람은 기계 폭발을 일으키고 있는 거죠? 그래서 그 사람에게 무슨 득이 된다고?"

듣기만 하던 채영은이 반론을 제기했다. 그러나 유정운은 그녀의 반론에 자세한 대답을 회피했다.

"그건 나도 몰라. 어디까지나 가설일 뿐이니까. 사실 나도 아니면 좋겠어. 그 이상한 괴물을 만들어내는 녀석을 만나고 싶지는 않으니까 말이야."

그 이상 할 얘기가 없다는 듯 유정운은 입을 다물었다. 그래서 채영은은 그것에 대해 더 이상 질문을 던질 수가 없었다. 그러나 나나미는 유정운의 닫힌 입을 열기 위한 시도를 했다.

"괴물이란 건 뭔데? 그 괴물이 뭐기에 6밴드나 되는 마법을 사용했던 거야?"

"그건……."

사실 나나미가 알고 싶어하는 건 그 부분이라 유정운으로서는 대답을 하지 않을 수 없었다. 대답을 하지 않았다가는 나중에 집에 돌아가서 어떤 봉변을 당할지 알 수 없었기 때문이다.

"나도 정확히는 모르는데…… 주변 기계를 잠식하면서 형체를 만들어가는 괴물이야. 그리고 이번엔 마법까지 썼고."

"마법을 쓴다고? 괴물이?"

"믿기지 않겠지만 사실이야. 녀석은 4밴드에 해당하는 방어 마법을 주문없이 사용했고, 폭발 마법 같은 것도 주문없이 바로 사용했어. 녀석하고 싸우다가 영은이도 중상을 입고 나도 다쳤고…… 아무튼 무서운 괴물이야."

"……."

중상을 입었다는 말에 나나미가 채영은을 쳐다보았다. 그녀의 행동이 무엇을 의미하는지 파악한 채영은은 그녀를 향해 고개를 끄덕여 보였다. 그것은 유정운의 말이 사실이라는 뜻이었기 때문에 나나미로서도 그 얘기를 믿어야만 했다.

"왠지…… 나만 아무것도 모르고 있었다는 느낌이야……."

나나미는 약간 맥 빠진 듯한 목소리로 중얼거렸다. 유정운이 5밴드 마법사라는 것, 고교 1학년인 채영은이 4밴드라는 것에 이어 두 사람이 괴물과 싸웠다는 점이 자신이 여태까지 우물 안 개구리였다는 것을 일깨워 주었다. 그러나 가장 분한 것은 유정운과 채영은만이 공유하고 있는 어떤 경험이 있다는 점이었다.

"그 괴물은 또 나타날 수 있는 거야?"

느닷없이 나나미가 유정운을 바라보며 물음을 던졌다. 이제 질문은 끝났겠거니 생각했던 유정운은 자신의 생각이 어리석었음을 반성하며 질문에 대답했다.

"아마도…… 나타날 거야. 아니면 주범이 직접 나타날 수도 있겠고. 어느 쪽이 되었든 아직 싸움은 끝나지 않았어."

"그럼 나도 도울게. 가설만을 가지고 경찰을 움직일 수는 없지만 마법사끼리 뭉치면 어떻게든 되지 않을까?"

"마법사라……."

나나미의 제안에 유정운은 잠시 생각에 잠겼다. 그리고 나서 나나미를 쳐다보며 입을 열었다.

"지금의 마법사들은 너무 약해. 우리가 맞서 싸워야 할 상대는 빠르고 강력한 공격 마법을 구사하는 녀석이야. 적어도 3밴드 이상의 공격 마법을 빠르게 사용할 수 있는 마법사라야 한다고. 그런 마법사가 이 세계에 과연 얼마나 있을까?"

"……."

"단순히 3밴드 이상의 마법사라면 널리고 널렸지. 하지만 중요한 건 공격 속도야. 아무리 강한 마법을 가지고 있고, 알고 있어도 빨리 사용하지 못하면 녀석에게 결코 이길 수 없어. 쓸데없이 긴 정식 주문으로 마법을 사용하는 현대의 마법사들은…… 녀석의 상대가 못 돼."

"……."

유정운의 말에 나나미는 그 어떤 반론도 제기할 수 없었다. 그의 말대로 지금의 마법사들은 평화로운 세계에서 여유롭게 마법을 사용하고 있었기 때문에 공격형의 마법사들이 전무했다. 자신이 아는 범위 내에서도 유정운 정도의 마법사조차 보지 못했다. 이런 상황에서 유정운조차도 두려워하는 괴물을 상대할 수 있는 마법사를 찾는 것은 불가능에 가까웠다.

"그럼…… 연습하자!"

"……?"

갑자기 나나미가 뭔가를 떠올린 듯이 소리쳤다. 그러나 유정운과 채영은은 그녀의 말을 이해하지 못하고 고개를 갸웃했다. 그래서 나나미는 자신의 생각을 좀 더 구체적으로 말했다.

"그러니까 연습하자구. 괴물이 빠른 공격을 한다면 우리도 빠른 마법을 구사해야 하잖아? 그 연습을 하자는 거야."

"…나쁜 생각은 아닌데…… 굳이 나나미가 싸울 필요는……."

"아니! 나도 싸울 거야! 이런 얘기를 들었는데도 나만 빠질 수는 없어!"

나나미는 약간 억지스러운 말로 유정운을 설득하려 했다. 사실 유정운은 그녀를 우주 금속과의 싸움에 끌어들이고 싶지 않았다. 물론 채영은이나 임배희 등도 말려들지 않게 노력할 생각이었다. 이유는 아직모르지만 어차피 우주 금속이 노리고 있는 상대는 유정운 형제였으니까.

"뭐, 녀석을 또 만날지 어떨지는 모르지만…… 마법 연습한다고 해서 나쁠 건 없겠지. 하지만……."

"하지만?"

"내 훈련 방식은 조금 혹독할 거야. 견뎌낼 자신 있어?"

유정운의 얼굴 표정은 진지했다. 중도에 그만둘 거면 시작하지도 말라는 무언의 압력이었다. 나나미도 그것을 느꼈으나 자신의 뜻을 굽히지 않았다.

"이래 뵈도 나 끈기있어. 적어도 마법에서만큼은 누구에게도 뒤처지지 않을 자신이 있다구."

"…알았어."

유정운은 결국 나나미의 뜻을 받아들이기로 했다. 실제로 나나미가 우주 금속과 싸우게 될 순간이 올지 확실하지 않지만, 그래도 유정운 형제 둘이서만 싸우는 것보다는 훨씬 낫다는 생각에서였다. 그때 둘의 대화를 듣고만 있던 채영은이 유정운을 향해 입을 열었다.

"정운 선배…… 저도 같이 할래요."

"…너도?"

"네. 그때는 아무런 도움도 못 됐잖아요. 만약을 대비해서 연습을 해야겠다는 생각이 들었어요. 그때처럼 아무것도 못하고 쓰러지기는 싫으니까요."

"……."

유정운은 잠시 생각에 잠겼다. 4밴드의 마법사인 나나미와 채영은이 가세하면 확실히 우주 금속과의 싸움을 유리하게 끌고 갈 수 있을지도 몰랐다. 하지만 그것은 그만큼 두 소녀를 위험하게 만드는 것과 마찬가지였다. 그것이 유정운의 마음을 무겁게 했다.

"싸움이란 건…… 힘든 거야. 얼마나 다칠지 알 수 없어. 그런데도 하겠어?"

"그건 이미 알고 있어요. 그러니까 더 하고 싶은 거예요. 선배 혼자서 싸우는 것보다 여럿이서 싸우는 게 낫잖아요?"

채영은은 미소를 지어 보이며 자신이 진심이라는 것을 알렸다. 그래서 유정운도 그녀의 참가를 반대하지 않았다.

"그럼 나나미와 영은이 모두 마법 훈련을 하는 걸로 하자. 훈련은 이번 보충 수업이 끝나는 날부터 학교에서 할 거야. 선생님들에게는 내가 허락을 받아놓을게."

유정운은 두 소녀를 바라보며 자신의 계획을 알려주었다. 그것은 보충 수업이 없는 완전 방학 때 마법 훈련을 하겠다는 뜻이었음에도 불구하고 나나미와 채영은은 아무런 불평을 하지 않았다. 물론 그녀들 스스로 원한 것이기 때문에 불평을 할 수 없다는 점도 있었지만, 여름 방학 때 특별히 할 일이 없다는 점도 크게 작용했다. 그렇게 유정운을 중심으로 한 두 소녀의 마법 훈련이 시작되었다.

28장
제2공격

ⅡXⅧ 제2공격

1차 보충 수업이 끝나고 나서 유정운은 나나미, 채영은과 함께 마법 훈련에 돌입했다. 마법 담당인 전애리 선생을 조르고 졸라 마법 기구를 사용해도 된다는 허락을 받았고, 방학 때에도 마법 연구부실을 이용할 수 있게 되었다. 물론 우주 금속과 싸우기 위해서라는 이유 가지고는 유정운의 부탁을 들어줄 리 없었기 때문에, 유정운은 올해 가을에 열리는 전국 메이지 배틀 대회 대비 겸 나나미와의 마법 연습 겸이라고 거짓말을 했다.

"후아······!"

나나미는 음료수로 목을 축이며 한숨을 돌렸다. 방금 전까지 약식 주문으로 2밴드의 폭발 마법을 사용하느라 정신력을 많이 소모했기 때문이다. 그러나 같이 연습을 하는 채영은은 완전히 녹초가 되어 앞운동장 벤치에 쓰러져 있었다. 4밴드의 마나전자를 가지고 있다지만 그녀의 체력은 아직 중학생 수준을 벗어나지 못하고 있었던 것이다.

"오늘은 여기까지 하자."

오후 4시가 넘었음을 확인한 유정운은 마법 훈련 종료를 선언했다. 그러자 나나미는 벤치에 주저앉으며 질렸다는 듯이 입을 열었다.

"정운이는 지치지도 않는구나. 마법을 연달아 대여섯 개씩 쓰는데도 멀쩡하네."

"전부 1, 2밴드 마법뿐이니까 그렇지. 3밴드 이상의 마법은 연달아 쓰고 싶어도 못 써. 마나전자에도 한계가 있으니까."

"그 말은 밴드 수만 충분하면 무슨 마법이든 연달아 쓸 수 있다는 뜻?"

"그렇게 생각하던가."

유정운도 미리 준비해 두었던 음료수를 마시며 목을 축였다. 마법 훈련을 시작한 지 대략 1주일 정도 흘렀는데 훈련 내용은 약식 주문의 습득과 빠른 마법의 사용이었다. 그것을 위해 유정운은 직접 시범도 보이고 두 소녀와 마법 대련을 하기도 했다. 특히 마법 대련을 할 때마다 유정운은 압도적인 속도와 컨트롤로 두 소녀의 마법을 제압하곤 했다. 그렇다 보니 나나미와 채영은은 유정운이야말로 진정한 괴물이 아닐까 하는 생각을 하게 되었다.

"영은아, 괜찮아?"

아직까지 벤치에 쓰러져 있는 채영은을 보고 유정운이 걱정스러운 표정으로 그녀를 불렀다. 그러자 채영은은 이마에 손을 짚으며 상체를 일으켰다.

"괜찮아요…… 쉬었더니 나아졌어요."

"아직 너한테는 연속 마법 사용이 무리인 것 같다."

유정운은 채영은의 표정을 살펴보며 그렇게 말했다. 그것도 그럴 것이 채영은이나 나나미나 연속적으로 마법을 사용할 일이 단 한 번도 없었으니 당연했다. 게다가 유정운이 약식으로 하라고 계속 강요를 하니 정신적인 부담은 더욱 클 수밖에 없었다. 하지만 채영은은 유정운에게 걱정하지 말라는 듯한 미소를 지어 보였다.

"할 수 있어요. 마법을 사용하면 사용할수록 뭔가 마법 실력이 향상되는 듯한 느낌이 들어요. 힘들긴 하지만 계속 하고 싶으니까 걱정 말아요."

"…알았어. 그럼 잠깐만 쉬다가 돌아가자."

"네."

유정운은 채영은 옆에 걸터앉으며 잠깐 중단했던 음료수 공급을 재개했다. 하지만 그 모습을 상당히 불만스럽게 바라보는 사람이 한 명 있었다.

"뭐야, 영은이만 걱정해 주고 난 왜 걱정 안 해주는데?"

"……."

수분 공급을 하고 있던 유정운은 옆 벤치에 앉아 불평을 하는 나나미를 말없이 쳐다보았다. 그러다가 담담한 어조로 입을 열었다.

"나나미는 멀쩡하잖아."

"……!"

나나미의 표정이 급격하게 변했다. 그리고 그녀의 목소리 톤도 높아졌다.

"나도 지쳤다구! 내가 강철 인간인 줄 알아?!"

"멀쩡한 게 좋은 거지. 그만큼 마법 사용에 익숙해졌다는 뜻이니까."

"윽……!"

유정운이 칭찬을 해버렸기 때문에 나나미로서는 뭐라고 반박할 말이 없었다. 그래서 결국 삐치는 길을 택할 수밖에 없었다.

"네, 저는 알아서 잘하는 사람입니다. 네~"

"……."

유정운은 음료수를 한 모금 마시면서 이 상황을 어떻게 타개할 것인가에 대해 심도있는 논의를 했다. 그러다가 매우 고전적이지만 효과도 매우 좋은 방법 하나를 떠올렸다.

"일주일 정도 마법 훈련만 했으니까 내일은 영화나 보러 가자."

"……!"

"……!"

영화 보러 간다는 말에 지쳐 있던 두 소녀의 얼굴에 생기가 돌았다. 아무리 필요에 의해서, 그리고 원해서 하는 마법 훈련이라지만 훈련이 생각했던 것보다 훨씬 어렵고 힘들었기 때문에 하루 정도 쉰다는 말이 반가웠던 것이다.

"어떤 영화 볼 건데?"

가장 좋아하는 사람은 나나미였다. 한국에 온 지 대략 2주일 정도가 지났지만 유정운네 집과 천인 고등학교 주변을 빼놓고는 거의 돌아다니지 못했기 때문이다. 특히 한국 영화를 본 적이 별로 없었던 참이라 그 기쁨은 더했다.

"요즘 한창 뜨고 있는 코믹 영화가 있던데…… 그거 볼래?"

"응! 난 아무거나 봐도 상관없어!"

"저도요."

유정운이 하나의 영화를 정하자 두 소녀는 군말없이 그의 말에 따랐다. 사실 마법에 관련된 영화가 아니라면 뭐든지 상관없었다. 유정운 역시 마법 훈련에 지친 소녀들에게 '마법에 대한 이해를 높이기 위해서 마법 관련 영화를 봐야지?' 라는 사악의 극치를 달리는 생각은 애초부터 하지 않았다. 그렇게 하여 유정운과 두 소녀는 유정운의 제안대로 코믹 영화를 보는 것에 공식 합의했다.

*   *   *

여름방학의 절반이 지난 주말 오후. 약속 시간보다 10분 일찍 나온 유정운은 아하 극장 앞에서 나나미와 채영은을 기다렸다. 아하 극장이라 하면 지금까지 두 번에 걸쳐 꿈틀이의 출현이 있었던 유명한 곳이었다. 보통 두 번이나 원인을 알 수 없는 사고가 나면 그 극장은 문을 닫는 게 당연한데 아하 극장은 그럭저럭 명맥을 유지하고 있었다. 그것은 근처에 아하 극장을 대신할 만한 극장이 존재하지 않는다는 이유가 가장 컸다. 유정운도 아하 극장에 예매할 생각은 없었는데, 알고 있는 극장이 여기밖에 없어서 어쩔 수 없이 약속 장소를 이리로 잡은 것이었다.

"미안, 기다렸지?"

잠시 화장실에 들렀던 나나미가 유정운 다음으로 모습을 나타내었다. 팔소매가 없는 티셔츠와 다리에 딱 달라붙는 청바지를 입은 나나미의 모습은 발랄하면서도 귀여워 보였다. 유정운에게 다가간 나나미는 즐거운 표정으로 극장 건물을 둘러보며 입을 열었다.

"유명한 한국 영화는 몇 번 봤는데 이렇게 한국에서 직접 영화를 보는 건 처음이라 설레인다~"

"내가 알기로는 이 영화, 일본에서 동시 개봉일 텐데?"

"한국 영화를 일본에서 보는 거 하고 한국에서 보는 거하고는 달라!"

즐거운 분위기에 찬물을 끼얹으려는 유정운에게 따끔한 일침을 가한 나나미는 극장 앞에 잔뜩 모인 사람들에게 시선을 돌렸다. 주말이라 가족 단위의 관람객들도 눈에 띄었으나 대부분은 연인과 함께 온 커플 부대였다. 특히 멜로 영화나 공포 영화 쪽에는 커플들의 수가 압도적으로 많았다.

"웅…… 공포 영화 볼 걸 그랬나?"

"공포 영화?"

나나미의 중얼거림을 들은 유정운이 반문을 했으나 나나미는 고개를 설레설레 저었다.

"아무것도 아냐. 근데 영은이 늦네~"

"아직 5분 정도 남았어."

"후배가 선배보다 늦게 오면 안 되지~"

"너도 나보다 늦게 왔잖아?"

"…난 너하고 동갑이라구."

"그래도 마법 쪽에서 보면 내가 선배지."

"……."

평소답지 않게 꽤나 완강한 저항을 하는 유정운을 보고 나나미는 눈썹을 씰룩였다. 채영은과 관련된 일이면 왜인지 평소와는 다른 모습을 보이는 유정운을 자주 보았기 때문에 나나미의 기분은 심히 편치 않았다.

"…내 말에 일일이 토 달지 마!"

"앗……!"

마음속에서 일어나는 복잡한 감정을 단순한 유정운의 반항으로 강제 통합시킨 나나미는 유정운의 한쪽 볼을 쭉 잡아당겼다. 생각 같아서는 피가 날 정도로 세게 잡아당기고 싶었으나 유정운의 볼에 손가락이 닿는 순간, 자기도 모르게 손가락에서 힘이 사라져 버렸다. 그래서 유정운에게 별 통증 없는 볼 잡아당기기 공격을 시전하게 되었다.

"안녕하세요. 늦어서 죄송……!"

나나미가 유정운의 볼을 살짝 잡아당기고 있는 동안 극장에 도착한 채영은이 두 사람을 발견하고 인사를 했다. 저번에 입었던 것과 비슷하게 보디 라인을 거의 드러내는 티셔츠와 미니스커트를 입은 채영은의 모습은 여전히 귀여우면서도 어딘가 모르게 성숙해 보였다. 그래서 유정운은 즐거운 마음으로 채영은에게 말을 건네려고 했으나 채영은의 표정이 굳은 것을 보고 흠칫했다.

"아, 안녕……."

여전히 한쪽 볼을 잡힌 유정운은 손을 살짝 들어 간단한 인사말만을 했다. 나나미 역시 유정운에게서 손을 놓지 않은 상태에서 채영은을 반겼다.

"어서 와."

"……."

채영은의 표정은 여전히 딱딱했다. 처음 나나미와 채영은이 만났을 때 채영은이 나나미를 꺼려했지만, 어느 정도 시간이 지난 지금은 서로 아주 잘 어울리는 사이가 되었다. 그러나 그런 사이에 미묘한 공기가 흐르는 때가 있었는데, 그것은 유정운이 화제의 중심이 되었을 때였다.

"나나미 언니, 언제까지 그러고 있을 거예요? 다른 사람들 다 쳐다 보잖아요."

마침내 채영은이 나나미에게 선제공격을 가했다. 그러자 나나미도 채영은의 공격을 맞받아쳤다.

"아무도 안 보고 있는데? 그리고 이건 정운이가 잘못해서 그런 거라 구."

"정운 선배가 뭘 잘못했는데요?"

"내가 자기보다 마법 실력이 떨어진대잖아."

"사실 아닌가요?"

"윽…… 그건 너도잖아."

"네. 정운 선배를 마법으로 이길 사람은 아마 없을 거예요."

나나미와 채영은의 공방전은 치열했다. 계속 그대로 놔두다가는 정말 싸움으로 번질 것 같은 느낌이 들었기 때문에 유정운이 둘 사이에 끼어들었다.

"영화 곧 시작하니까 들어가자. 날씨도 더운데 이러면 더 덥잖아."

"……."

"……."

유정운의 인터셉트에 나나미와 채영은은 공격을 멈추고 휴전 상태에 돌입했다. 확실히 그의 말대로 날씨도 더워서 계속 극장 밖에 서 있는 것은 곤욕이었다. 그래서 유정운의 말에 못 이기는 척 극장 안으로 들어갔다.

"아~ 시원하다~"

극장 안으로 들어가자마자 나나미는 기분 좋은 듯이 입을 열었다. 채영은 역시 그녀의 말에 맞장구를 쳤다.

"사람이 많아서 조금 더울 줄 알았는데 시원하네요. 저기서 팝콘이랑 콜라 사서 들어가요."

채영은의 제안대로 유정운 일행은 팝콘과 콜라를 사서 영화관 안으로 들어갔다. 영화 시작 전까지 대략 5분 정도의 여유가 있음에도 불구하고 좌석은 거의 꽉 차 있었다. 그래도 예매했던 좌석 세 개가 나란히 비어 있었기 때문에 유정운 일행은 그 좌석에 가서 앉았다.

웅성웅성―

영화 시작 전에 나오는 광고들을 보며 사람들이 쑥덕쑥덕거리는 동안 유정운은 양쪽에 나나미와 채영은을 앉혀놓고 팝콘 공급기로 변신했다. 원래는 나나미와 채영은을 나란히 앉히려고 했지만 방금 전의 분위기가 험악했던 데다가 유정운 스스로도 양쪽 옆에 미소녀를 앉히는 편이 심리적으로 나았기 때문에 양손의 꽃이라는 명언을 몸소 실천하게 되었다.

"아! 저 사람 일본에서 인기 많던데!"

자리에 앉아 광고를 보던 나나미가 광고에 나온 한국 남자 배우를 보고 반갑다는 듯이 입을 열었다. 그러자 유정운 옆에 앉은 채영은도 이야기를 시작했다.

"저 사람 일본에서 '민짱'이라고 불리던데 '짱'이란 게 '반장'할 때의 그 '장(長)'과 관련이 있나요?"

"일본어에서 '짱(ちゃん)'은 뭐랄까…… 사람을 친근하게 부르는 호칭이라고나 할까? 예를 들어서 '까―상(かあさん)'은 '어머니'고 '까―짱(かあちゃん)'은 '엄마'라고 생각하면 될 거야."

일단 화제가 유정운과 전혀 관계없는 쪽으로 흘러가자 나나미와 채영은은 서로 깔깔거리며 재잘대었다. 그러나 가운데에 끼어 앉은 유정운으로서는 이 상황을 달가워해야 할지 불편해해야 할지 참 난감했다. 서로 사이좋게 얘기하는 것은 좋은데 얘기를 하면 할수록 점차 유정운 쪽으로 몸을 밀착시키고 있다는 점이 문제였던 것이다.

딱―

그때 영화가 시작된다는 것을 알리려는 듯 영화관의 불이 일제히 꺼졌다. 그리고 곧이어 디지털 스크린에서 영화가 상영되기 시작했다. 관람 등급 15세의 코믹 영화라 야시시한 장면은 없어서 유정운 일행은 마음 놓고 웃으면서 영화를 관람할 수 있었다.

"……!"

영화가 시작된 지 대략 30여 분이 흘렀을 때 유정운은 매우 불길한 느낌을 받았다. 그것은 영화관 전체에서 은은히 울려 퍼지는 진동이었다. 일반 사람들은 그 진동을 느낄 수 없겠지만 마나전자를 가지고 있는 유정운으로서는 그 진동 때문에 마나전자 흐름이 약간 달라지는 것을 느꼈기 때문에 진동이 점차 강해지고 있다는 사실을 알게 되었다.

'망할…… 놈이다……!'

예전 같으면 꿈틀이가 나타나기 직전에 녀석의 낌새를 알아차렸겠지만, 이상하게도 지금은 꿈틀이가 나타나기 한참 전부터 녀석의 움직임을 읽어낼 수 있었다. 현재 꿈틀이는 극장에 있는 기계부터 서서히 잠식해 가고 있는 중이었다.

'영화 끝나기 전까지는 괜찮을 것 같군.'

꿈틀이의 잠식 속도를 재던 유정운은 나름대로의 예측을 했다. 여태까지의 꿈틀이는 기계를 잠식할 때 기계를 거의 파괴시켰는데, 지금의 꿈틀이는 기계의 작동을 전혀 방해하지 않고 기계를 잠식해 나가고 있었다. 그래서 그 속도가 그렇게 빠르지 않았다.

'녀석…… 나 모르게 갑자기 나타나서 기습할 생각인가?'

꿈틀이가 너무 천천히 증식하고 있었기 때문에 유정운은 꿈틀이의 목적이 무엇인지에 대해 골똘히 생각했다. 만약 자신의 생각대로 꿈틀이의 이번 공격이 기습을 목적으로 하고 있다면 상황은 심각했다. 사람들이 한창 영화에 빠져 있을 때 기습 공격을 한다면 유정운은 그렇다 치고 다른 사람들이 싸움에 말려들어 크게 다칠 수밖에 없기 때문이었다.

'어라? 한 놈이 더 있어………?'

유정운이 최초에 느꼈던 꿈틀이의 기계 잠식 진동과는 다른, 또 하나의 진동이 유정운의 마나전자를 건드렸다. 그 진동 역시 꿈틀이가 내는 것처럼 느껴졌다.

'말아먹을…… 이제 한 놈으로는 안 되니까 두 놈이 덤비겠다는 거냐?'

꿈틀이가 두 마리라는 것을 알아챈 유정운의 표정이 급격히 굳어졌다. 그럴 수밖에 없는 것이 꿈틀이 하나도 힘겹게 처리해 왔는데 녀석이 두 마리 이상이라면 싸우기가 정말 힘들기 때문이다. 게다가 이번 꿈틀이는 저번에 아하 극장에 나타났던 꿈틀이보다 업그레이드되어 있을 게 뻔한 상황에서 두 마리의 꿈틀이를 상대하는 것은 자살 행위라고 할 수 있었다.

"……!"

그때 채영은이 유정운의 손을 감싸 쥐었다. 남들은 다 웃는 장면에서 유정운 혼자 얼굴 표정을 딱딱하게 굳히고 있으니 몸 상태라도 나쁜 건가 하고 걱정이 들었던 것이다. 그런 채영은을 보고 유정운은 마음속으로 엄청난 갈등을 해야 했다. 그녀를 이번 싸움에 끼어들일까 말 것인가를.

"왜? 어디 아픈 거야?"

유정운의 상태가 심상치 않음을 알아챈 나나미도 그의 몸을 걱정했다. 사실 유정운의 성격 상 웃기는 장면이 나와도 잘 웃지 않지만, 확실히 지금의 유정운은 뭔가에 긴장하고 있었다. 아니, 두려워하고 있었다.

"무슨 일 있어?"

나나미는 유정운이 대답하지 않음에도 계속 질문을 던졌다. 그것은 대답을 들을 때까지 계속 물어보겠다는 나나미의 의지였다. 그래서 유정운은 그녀들에게 지금 상황을 설명하지 않을 수 없었다.

"믿기지 않겠지만…… 지금 녀석이 우릴 노리고 있어."

"녀석? 녀석이라니?"

"전에 말했던 기계 폭발을 일으키는 괴물. 녀석이 지금 여기 있어."

"……!"

"……!"

두 소녀의 눈이 일제히 커졌다. 그녀들은 기본적으로 유정운의 말을 믿고 있었다. 그러나 그 방법이 의심스러웠다. 그래서 나나미가 대표로 물어보았다.

"그 괴물이 여기 있다는 걸 어떻게 알아?"

"그냥 느껴져. 마나전자의 흐름을 방해한다고나 할까? 그런 느낌이야."

유정운의 말을 듣고 나나미와 채영은은 잠깐 눈을 감고 자신의 마나전자의 움직임을 확인했다. 그러나 별다른 느낌을 받지 못했다.

"…난 그런 게 안 느껴지는데?"

"…저도 그래요. 그냥 평상시하고 똑같아요."

두 소녀는 의아해했다. 하지만 유정운의 말이 거짓이라고는 생각하지 않았다. 유정운도 나나미와 채영은이 자신의 말을 믿어주고 있다는 사실을 알아차렸다. 그래서 조금은 마음 편하게 얘기할 수 있었다.

"어쩌면 마나전자 터널링 강제 유도나 가상 밴드 형성을 했기 때문에 생긴 능력일지도 몰라. 사실 그 외에는 예전에 녀석이랑 싸울 때와 크게 달라진 게 없으니까."

"…그럴지도."

생각 끝에 나나미와 채영은은 유정운의 말이 옳다고 판단했다. 일단 그렇게 꿈틀이의 존재를 인정하자 문제가 된 것은 대처 방법이었다.

"그럼 어떻게 할 거야? 경찰에 알려?"

"경찰은 도움이 안 돼. 출동도 안 할 테고. 게다가 더 큰 문제는……

녀석이 한 마리가 아니라 두 마리라는 거야."

"에? 두 마리?"

뜻밖의 말에 나나미의 목소리가 조금 커졌다. 하지만 그 순간에 영화를 관람하던 사람들이 폭소를 터뜨렸기 때문에 그녀의 목소리는 그대로 묻혔다.

"그래. 지금 녀석 둘이 이쪽으로 조금씩 오고 있어. 내 생각이지만 내가 알아차리기 전에 기습 공격을 하겠다는 생각인 것 같아."

"……!"

"저번에 내가 녀석을 물리쳤을 때 배희 선배가 녀석의 시선을 끌어 주었기 때문에 내가 녀석에게 타격을 입힐 수 있었어. 아마 그때의 경험 때문에 동료 한 명을 추가해서 공격해 오려는 걸 거야."

"……!"

괴물이란 걸 단순한 괴물이라고 생각했던 나나미로서는 크게 놀랄 수밖에 없었다. 지금 유정운이 하는 말을 들어보면 그 괴물은 마치 불사신처럼 살아 있어서 경험을 축적해 가며 성장하고 있는 듯했기 때문이다.

"…너희에게 부탁할 게 있어."

잠깐 동안 갈등 때문에 말하길 망설이던 유정운이 모종의 결심을 하고는 두 소녀를 번갈아 쳐다보며 입을 열었다. 나나미와 채영은이 자신의 다음 말을 기다리고 있다는 것을 확인한 유정운은 최대한 담담한 어조로 말을 이었다.

"너희 둘이 협력해서 녀석 하나를 견제해 줬으면 해. 그러면 내가 최대한 빨리 나머지 한 놈을 처리하고 너희를 도울 테니까."

"아……."

유정운이 바라는 바를 깨달은 나나미와 채영은은 약간 두려운 표정을 지었다. 아직 꿈틀이와 싸워본 적이 없는 나나미로서는 생애 첫 싸움을 해야 한다는 긴장감이 들었고, 이미 한 번 꿈틀이와 대면한 채영은으로서는 자신이 과연 도움이 될까 하는 걱정이 들었다. 아무리 유정운에게 마법 훈련을 받았다고는 해도 그 기간이 일주일 정도밖에 되지 않았을뿐더러, 자기 스스로도 실력이 늘었는지에 대한 확신이 없었기 때문이다.

"너희까지 말려들게 할 생각은 없었지만…… 나 혼자서 녀석 둘을 상대하는 건 무리라서……."

나나미와 채영은이 대답을 하지 않았기 때문에 유정운은 미안한 듯한 어조로 말했다. 그래도 도와주지 않아도 된다는 말은 하지 않았다. 그만큼 상황이 좋지 않았기 때문에 어쩔 수 없이 그녀들을 이번 싸움에 끌어들여야 했다.

"알았어. 잘할 수 있을지는 모르겠지만…… 해볼게."

"저도요. 지금까지 해온 훈련은 이런 상황을 위해서였던 거니까요."

결국 두 소녀는 유정운의 반강제적인 제안에 찬성했다. 그러고 나서 유정운을 사이에 놓고 둘이서 작전 회의에 들어갔다. 그녀들이 약식 주문으로 사용할 수 있는 마법은 2밴드가 한계이기 때문에 주로 2밴드 마법으로 견제를 하겠다는 작전이었다. 그 방법이 나쁘지 않다고 판단한 유정운은 또 다른 꿈틀이 견제를 그녀들에게 완전히 위임해 버렸다. 그리고 자신이 꿈틀이와 어떻게 싸울 것인가에 대해 고민했다.

와하하―

유정운 일행이 고민하는 것에는 아랑곳없이 관객들은 열심히 폭소를 터뜨렸다. 때마침 영화는 더 더욱 웃음을 자아내는 클라이맥스로 치닫고 있어서 나나미와 채영은의 작전 회의는 그녀들 바로 옆에 앉은 몇몇 사람들 빼고 거의 들리지 않았다.

"……!"

그때 유정운은 갑자기 꿈틀이의 증식 속도가 빨라지는 것을 느꼈다. 그 속도를 고려해 보면 영화가 끝나기도 전에 꿈틀이가 나타날 가능성이 짙었다. 영화 상영 도중에 덮치는 것이 낫다고 판단한 모양이었다.

'어떻게 하지………?'

꿈틀이가 나타날 때까지 기다렸다가는 꿈틀이의 공격에 의해 관객들이 다칠 위험성이 높았다. 그리고 싸움이 일어났을 때 관객들이 있으면 마법을 쓰는 것에 제약이 걸릴 수밖에 없었다. 꿈틀이는 어쩌면 그 점을 노리고 영화 상영 중에 공격하려는지도 몰랐다. 어찌 되었든 유정운으로서는 관객들을 전부 몰아내야만 했다.

"들뜸, 그리고 폭발."

유정운은 나지막이 주문을 외웠다. 그리고 디지털 스크린을 향해 2밴드의 폭발 마법을 사용했다.

콰앙!

"꺅!"

"뭐야?!"

느닷없이 스크린이 날아가 버리자 영화를 관람하던 관객들이 크게 놀라며 어찌할 바를 몰라 했다. 그야말로 어찌할 바를 몰라 했기 때문에 도망치려는 생각은 전혀 하지 않고 있었다. 그래서 유정운은 두 번째 작전을 실행했다.

"바람의 이동."

2밴드에 해당하는 바람 이동 마법으로 부서진 스크린 앞까지 사뿐하게 날아간 유정운은 관객들을 바라보았다. 원래 영화 상영 중에는 영화관 내의 불을 모두 끄기 때문에 스크린이 박살난 지금, 유정운의 모습은 실루엣만이 확인될 뿐이었다. 그 상태에서 유정운은 2밴드의 음성 변조 마법을 사용했다.

《여기 있는 놈들은 모두 죽여 버리겠다.》

음산한 어조의 음성이 사방에 울려 퍼지듯 들려오자 관객들은 비명을 지르며 영화관을 빠져나가기 시작했다. 모든 불이 꺼진 영화관이라도 비상구 표시는 되어 있었기 때문에 사람들이 영화관을 빠져나가는 것에는 큰 문제가 없었다.

"악!"

채영은과 나나미는 영화관을 빠져나가려는 사람들에게 채여 하마터면 넘어질 뻔했다. 비록 유정운이 느닷없이 이상한 행동을 해서 놀라긴 했지만 그녀들은 영화관을 빠져나가지 않고 제자리를 지켰다. 어찌 되었든 유정운이 이곳에 남아 있는 한 자신들도 있어야 한다는 생각을 했기 때문이다.

우우웅—

사람들이 거의 대부분 빠져나가자 갑자기 스크린 쪽에서 심한 울림이 일어났다. 그 울림은 상당히 강해서 유정운뿐만 아니라 채영은과 나나미도 분명히 느낄 수 있을 정도였다. 그래서 유정운은 스크린을 바라보며 꿈틀이가 나타나기만을 기다렸다.

"크크크……."

진동과 함께 스크린이 일그러지더니 마침내 꿈틀이가 그 모습을 드러내었다. 하지만 불이 모두 꺼진 상태라서 꿈틀이의 모습을 정확히 확인할 수가 없었다. 그래서 채영은과 나나미는 함부로 공격을 하지 못하고 유정운이 공격 지시를 내릴 때까지 기다리기로 했다.

"너무 어둡군…… 이래 가지고는 모처럼 만든 이 모습도 너희에게 안 보이겠어……."

흐릿한 영상만이 보이는 꿈틀이는 기분 나쁜 목소리를 내면서 천천히 손을 들었다. 순간 유정운은 꿈틀이가 마법을 사용하는 것이 아닌가 하고 긴장했으나 꿈틀이는 전혀 이상한 짓거리를 했다.

화악—

꿈틀이가 손짓을 하고 나자 얼마 안 있어 어두웠던 영화관 내부에 불이 들어왔다. 갑자기 환해져서 유정운 일행은 눈을 감을 수밖에 없었다. 바로 그 순간을 노려 꿈틀이가 공격해 오지 않을까 긴장하던 유정운은 재빨리 그 자리를 피했다. 하지만 그건 유정운의 오버액션이었다.

"재미있게 노는군…… 내가 공격이라도 할 줄 알았나……."

'윽!'

왠지 자기만 바보 짓을 한 것 같은 느낌에 유정운은 얼굴을 붉혔다. 그러다가 꿈틀이의 완전한 실체를 보고 크게 놀라고 말았다. 유정운이 생각한 대로 꿈틀이는 두 마리였는데, 그중 하나는 유명운의 모습이었고 나머지 하나는 남궁소진의 모습이었다. 여태까지 유정운 형제에게만 모습을 드러내고 그들만을 노렸던 꿈틀이가 느닷없이 남궁소진의 모습을 하고 있자 유정운으로서는 놀랄 수밖에 없었다.

"…무슨 목적으로 그런 모습을 하고 있지?"

"크크…… 궁금한가?"

마치 남궁소진의 모습을 한 꿈틀이를 보여주려고 어두웠던 영화관 내부에 불을 밝힌 듯한 유명운 꿈틀이는 득의양양한 웃음을 지었다. 그러는 와중 채영은과 나나미는 서로의 눈짓을 통해 마나전자를 들뜨게 했다. 아직 공격할 상황이 아니라는 판단에서 일단 공격 준비를 하자는 생각이었던 것이다.

"원래 기습 공격을 하려고 했는데…… 어떻게 알아낸 건지 신기하군. 아무튼…… 확실히 네놈이 있으면 재미가 없어."

유명운 꿈틀이는 아메바 같은 근육을 움직이며 말을 이어갔다. 그의 옆에 있는 남궁소진 꿈틀이는 채영은과 나나미를 바라보고 있었다. 그것은 유명운 꿈틀이가 유정운을 상대하고 남궁소진 꿈틀이가 채영은, 나나미 조를 상대한다는 뜻이었다. 역시 저번에 임배희의 가세로 유정운에게 공격을 받았던 것을 교훈으로 삼은 듯했다.

"이름이 남궁소진이던가…… 인간들 기준으로 예쁘장한 여자더군."

"소진 누나에게 무슨 짓을 하려는 거지?"

유정운은 마나전자를 들뜨게 하면서 유명운 꿈틀이에게 질문을 던졌다. 사실 당장 공격해 봐야 녀석의 방어 마법 때문에 막힐 게 뻔한 상황에서 공격을 서두를 이유가 없었다. 먼저 유명운 꿈틀이, 바꿔 말해서 우주 금속의 목적을 파악하는 게 중요했다.

"나도 몰랐는데…… 그 여자 꽤 괜찮더군. 내가 활동하기에 아주 좋은 끈을 가지고 있어. 그래서 조만간 나의 강림 시간이 다가올 것이다……."

"…너…… 우주 금속이냐?"

유명운 꿈틀이가 이상한 소리를 하자 유정운이 단도직입적으로 물었다. 우주 금속이라는 말에 채영은과 나나미가 놀란 얼굴을 하는 동안, 유명운 꿈틀이는 의미심장한 웃음을 지으며 대답했다.

"크크…… 이미 알고 있지 않나?"

"……."

유정운은 입을 다물었으나 이미 유명운 꿈틀이의 본체가 우주 금속이라는 사실은 확신하고 있었다. 아직 우주 금속 스스로가 자신의 목적을 말하지 않았기 때문에 다시 한 번 물어보기로 했다.

"왜 이런 짓을 하는 거지? 그래서 너에게 돌아가는 이득이 뭐야?"

"이득이라…… 내가 하고 있는 것에 특별한 목적 같은 것은 없다. 단지 내 즐거움을 위할 뿐…… 자세한 이야기는 네놈이 죽고 나서 네 형에게 천천히 말해 주마……."

더 이상 이야기할 마음이 없다는 듯이 유명운 꿈틀이는 유정운을 향해 천천히 손을 들었다. 그것은 명백히 공격하겠다는 뜻이었기 때문에 유정운은 드디어 채영은과 나나미에게 공격 지시를 내렸다.

"녀석이 공격한다! 저 여자를 막아줘!"

"……!"

"……!"

유정운의 느닷없는 외침에 채영은과 나나미는 정신을 번쩍 차렸다. 그리고 유정운의 지시대로 남궁소진 꿈틀이를 상대했다. 아까 꿈틀이의 기습 소식을 들은 직후부터 짰던 작전을 실행하기로 한 것이었다.

하지만 그전에 유명운 꿈틀이와 남궁소진 꿈틀이의 선제공격이 시작되었다.

콰콰콱—

카카칵—

평소에 폭발 마법을 주로 사용한 꿈틀이였으나 이번에는 날카로운 바람 공격으로 유정운 일행을 공격했다. 남궁소진 꿈틀이가 사용한 마법 수준은 2밴드 정도였고, 유명운 꿈틀이가 사용한 마법 수준은 4밴드 정도였다.

"위대한 마나여! 뚫리지 않는 방패로 사나운 기세를 막아라!"

"위대한 마나여! 날카로운 손길로 모든 것을 베어라!"

채영은이 2밴드에 해당하는 방어 마법을 사용함과 동시에 나나미는 2밴드 돌풍 마법 주문을 외웠다. 그것이 채영은과 나나미가 생각한 합동 공격이었다.

카칵—

뭔가 긁히는 소리가 나면서 나나미가 사용한 돌풍 마법이 어디론가 빗겨가 버렸다. 남궁소진 꿈틀이가 방어 마법으로 나나미의 공격을 튕겨낸 것이다. 그러나 그 정도는 이미 예상하고 있었고, 훈련 때에도 유정운이 늘 강조하던 것이었기 때문에 두 소녀는 전혀 당황하지 않았다.

"위대한 마나여! 보이지 않는 무거운 기운으로 모든 것을 억압하라!"

남궁소진 꿈틀이가 방어 마법을 사용하자마자 채영은이 2밴드 중력 마법을 사용했다. 그때 유정운과 유명운 꿈틀이 사이에서 큰 폭발이 있었으나 채영은은 남궁소진 꿈틀이와의 싸움에 집중했다. 유정운이 쉽게 당하지 않을 것이란 믿음이 있었고, 지금 눈앞에 있는 적을 붙잡아두지 않으면 안 되기 때문이었다.

"크악!"

방어 마법을 사용한 직후라서인지 남궁소진 꿈틀이는 채영은의 중력 마법을 방어하지 못했다. 2밴드의 중력 마법이라 위력이 그렇게까지 강하지 않아서 남궁소진 꿈틀이는 여전히 서 있었으나 마법을 사용할 수 있는 상태는 아니었다. 그것을 기다렸다는 듯이 나나미의 공격이 이어졌다.

"위대한 마나여! 강렬하고 뜨거운 분노로 하늘을 두려움에 떨게 하라!"

훈련했던 대로 나나미는 2밴드의 폭발 마법을 약식 주문으로 처리했다. 채영은이 중력 마법으로 묶어두고 나나미가 폭발 마법으로 공격하는 방법은 남궁소진 꿈틀이에게 제대로 먹혀들었다.

콰앙!

"크악!"

남궁소진 꿈틀이의 입에서 비명이 터져 나옴과 동시에 그의 몸의 3분의 1이 날아갔다. 채영은이 발동시키고 있는 중력 마법을 뛰어넘느라 위력이 많이 약화된 것이지 제대로 맞았으면 몸의 절반 정도를 날릴 수 있었다. 그렇게 첫 타가 성공하자 채영은과 나나미는 내심 기뻤다. 지난 일주일간의 훈련이 헛되지 않았기 때문이다. 하지만 지금부터가 중요했다. 아직 남궁소진 꿈틀이는 쓰러지지 않았으므로.

"위대한 마나여! 강렬하고……!"

중력 마법을 거두어들인 채영은이 공격을 위해 폭발 주문을 외우기

시작했을 때 갑자기 남궁소진 꿈틀이에게서 강한 진동이 일어났다. 그리고,

"크아악—!"

남궁소진 꿈틀이의 비명과 함께 강한 돌풍이 주변으로 휘몰아쳤다. 나나미에게 폭발 공격을 받자 거의 자동 반사적으로 돌풍 마법을 사용한 듯 보였다. 그걸 무시하고 폭발 마법을 사용하기에는 돌풍 마법 자체가 위력적이었기 때문에 채영은은 주문 영창을 중단하고 몸을 피했다. 나나미 역시 방어 마법을 펼칠 시간이 없어서 좌석 쪽으로 몸을 날릴 수밖에 없었다. 하지만 반사적인 공격을 완전히 피하기에는 두 소녀의 몸놀림이 좋지 않았다.

"꺄악!"

"아악!"

살이 베어지는 고통을 느끼며 두 소녀는 영화관 바닥을 뒹굴었다. 예전에 채영은과 임배희가 입었던 정도의 큰 부상은 아니었지만 그래도 무시할 수 없는 수준의 부상을 입고 말았다. 특히 고통 때문에 마법 사용에 집중할 수 없다는 점이 가장 큰 문제였다.

한편, 채영은과 나나미가 남궁소진 꿈틀이와 싸우기 시작한 직후 유정운은 유명운 꿈틀이에게서 4밴드 위력에 해당하는 돌풍 공격을 받았다. 그러나 이미 긴장 상태였던 유정운은 재빨리 몸을 날려 돌풍 마법을 피해냈다. 유명운 꿈틀이의 돌풍 마법은 유정운이 서 있던 자리를 완전히 갈가리 찢어놓았다. 그 공격을 조금이라도 맞았다면 몸 한쪽이 날아가는 것은 각오해야 할 정도였다.

"위대한 마나여! 차가운 손으로 얼음 꽃을 피우고 강렬하고 뜨거운

분노로 하늘을 두렵게 하라!"

두 명이서 적 하나를 상대하기로 한 채영은과 나나미와는 달리, 혼자서 하나의 적을 상대해야만 하는 유정운은 그녀들과는 다른 방법으로 공격을 시도했다. 그것은 일단 꿈틀이의 공격을 어떻게든 피한 뒤 바로 두 개의 공격을 연속해서 하는 것이었다. 3밴드의 동결 마법으로 유명운 꿈틀이의 움직임을 제한하고 거의 시간 차 없이 3밴드의 폭발 마법으로 타격을 주자는 생각이었다.

"어딜!"

카칵!

콰아앙!

그러나 유명운 꿈틀이는 동결 마법을 방어 마법으로 튕긴 후에 폭발 마법 역시 방어 마법으로 튕겨내었다. 평소에 방어벽을 형성하던 곳보다 더 넓게 1차 방어를 한 뒤 그 뒤쪽에 하나의 방어벽을 더 쳐서 2중 방어를 한 것이었다. 물론 그렇게 되면 동결 마법이나 폭발 마법을 완벽하게 막아내지 못하지만 신체의 일부가 살짝 동결이 되거나 화염에 그슬려도 상관없었다. 어차피 유명운 꿈틀이는 차가움과 뜨거움을 느끼지 못하는 기계 생명체이므로.

"크크…… 좋은 공격이었다만…… 별 타격이 안 되는군. 그 정도로 날 쓰러뜨린다는 건 무리다."

무난하게 유정운의 회심의 일격을 막아낸 유명운 꿈틀이는 득의양양한 표정을 지으며 유정운을 쳐다보았다. 마치 유정운의 다음 공격이 무엇일지 기대한다는 듯한 유명운 꿈틀이의 모습. 유정운 역시 함부로 공격을 하지 않고 유명운 꿈틀이를 뚫어져라 쳐다보았다. 그리고 머리 속으로는 다음 공격 방식을 정했다.

"네놈이 안 오면 내가 간다!"

유정운이 잠시 생각을 하고 있는 틈을 타 유명운 꿈틀이가 마법 공격을 감행했다. 유명운 꿈틀이는 나름대로 기습 공격이라고 한 것이었지만 유정운은 이미 유명운 꿈틀이의 공격을 기다리고 있었다. 3밴드의 방어 마법으로 유명운 꿈틀이의 마법을 어느 정도 막아낸 뒤에 바닥이 난 마나전자를 다시 모으겠다는 것이 유정운의 다음 작전이었던 것이다. 그런데,

"크아악—!"

갑자기 채영은과 나나미와 싸우고 있던 남궁소진 꿈틀이로부터 강한 돌풍이 휘몰아쳤다. 그 공격은 유정운뿐만 아니라 자기 편인 유명운 꿈틀이에게까지 영향을 미쳤다. 그래서 유명운 꿈틀이는 공격을 하다 말고 방어로 급전환하여 남궁소진 꿈틀이의 공격을 막아야 했고, 애초에 방어 마법을 사용하기로 마음먹은 유정운은 별 어려움 없이 돌풍 공격을 방어했다.

카칵—

카카칵!

유명운 꿈틀이와 유정운 모두 남궁소진 꿈틀이의 반사적인 공격을 막아내는 것에 성공했다. 그러나 왜 남궁소진 꿈틀이가 전체 공격을 해버렸는지에 대한 의문 때문에 서로 공격하는 것을 중단하고 남궁소진 꿈틀이 쪽으로 고개를 돌렸다.

"호오……!"

남궁소진 꿈틀이의 몸이 3분의 1정도 날아간 것을 보고 유명운 꿈틀

이는 의외라는 표정을 지었다. 그도 그럴 것이 유정운 형제 말고는 자신들에게 타격을 줄 수 있는 마법사가 없다고 생각했는데, 채영은과 나나미가 남궁소진 꿈틀이를 저 정도까지 몰아세우자 놀랄 수밖에 없었던 것이다. 그래도 유명운 꿈틀이의 머리 속에서는 자신들이 질 것이라는 생각을 전혀 떠올리지 않고 있었다. 한편,

"……!"

타격을 받은 남궁소진 꿈틀이보다 영화관 바닥에 쓰러진 채영은과 나나미를 보고 유정운의 동공이 커졌다. 저번처럼 뼈가 드러날 정도의 부상은 아니었으나 몸 여기저기에 상처를 입어 피를 흘리고 있는 두 소녀의 모습은 유정운의 가슴을 철렁하게 만들었다.

"큭!"

유정운은 입술을 깨물었다. 바로 이 점 때문에 채영은과 나나미를 끌어들이고 싶지 않았다. 꿈틀이와 싸우다 보면 다치게 되는 걸 피할 수가 없고 자칫 잘못하면 평생 돌이킬 수 없는 부상을 입을 수도 있었다. 만약 채영은과 나나미가 잘못되기라도 한다면 유정운으로서는 떨쳐 버릴 수 없는 큰 죄책감을 짊어질 수밖에 없었다.

"…간다."

채영은과 나나미가 얼마나 다쳤는가에 대한 걱정을 접어두고 유정운은 날카로운 눈으로 유명운 꿈틀이를 노려보았다. 가지고 있는 마나전자는 거의 고갈 상태였기 때문에 이제부터 마나전자를 모아 마법을 사용한다는 것은 자살 행위였다. 유명운 꿈틀이가 마법을 쓴 직후도 아니고 남궁소진 꿈틀이조차 언제 공격에 가담할지 모르기 때문이었다. 이제 유정운에게 남은 건 마나전자 터널링 강제 유도밖에 없었다.

"이미 너에게는 승기가 없…… 응?"

여유로운 표정으로 유정운의 하는 짓을 바라보던 유명운 꿈틀이가 표정을 변화시켰다. 분명히 바닥이 나서 없어야 할 마나전자가 유정운에게 생겨나고 있었기 때문이다. 그것도 매우 빠른 속도로 생겨나서 마치 어디선가 마나전자가 유정운에게로 홀라당 넘어온 듯한 느낌이었다.

"설마……!"

뭔가를 알아냈다는 듯이 유명운 꿈틀이는 눈을 부릅떴다. 쓰러져 있는 채영은과 나나미의 마나전자가 모조리 유정운에게로 넘어갔음을 깨달은 것이다. 마나전자 터널링 강제 유도라는 뜻밖의 기술에 유명운 꿈틀이는 반격할 기회를 놓쳐 버렸다.

"위대한 마나여, 그대의 무거운 기운이 이 땅의 모든 것을 억압하리라."

유정운은 나지막한 목소리로 주문을 외웠고, 그의 앞쪽에 있는 좌석에서 파란색의 빛이 흘러나오며 마법이 구현되었다. 채영은과 나나미에게서 넘어온 마나전자와 자신이 가지고 있는 마나전자를 합해서 간신히 5밴드를 만들었고, 그 마나전자를 가지고 5밴드의 중력 마법을 사용했다. 직접 공격을 하지 않은 이유는 어차피 공격 마법을 써봤자 유명운 꿈틀이가 방어 마법으로 되튕길 것이라고 생각했기 때문이다.

"큭……!"

"크악!"

한마디의 신음과 또 한마디의 비명이 영화관에 울려 퍼졌다. 유명운 꿈틀이가 방어 마법으로 간신히 유정운의 중력 마법에 대항한 것과 달리 남궁소진 꿈틀이는 방어 마법을 펼쳤음에도 유정운의 중력 마법을 막아내지 못하고 몸을 영화관 바닥에 처박았던 것이다.

"크으…… 그래도 넌 이제 공격할 수단이 없다!"

유정운의 중력 마법에 대항하며 유명운 꿈틀이는 마법 사용을 준비했다. 마나전자 강제 터널링으로 모은 마나전자도 이번 중력 마법으로 모두 소진하고 있기 때문에 유정운으로서는 유명운 꿈틀이의 마법 공격을 막아낼 방법이 전혀 없었다. 그러나 유정운의 마나전자 강제 터널링은 거기서 끝나지 않았다.

"크윽?"

마법을 사용하려던 유명운 꿈틀이는 자신의 마나전자가 모조리 유정운에게 넘어가는 현상을 경험했다. 그리고 유정운의 중력 마법에 압사당하고 있는 남궁소진 꿈틀이의 마나전자도 유정운에게 넘어가고 있는 것을 확인했다. 마나전자 강제 터널링이라는 현상에 대해 전혀 대비하지 않고 있던 유명운 꿈틀이와 남궁소진 꿈틀이는 자신의 마나전자를 고스란히 유정운에게 헌납할 수밖에 없었다.

"크악!"

마나전자를 빼앗기자 유정운의 중력 마법에 대항하던 방어 마법이 사라지며 유명운 꿈틀이도 차가운 바닥에 몸을 뉘어야 했다. 5밴드의 중력 마법을 사용하면서 남의 마나전자를 모조리 강제 터널링시키는 유정운을 보며 유명운 꿈틀이는 허탈한 표정을 지었다.

"역시…… 네놈이 계속 이기니까 재미가 없어……."

유명운 꿈틀이의 혼잣말을 무시하며 유정운은 가상 밴드를 만들고 그 안에 넘어온 마나전자를 차곡차곡 모았다. 그 누구도 유정운이 마나전자 강제 터널링하는 것을 막지 못했다. 그리고 마침내 유정운은 7밴드의 마나전자를 완벽히 모을 수 있었다.

"분열."

유정운의 입에서 나지막한 목소리가 흘러나왔다. 그것은 유정운의 마무리 마법인 분열 마법이었다. 그 어떤 것에도 피해를 주지 않고 표적만을 산화시켜 버리는 분열 마법을, 유정운은 가장 좋아했다.

…….

진한 보라색의 빛이 영화관 내부를 가득 메움과 동시에 유명운 꿈틀이와 남궁소진 꿈틀이의 모습은 산화되어 사라져 버렸다. 그리고 영화관은 아무 일도 없었다는 듯이 조용해졌다. 유정운이 사용했던 폭발 마법으로 인해 붙었던 불도, 중력 마법에 짓눌려 산소 공급을 받지 못하고 꺼진 상태라 영화관은 정말로 조용했다.

털썩—

긴장이 풀리자 유정운은 그대로 영화관 바닥에 주저앉았다. 5밴드의 중력 마법을 쓰면서 7밴드의 분열 마법을 쓰는 것은 상당한 정신력이 필요했기 때문에 상황 해제를 확인하자마자 주저앉아 버린 것이었다. 머리가 지끈지끈 아픈 상황에서도 유정운의 머리 속은 여전히 회전하고 있었다.

'평소에 잘 안 되던 강제 터널링이…… 위기 상황이 되니까 너무 잘 되는군…… 역시 사람은 위기가 찾아와야 비로소 힘을 발휘하는 종족인가…….'

그런 생각을 하며 쓴웃음을 짓던 유정운은 뒤늦게 채영은과 나나미에게로 생각이 미쳤다. 그래서 즉시 그녀들에게로 고개를 돌렸다. 가능하면 몸을 일으켜 뛰어가고 싶었지만 유정운의 몸은 유정운의 생각대로 움직여 주지 않았다.

"아……!"

유정운이 고개를 돌리자 그의 시야에 상체를 일으킨 채영은과 나나미의 모습이 보였다. 옷이 여기저기 찢어지고 상처도 있고 머리카락도 어느 정도 잘려 나갔지만 다행히 얼굴이나 가슴 쪽에는 팔로 막은 것인지 아무런 상처도 없었다. 남자든 여자든 얼굴에 상처 없는 것이 좋은 것이고 심장 부근인 가슴에 상처가 없다는 것도 일단 안심할 수 있는 일이었다.

"둘 다 괜찮아?"

몸이 말을 안 들어서 유정운은 제자리에 주저앉은 채로 두 소녀에게 상태를 물었다. 채영은과 나나미도 상체를 일으키기는 했지만 출혈과 통증 때문에 더 이상은 움직이지 못하고 고개만 끄덕였다. 그렇게 세 사람은 일어나지 못하고 경찰이 올 때까지 마냥 시간만 보냈다.

＊　　　　＊　　　　＊

한여름에 일어난 아하 극장의 꿈틀이 습격 사건은 단순한 정신 이상자의 테러 사건으로 처리되었다. 그 정신 이상자는 아직도 잡히지 않았다는 식으로 보도되었는데, 이는 유명운의 입김이 매우 크게 작용한 결과였다. 그래서 유정운, 채영은, 나나미는 단순히 테러 사건에 휘말린 피해자가 되었다.

「형, 이번에 꿈틀이 녀석이 소진이 누나의 모습을 하고 있었어.」

「소진이 모습?」

「어. 아무래도 녀석이 뭔가 꾸미는 것 같아. 소진 누나 관리 잘해.」

「녀석이…… 알았다. 아직 녀석의 목적을 확실히 모르니까 뭐든지 대비를 해야겠지.」

그것이 유정운과 유명운 사이에 오간 대화였다. 그리고 꿈틀이나 우주 금속의 본체가 나타나면 서로 연락을 주고받기로 했다. 점차 강해지는 꿈틀이를 유정운이나 유명운 혼자서 막기에는 역부족이기 때문에 둘이서 힘을 합하기로 한 것이었다.

…….

"자, 오늘은 그동안 함께했던 나나미와의 마지막 수업이었는데 잘 보냈냐?"

여름방학 2차 보충 수업이 끝나는 날, 오경락 선생이 반 아이들을 둘러보며 물었다. 그러자 여기저기서 안타까운 탄성이 터져 나왔다.

"너무 아쉬워요!"

"난 나나미와 얘기도 못했는데!"

"나의 피앙세가 가는구나!"

여학생들보다는 주로 남학생들에게서 한탄이 터져 나왔다. 반 아이들 중 그 누구도 유정운과 나나미가 꿈틀이와 싸워서 부상을 입었다는 사실을 알지 못했다. 2차 보충 수업이 시작할 때쯤 나나미의 부상이 전부 나았기 때문이다. 사실 나나미가 다쳤다는 소식이 아카모리 사람들에게 알려지면 유명운의 입장이 매우 곤란해지기 때문에 유명운이 나나미의 상처를 완전히 치료하려고 이리저리 뛰어다녔다는 후문이다.

"그동안 함께 공부해서 즐거웠어요. 다음에 기회가 되면 또 만나기를 바라요."

짝짝짝―

반 아이들의 박수를 받으며 나나미는 한 달 동안의 한국 여행을 끝마쳤다. 그리고 그 다음날 나나미는 고향인 일본으로 돌아가기로 했다.

출국날, 공항에 배웅 나온 사람은 유정운과 채영은뿐이었다. 유명운이야 원래 쓸데없이 바쁘고 남궁소진도 유명운 뒷바라지하느라 못 나왔으며, 그 외의 사람들은 유정운이 일부러 모두 못 오게 했다. 그래도 같이 꿈틀이와 싸웠던 채영은은 불러야 할 것 같아서 유정운과 채영은 둘이서 나나미를 배웅하기로 한 것이다.

"짐은 전부 챙겼어요?"

"응. 몇 번씩이나 확인했으니까 확실해."

채영은은 마치 나나미의 어머니라도 되는 듯 이것저것 물어보며 챙겨주려고 했고, 나나미는 준비를 모두 끝냈다고 보고했다. 그때 유정운이 끼어들었다.

"나나미, 네가 한국 와서 산 옷들은 안 가져가?"

"옷? 그거 그냥 가져."

"……."

나나미의 입장에서는 한국에 와서 산 옷이 다섯 벌밖에 되지 않는

데다 집에 가면 더 좋은 옷들도 있기 때문에 굳이 짐을 무겁게 할 생각이 없었다. 그러나 옷을 잘 사 입지 않는 유정운 입장에서는 그 다섯 벌의 옷도 많은 편이었고, 그보다 더 심각한 문제가 하나 있었다.

"난 남자라서 그 옷 필요없어. 우리 집에 여자가 있는 것도 아니고."

"심심할 때마다 가끔씩 그 옷 입고 여자인 척해봐. 정운이 넌 얼굴이 곱상하니까 잘 어울릴 거야."

"…안 입어."

유정운이 여장을 한 모습을 상상하던 나나미와 채영은은 묘한 웃음을 지었고, 유정운은 뭐라 하지도 못하고 그저 한숨만 내쉬었다.

"정운아."

"응?"

갑자기 나나미가 조용한 어조로 유정운을 불렀다. 유정운이 의아한 표정으로 쳐다보자 나나미는 얼굴을 조금 붉히며 말했다.

"그 옷들 보면서…… 내 생각 했으면 좋겠어……."

"아…… 어……."

분위기가 묘해지자 무표정한 유정운도 시선을 다른 곳으로 돌렸다. 그때 나나미와 유정운 사이의 묘한 분위기를 깨기 위해 채영은이 입을 열었다.

"비행기 시간 다 됐어요."

"응…….."

대답은 그렇게 했지만 나나미는 쉽게 발걸음을 떼지 못했다. 잠시 유정운의 얼굴을 바라보던 나나미가 다시 한 번 말을 이었다.

"언제 시간 나면 일본으로 놀러 와. 언제든지 환영이니까."

"어……."

유정운은 애매모호한 대답을 했다. 사실 아카모리 쪽에서는 나나미와 유정운의 사이가 가까워지는 것을 별로 달가워하지 않았다. 단지 유정운이 유명운의 동생이라는 점 때문에 나나미와의 접촉을 놔두고 있는 것일 뿐이었다. 나나미가 한국에서, 그것도 유정운네 집에서 한 달이나 지내겠다는 것도 좋게 보고 있지 않았다. 그런 상황에서 유정운이 당당하게 나나미네 집에 놀러 간다는 것은 사실상 힘든 일이라 할 수 있었다.

"그럼…… 나 갈게……."

마침내 나나미는 여행용 가방을 끌고 게이트로 향했다. 가는 도중 몇 번이나 뒤를 돌아서서 작별 인사를 하는 나나미의 모습에 유정운은 괜스레 마음이 허전해졌다. 한 달 동안 같은 지붕 아래서 살았지만 별일없이 지냈기 때문에 뭔가 특별한 기억 같은 것은 없었으나 그녀와 지낸 일을 쉽게 잊지는 못할 것 같았다.

"…갔네요."

나나미의 모습이 완전히 사라지자 채영은이 유정운의 표정을 살펴보며 조심스럽게 입을 열었다. 하지만 유정운의 표정은 별반 달라진 게 없어서 채영은은 그가 어떤 생각을 하고 있는지 알 수 없었다.

'정운 선배는 나나미 언니를 어떻게 생각하고 있을까…….'

그런 생각이 채영은의 머리 속에서 맴돌고 있을 때 나나미가 사라진 쪽을 무표정하게 바라보던 유정운이 느닷없이 말을 꺼냈다.

"좀 이르긴 한데 점심 먹을래?"

"네? 아…… 네."

전혀 예상 밖의 말을 들어서 채영은은 한순간 당황했으나 곧 고개를 끄덕이며 긍정의 표시를 했다. 그래서 유정운과 채영은은 공항 근처에 있는 식당에서 점심을 먹기로 했다.

"……."

"……."

주문한 음식이 나오기를 기다리는 동안 두 사람은 아무런 대화도 하지 않았다. 유정운이야 원래부터 말이 없었고, 채영은은 무슨 말을 해야 할지 몰라 가만히 있는 것이다. 그러다가 채영은이 뭔가 떠올랐다는 듯이 말문을 열었다.

"전부터 말하려고 했는데…… 앞으로 정운 선배를 오빠라고 불러도 돼요?"

"……!"

채영은의 말이 의외라서 유정운은 조금 놀란 표정을 지었다. 무표정했던 유정운의 얼굴에 놀란 기색이 떠오르자 채영은은 관심 끌기에 성공했음을 확인했다.

"나나미 언니는 언니라고 부르고 정운 선배는 선배라고 부르니까 조금 어색해서요. 선배랑 저랑 평범한 선후배 사이도 아니고 벌써 이상한 괴물하고 목숨 걸고 싸운 사이잖아요?"

"뭐……."

"그럼 오빠라고 불러도 되죠?"

채영은은 다그치듯이 유정운에게 동의를 구했다. 사실 유정운의 입장에서는 채영은이 자신을 선배라고 부르든 오빠라고 부르든 반말만 사용 안 하면 그만이었다. 그래서 그녀의 부탁을 금방 수락했다.

"너 편한대로 불러."

"고마워요, 오빠."

"……."

단순히 호칭만이 바뀌었을 뿐인데 유정운은 묘한 감정을 느꼈다. 그래서 그 감정을 숨기기 위해 물을 한 모금 마셨다. 채영은 역시 조금 긴장됐는지 물을 한 모금 마시고 나서 다른 쪽으로 화제를 돌렸다.

"오빠는 참 대단해요."

"…뭐가?"

"그 괴물을 이겼잖아요."

"뭐……."

유정운은 별 감흥 없는 투로 반응을 보였다. 꿈틀이를 이기지 못하면 자신이 죽기 때문에 무조건 이겨야만 한다. 그걸 대단하다고 보기에는 무리가 있다라는 게 유정운의 생각이었다. 하지만 채영은의 생각은 달랐다.

"괴물의 공격을 받고 나서 '아, 이제 끝났구나' 라고 생각했어요. 저와 나나미 언니가 반드시 막아야 했던 괴물을 막지 못했으니까 오빠가 위험해질 거라는 생각이 들었거든요. 그게 무서워서 오빠 쪽으로 고개를 돌리기가 두려웠어요."

"……."

"그런데 막상 오빠를 보니까…… 오빠는 아무런 상처도 입지 않고 오히려 저와 나나미 언니의 마나전자를 터널링시켜서 괴물들을 쓰러뜨렸죠. 오빠가 분열 마법으로 그 괴물들을 무로 되돌릴 때…… 전율이 느껴졌어요. 이 사람 정말 무서운 인간이구나…… 하고요."

"……."

유정운은 아무 말도 하지 않았다. 확실히 평범한 마법사들 입장에서 보면 마나전자 강제 터널링이나 가상 밴드 형성 같은 말도 안 되는 기술을 구사하는 유정운이 정말 무서운 존재일지도 몰랐다. 그러나 그보다 더 무서운 존재와 싸워야 하는 유정운의 입장에서는 자신의 능력이 그다지 대단하다고 느껴지지 않았다. 조금이라도 긴장을 늦추면 당장 목숨이 날아갈 판국이었기 때문이다.

"별로 대단한 건 아니야. 인간은 누구나 궁지에 몰리면 자신이 가지고 있는 능력을 100퍼센트 이상 발휘하기 마련이니까. 나도 그런 것뿐이고."

"그런가요? 하지만 저도 궁지에 몰렸는데 오빠 같은 힘은 못 냈는걸요."

"음…… 뭐랄까 난 운이 많이 없는 편이라 그런 일을 많이 당해봤거든. 그래서 같은 궁지에 몰려도 어떻게 하면 될 것인가 하는 판단이 바로바로 서는 편이지. 그런 걸 대단하다고 보기는 어려워."

"그래도 그런 판단을 한다는 것 자체가 대단한 거죠. 그리고 그 판단을 실제로 실현시키는 것은 더 대단하구요."

유정운과 채영은은 서로 대단하네 아니네를 놓고 열띤 토론을 벌였다. 당사자들 입장에서는 중요한 문제일지 몰라도 제3자 입장에서는 정말 어처구니없는 주제가 아닐 수 없었다. 그렇게 유정운과 채영은은 쓸데없는 얘기로 음식이 나올 때까지, 그리고 음식이 나오고 나서도 영양가없는 얘기로 시간을 보냈다.

29 장
서울 예선전—오전

ⅡⅩⅨ 서울 예선전―오전

짧은 여름방학이 끝나고 2학기가 시작되었다. 2학기나 1학기나 유정운에게 있어서는 아무런 차이도 없었지만 마법 연구부 입장에서는 2학기가 매우 중요했다. 9월 중순에 학교의 명예를 걸고 출전하는 전국 메이지 배틀 대회가 있기 때문이다. 개교 이래 계속 전국 메이지 배틀에 참여해 왔던 천인 고등학교였지만 작년에는 예기치 않은 테러 사건으로 인해 불참했었다. 하지만 올해는 그런 테러 사건도 없고 대회에 불참할 이유가 전혀 없어서 참가하게 되었다. 아니, 참가해야만 했다.

"부 탈퇴하고 싶다……!"

대회가 점점 다가오자 마마 부원들이 볼멘소리를 했다. 9월 20일에 총 16개 학교가 참가하는 서울 예선전이 있어서 하루 동안 학교에 안 나가도 되지만 문제는 학교에서 주는 압박감이었다. 천인 고등학교가 개교 이래 전국 메이지 배틀 지역 예선에서 떨어진 적이 없는데다 본선에 올라가면 최소 8강 안에는 들었기 때문에 마마 부원들은 부담감을 느끼지 않을 수가 없었다. 특히 재작년 대회에서 천인 고등학교는 최고 성적인 준우승을 차지했었다. 물론 그 준우승 신화의 주역은 채소은과 임배희였다.

"지금 3학년 선배들이 수험 준비한다고 참가를 안 하니까 우리 중에 한 명이라도 빠지면 정말 힘들어져요."

볼멘소리를 하는 부원들을 바라보며 채영은이 고개를 설레설레 저었다. 그녀의 말대로 가뜩이나 부원들도 없는데 3학년이 전면 불참을 선언한 상태라 사태는 심각했다. 원래 학교에서 전폭적으로 밀어주는 대회이기 때문에 3학년들이 불참하기 힘듦에도 불구하고 한 명의 선생이 3학년의 불참을 인정해 버려서 인원수가 간당간당하게 되었다. 3학년의 불참을 인정한 선생은 다름 아닌 전애리 선생이었다.

"모두 부담 가질 필요 없어. 놀러 간다는 기분으로 참가하면 돼."

전애리 선생은 부드러운 미소를 지으며 부원들을 달래었다. 대회 참가가 결정되고 나서 전애리 선생이 전격적으로 마법 연구부의 담당 선생이 되었는데, 전애리 선생 스스로가 맡겠다고 해서 그렇게 된 것이었다. 테러 사건 이후 전애리 선생의 발언권이 매우 커진 상태라 아무도 그녀의 생각에 반대하지 않았다. 사실 대회에 나가서 좋은 성적을 내지 못하면 선생 생활에 지장이 초래될 수도 있는 걸 자진해서 맡겠다고 하니 모두 얼씨구나 좋다 하고 넘겨 버린 것이라 할 수 있었다.

"선생님은 걱정도 안 되세요? 예선에서 탈락하면 학교 망신이잖아요."

김세민이 느긋해하는 전애리 선생에게 불만 어린 목소리를 내었다. 유정운과 채영은을 제외한 부원들의 실력이 그다지 좋지 않다는 것을 알고 있는데도 전애리 선생이 너무 편안하게 생각하고 있었기 때문이다. 최소 전국 8강에 들었던 마법 학교가 느닷없이 예선 탈락을 하게 되면 학교에서 가만히 있지 않을지도 모른다. 그런 생각이 김세민과 그 외 부원들의 공통된 걱정이었다.

"걱정하지 마. 위기의 순간에는 언제나 구세주가 나타나는 법이니까. 안 그러니?"

전애리 선생은 미묘한 웃음을 지으며 유정운을 쳐다보았다. 3학년의 불참 선언을 인정한 것, 부원들의 실력이 형편없다는 것, 대회에 나가서 좋은 성적을 내지 못하면 불이익을 받을지도 모른다는 것, 이 모든 것을 알고서도 마법 연구부의 담당을 맡기로 한 전애리 선생. 그녀가 믿고 있는 것은 유정운이었다. 유정운만 있으면 전국 메이지 배틀 대회 따위 가볍게 우승할 수 있다는 생각을 가지고 있는 것이다.

"……"

유정운은 속으로 한숨을 내쉬었다. 이미 작년에 아카모리 고등학교와의 메이지 배틀을 경험한 적이 있는 유정운이라 전국 대회라고 해서 부담을 느끼고 있지는 않았다. 오히려 유정운 스스로도 우승할 것이라는 생각을 가지고 있었다. 설령 우승을 하지 못한다고 해도 어쩌면 그편이 더 좋을지도 모른다. 자신보다 강한 마법사가 있다는 것은 우주 금속과 싸울 때 상당한 플러스가 될 가능성이 있으므로.

"아무튼 메이지 배틀에 대한 룰을 설명할게. 별로 어렵지는 않으니까 잘 들어둬."

부원들의 불만을 잠재운 뒤 전애리 선생은 전국 메이지 배틀의 규칙을 설명하기 시작했다.

"일단 출전 선수는 다섯 명이고 1:1로 싸워서 이기는 쪽이 다음 선수와 싸우고 상대편의 마지막 선수까지 이기면 승리하는 거야. 대결 방식은 보통 양초에 불을 붙이거나 끄는 거, 아니면 수박을 바람 마법으로 절단하는 거 이 세 가지가 많이 쓰여. 물론 대결 방식은 자기 마음대로 정할 수 있지만 상대도 그거에 동의를 해야 하기 때문에 세 가지 이외의 방식은 아마 거의 성사되기 어려울 거야."

경험자인 유정운을 제외하고는 모두 조금 헷갈린다는 반응을 보였다. 그러나 전애리 선생은 그것에 크게 신경 쓰지 않았다.

"대결 방식은 연습하면서 익히면 되니까 걱정 마. 그보다 예선전 날에 2학년 중에서 몇 명이 응원을 나오게 될 거야."

"누군데요?"

"많지는 않아. 아마 정운이는 잘 알 거야. 응원하러 오는 사람은 1반 박호준, 이상규, 5반 서동민, 김연영. 이렇게 네 명이야."

"……."

응원단의 명단을 듣고 유정운은 또다시 속으로 한숨을 쉬었다. 응원단 멤버는 전부 작년 1학년 28반의 학생들이었기 때문이다. 그것도 전애리 선생과 함께 항상 박호준의 경기를 응원 나갔던 그 멤버 그대로였다. 아마도 전애리 선생이 반강제적으로 그들을 끌어들인 것이 아닌가 하는 생각이 들었다.

'아니면 이 녀석들 수업 빠지고 싶어서 응원하러 간다고 했을지도……'

그쪽도 충분히 생각할 수 있는 사항이었다. 특히 이상규의 경우에는 전애리 선생이 오지 말라고 해도 무조건 따라가겠다고 억지를 부렸을지도 몰랐다.

"어라? 근데 그날 호준이는 리그 경기가 있을 텐데…… 응원 온대요?"

이런저런 생각을 하던 유정운이 박호준의 응원 참가에 대해 의문을 표시했다. 그의 말대로 9월 20일에는 2075년도 하늘의 분노 3차 리그의 16강 첫 경기가 있었다. 그중 박호준의 경기도 있기 때문에 과연 응원 참가가 가능한지 의심스러웠던 것이다. 그러나 전애리 선생은 걱정 말라는 듯한 표정으로 대답했다.

"나도 그렇게 생각했는데 호준이가 응원 끝나고 바로 경기장으로 가면 된다고 해서 참가시켰어. 게임 센터하고 대회장하고 가까우니까."

'호준이 녀석, 무리하는군.'

전애리 선생이 인솔자로 참가하기 때문에 박호준도 응원에 참가하기로 마음을 먹은 듯했다. 아니면 메이지 배틀 대회 응원을 끝내고 그 인원으로 자신의 경기를 응원하도록 종용할 가능성도 있었다. 어찌 되었든 중요한 대회를 앞두고 그런 결정을 내렸다는 사실은, 박호준이 아직도 전애리 선생을 굉장히 좋아하고 있다는 뜻이었다.

　　　　　＊　　　　　＊　　　　　＊

　운명의 9월 20일이 찾아왔다. 학교의 영웅이 되느냐 비웃음거리가
되느냐 하는 아주 중요한 날이었다. 그래서인지 유정운을 제외한 마마
부원들의 얼굴은 밤잠을 설친 기색이 역력했다. 심지어 채영은조차도
어제 잠을 제대로 이루지 못했다. 즉, 어젯밤에 잠을 잘 잔 사람은 유
정운과 전애리 선생 둘뿐이었다.

　"시열이는 배탈이 나서 오늘 결석했으니…… 다섯 명이구나."

　전애리 선생은 학교 앞운동장에 모인 마마 부원들의 모습을 바라보
며 한숨을 내쉬었다. 1학년 송시열이 느닷없는 배탈 때문에 결석하게
되어 다섯 명의 인원으로 대회를 치르게 되었기 때문이었다. 그래도
최소 참가 인원인 다섯 명이 되기 때문에 위안이라면 위안이었다.

　"늦어서 죄송해요~"

　학교 앞운동장에 마마 부원들이 집합해서 이런저런 걱정을 할 때 박
호준을 중심으로 한 응원단이 모습을 드러내었다. 그들은 학교장 재량
으로 오늘 하루 수업을 빠지지만 결석으로 처리되지 않는다. 그래서인
지 그들의 표정은 매우 밝아 보였다.

　"모두 모였으니 어서 타자."

　인원수에 이상없음을 확인한 전애리 선생은 학교에서 지급한 학교
전용 버스에 가장 먼저 올라탔다. 그 뒤를 놓칠세라 박호준이 올라탔
고, 다른 사람들도 차례대로 버스에 올랐다.

　"창가 쪽에 앉아."

　"네."

유정운은 채영은을 창가에 앉혔고, 자신은 통로 쪽에 앉았다. 많은 사람들이 통로 쪽보다는 창가 쪽을 선호하기 때문에 일부러 채영은을 창가 쪽에 앉힌 것이었다. 물론 유정운도 창가 쪽을 더 좋아했다.

"헉!"

모두 버스에 올라타자 이상규가 헛바람을 집어삼켰다. 총 인원 열 명 중에서 전애리 선생은 인솔 때문에 혼자 맨 앞에 앉고, 서동민은 김연영과 유정운은 채영은과 박호준은 김세민과 양우미는 안은선과 앉아서 이상규 혼자 덩그러니 남게 된 것이다. 그래서 이상규는 혼자 쓸쓸하게 앉아야 했고, 그런 이상규를 보며 유정운은 속으로 회심의 미소를 지었다. 이상규와의 합석을 피하기 위해 일부러 채영은과 같이 앉은 것이라 해도 과언이 아니었기 때문이다.

부우웅—

버스가 대회장을 향해 출발하자 채영은이 유정운의 얼굴을 바라보며 질문을 던졌다.

"오빠는…… 안 떨려요?"

대회에 대한 긴장 때문에 잠을 제대로 자지 못했던 채영은으로서는 담담한 표정을 짓고 있는 유정운이 신기하게 느껴졌다. 물론 유정운의 실력을 충분히 알고 있기는 하지만 그래도 너무 긴장감이 없어 보였던 것이다. 그러나 유정운은 그녀의 말을 부인했다.

"아니, 나도 나름대로 긴장하고 있는데."

"전혀 안 그래 보이는데요."

"그래도 긴장 중이야."

"……."

채영은은 여전히 미심쩍은 눈초리로 유정운을 쳐다보았다. 그러다가 문득 자신이 너무 유정운의 얼굴을 오래 쳐다보았다는 사실을 인식하자 얼굴을 붉히고 시선을 창밖으로 돌렸다. 아직 다른 사람들 앞에서는 유정운을 선배라고 부르고, 유정운과 단둘이 있을 때만 오빠라고 부르고 있었다. 마마 부원들 앞에서 유정운을 오빠라고 부르면 2학년인 김세민에게도 오빠라고 불러야 하는데 왠지 그러기는 싫었기 때문이다.

"너무 긴장할 필요 없어. 영은이 네 실력이면 예선전은 가뿐하게 통과하고도 남을 테니까."

유정운은 채영은의 어깨를 살짝 두드리며 격려해 주었다. 원래 어깨를 두드릴 생각은 없었는데 왠지 모르게 손이 채영은의 어깨로 가버렸다. 그 상태에서 바로 손을 내리는 것도 어색해서 그냥 가볍게 어깨를 두드린 것이었다.

"네……."

잠시 동안의 접촉일 뿐이었지만 채영은의 심장 고동 소리는 아까보다 더욱 커졌다. 그것이 대회에 대한 긴장감 때문이 아니라는 건 채영은 스스로가 매우 잘 알고 있었다.

끼이—

"다 왔다."

대략 30여 분 정도를 달리자 버스는 목적지인 메이지 배틀 대회장에 도착했다. 대회장이라고 해봤자 일반 뮤지컬 극장을 조금 개조한 정도의 수준이라서 그다지 특별하지는 않았다. 하지만 전국 규모의 마법 대회가 종종 열리는 곳이라 그런지 건물의 규모 자체는 일반 뮤지컬 극장의 두 배는 족히 되어 보였다.

　와— 와—

　대회장에 있는 학교 중에서 유난히 눈에 띄는 학교가 하나 있었다. 응원단 규모도 참가 학교 중 가장 큰 스무 명으로 이루어져 있는 학교. 큼지막한 플래카드도 만들어 응원하고 있는 학교. 재작년과 작년에 걸쳐 전국 메이지 배틀에서 우승을 차지했던 남우(南優) 고등학교였다. 전통 마법 학교는 아니지만 100여 년에 걸친 학교 역사가 말해 주듯 명문고 중의 하나라서 마법 관련 분야에서도 빼어난 성적을 보여주고 있었다.

　"저긴 뭐 대대적으로 응원하는구만."

　남우 고등학교의 물량 응원에 달랑 네 명으로 응원을 온 천인 고등학교의 응원단은 기가 죽을 수밖에 없었다. 사실 본래 목적은 응원이 아닌 학교 수업 빼먹기라서 응원 도구조차 가지고 오지 않았다. 그래서 천인 고등학교 응원단은 다른 학교의 응원전을 보며 '참 열심히 하는구나' 라는 감탄사만을 내뱉었다.

　"자, 이리 와서 앉아."

　전애리 선생이 지시한 대로 유정운 일행은 지정된 좌석에 가서 앉았다. 그리고 전애리 선생은 마마 부원들과 상의한 끝에 엔트리 순서를 정하고 그것을 주최 측에 제출했다. 천인 고등학교의 대회 출전 선수 명단은 당연하게 김세민, 안은선, 양우미, 채영은, 유정운의 순이었다.

　"선생님, 그런데 서울 예선에서 몇 개 학교나 본선에 진출해요?"

　엔트리를 제출하고 돌아온 전애리 선생에게 박호준이 질문을 던졌다. 일반적으로 서울 쪽에 학교들이 많기 때문에 서울 예선에서 달랑 한 개 학교만 뽑을 것 같지는 않았기 때문이다. 그런 박호준의 예상대로 전애리 선생의 설명이 이어졌다.

"서울에서는 상위 세 개 학교가 본선 진출 티켓을 얻게 돼. 지금 우리나라가 크게 나누면 함경도, 평안도, 황해도, 경기도, 강원도, 충청도, 전라도, 경상도 총 여덟 개 도잖아? 이 중에서 경상도가 세 장이고 경기도·평안도·전라도가 두 장씩, 나머지가 한 장씩이야. 그렇게 총 16개 학교가 본선에 진출하게 되어 있어. 각 지방에 있는 학교 숫자대로 비율을 나눈 거야."

"그거 정하는 데 뭔가 뒷돈 거래가 있지 않았을까요?"

느닷없이 이상규가 그런 의문을 제기했으나 아무도 그의 말에 신경쓰지 않았다. 그러는 사이 각 학교의 출전 선수들과 응원단이 자리를 잡고 응원전을 시작했고, 주최 측에서는 추첨을 통해 대진표를 작성했다. 천인 고등학교는 가장 강력한 우승 후보인 남우 고등학교를 결승전에서야 만나는 행운의 대진을 갖게 되었다.

"첫 번째 경기는 작년 우승팀인 남우 고등학교와 예선 16강 탈락을 한 유인(裕仁) 고등학교입니다. 각 학교의 출전 선수들은 무대 앞으로 나와주세요."

남자 사회자의 지시에 따라 남우 고등학교와 유인 고등학교의 학생들이 무대 앞으로 걸어나갔다. 물론 담당 선생도 함께였다. 남자 세명, 여자 두 명으로 구성된 유인 고등학교와는 달리 남우 고등학교는 남(南) 자가 남(男) 자가 아닌데도 불구하고 다섯 명 선수 모두 남자였다. 그것도 전부 3학년처럼 보였다. 확실히 남우 고등학교는 이번 대회에서 또 우승하겠다는 의지를 보이고 있었다.

"첫 번째 선수들 앞으로 나와주세요."

사회자의 말에 따라 남우 고등학교와 유인 고등학교의 1번 타자들이 무대 앞으로 나섰다. 나머지 사람들은 무대 안쪽에 마련된 의자에 가서 앉게 되었다. 지난 대회에서의 성적에 따라서 대결 방식을 정하기 때문에 작년 우승팀인 남우 고등학교 쪽에서 대결 방식을 정하였다.

"바람 마법으로 수박을 네 조각으로 쪼개는 것으로 하겠습니다."

남우고 1번 타자는 수박 쪼개기를 대결 방식으로 정했고, 상대편에서도 그것에 수긍했다. 아무래도 날씨가 조금 더웠기 때문에 수박을 먹어보자는 의도로 대결 방식을 정한 듯했다. 실제로 수박 쪼개기 대결을 할 경우 쪼개진 수박은 그 학교에 공짜로, 무료로, 그냥 주기 때문에 더운 날 많은 이들이 선호하는 대결 방식은 수박 쪼개기였다.

"위대한 마나여, 그대의 날카로운 손길이 이 땅의 모든 것을 베어버리리라."

남우고 1번 선수는 마법 지팡이를 손에 들고 여러 번의 주문 영창 끝에 주문을 완성했다. 그리고 비교적 무난하게 수박을 네 조각으로 쪼개었다. 마법 수준이 2밴드 정도라서 칼로 자른 듯한 단면은 나오지 않았으나 수박의 파편이 튀지 않았다는 점에서 꽤 정교한 컨트롤이었다는 것을 알 수 있었다.

와―!

남우고 1번이 마법을 성공시키자 남우고 응원단에서 우레와 같은 함성이 터져 나왔다. 역시나 최다 인원답게 응원 소리도 매우 컸다. 그러한 대대적인 응원에 기가 질린 것인지 유인고 1번 선수는 긴장을 하며 마법을 시전했다. 그러나 그 결과는 좋지 않아서 수박을 두 조각으로, 그것도 수박 파편이 많이 튀어서 쪼개지는 안 좋은 컨트롤을 선보였다.

"첫 번째 대결! 남우 고등학교 승!"

와―! 와―!

남우고가 1:0으로 앞서가자 또다시 남우고 응원단 쪽에서 환호성이 터졌다. 그리고 그에 보답이라도 하려는 듯 남우고 1번 선수는 계속해서 수박 쪼개기를 대결 방식으로 결정했고, 유인고의 모든 선수를 수박 네 조각으로 쪼개기를 통해 물리쳤다. 지난 대회 우승팀답게 5:0이라는 압도적인 결과였다. 또한 모든 대결을 수박 쪼개기로 정함으로써 수박을 다섯 개나 확보하게 되었다. 물론 그 확보된 수박은 남우 고등학교에 무상으로 제공되고, 선수들과 응원단은 그 수박을 2차전이 시작되기 전까지 느긋하게 먹을 수 있었다.

"오호~ 쟤네들 수박 먹는데? 우리도 먹자!"

남우 고등학교의 선수들과 응원단이 수박을 나눠 먹는 것을 보며 이상규가 군침을 흘렸다. 그러나 16강전 가장 마지막에 경기를 갖는 천인 고등학교이기 때문에 수박을 먹으려면 한참 있어야 했다. 그래도 이상규는 수박에 대한 미련을 떨쳐 버리지 못했다.

"야, 대결 방식을 무조건 수박 쪼개기로 해서 수박 좀 먹자. 그래, 수박 다섯 개씩 열 조각 내기 어때? 응? 응?"

"……."

모두 이상규의 말을 무시하며 16강전 경기들을 지켜보았다. 대체적으로 그 수준이 그 수준인 경기들이라 그다지 재미있지는 않았다. 오직 남우 고등학교만이 압도적인 실력을 보이고 있을 뿐 나머지 학교들은 지지부진했다. 서울에 가장 많은 학교가 있긴 하지만 마법 전문 학교는 거의 없기 때문에 아무래도 그 실력이 기대에 크게 미치지 못하고 있었다.

"영은이 너 혼자 나가도 이 대회 우승하겠는데?"

다른 학교들의 실력을 파악한 유정운이 느닷없이 입을 열어 그렇게 말했다. 물론 그 소리는 작아서 옆에 앉은 채영은에게만 들렸다.

"네? 설마요…… 일단 남우 고등학교가 가장 상대하기 어려울 것 같은걸요."

채영은은 고개를 설레설레 저으며 유정운의 말을 부인했다. 아직 1학년인 자신이 3학년으로 이루어진 남우 고등학교를 이길 수 있으리라고는 생각하지 않았기 때문이다. 그런 채영은에게 유정운은 몇 가지 주문을 했다.

"영은아, 마법 쓸 때 약식 주문은 쓰지 말고 정식 주문을 써. 그러면 긴장해서 컨트롤 실수하는 일은 없을 거야."

"네."

"그리고 들뜸 유도 주문을 외우거나 마법 주문을 외울 때에는 세 번 정도 반복해."

"왜요?"

"원래 그 정도가 1학년 수준이야. 너처럼 한 번에 마나전자 들뜨게 하고 한 번에 마법 쓰고 한 번에 약식 주문까지 쓰는 1학년은 없어."

"아……."

일부러 실력을 감추라는 유정운의 말에 채영은은 왠지 칭찬을 받은 것 같아 얼굴을 붉혔다. 주변 사람들에게서 마법 잘한다라는 소리를 들어도 그다지 기쁘거나 하지 않는 채영은이었으나 이상하게 유정운에게 칭찬을 받으면 기분이 날아갈 듯 좋아지곤 했다. 그건 고수 중의 고수인 유정운에게서 칭찬을 받으면 그만큼 자신의 실력을 확실히 인정받는다는 뜻이 있어서 그런 것이기도 했지만, 그 외에도 유정운에게 좋은 말을 들으면 마냥 기분이 좋았다.

"16강전 마지막 경기입니다! 지난 대회 서울 예선 탈락한 전성(前成) 고등학교와 지난 대회 불참한 천인 고등학교입니다!"

마침내 천인 고등학교가 호명되었고, 유정운을 주축으로 한 마마 부원들은 긴장된 표정으로 무대에 올랐다. 올라가면서 유정운은 슬쩍 응원단들을 둘러보았다. 총 인원은 100여 명 안팎이라 수학여행 때 아카모리 고등학교 대강당에 모인 7,000명에 비하면 규모가 매우 작았다. 그래서인지 유정운은 전혀 떨리는 느낌을 받지 않았다. 물론 7,000명 앞에서도 거의 떨지 않았지만.

"첫 번째 선수 앞으로 나와주세요."

사회자의 지시에 전성 고등학교 1번 선수와 천인 고등학교 1번 선수인 김세민이 앞으로 나갔다. 작년 대회에 불참한 천인 고등학교와 작년 서울 예선에서 탈락한 전성 고등학교를 비교했을 때 우선권은 전성 고등학교에 있었다. 그래서 전성고 1번 선수가 대결 방식을 정했다. 물론 그 대결 방식은 거의 대부분의 학교가 그랬듯이 수박 쪼개기였다.

"위대한 마나여, 그대의 날카로운 손길이 이 땅의 모든 것을 베어버리리라."

전성고 1번 선수는 여러 번의 주문 영창을 통해 마법을 구현했고, 수박을 두 조각으로 나누는 것에 성공했다. 하지만 문제는 자기 스스로가 네 조각으로 나누겠다고 했는데 두 조각으로 나누었으니 실패였다.

"후우……."

일단 상대편의 첫 번째 선수가 실패했기 때문에 김세민은 심리적으로 안도감을 찾을 수 있었다. 그래서 새로운 수박이 단상 위에 놓이고 마법을 쓸 차례가 되자 심호흡을 하고 주문을 외웠다.

"위대한 마나여, 그대의 날카로운 손길이 이 땅의 모든 것을 베어버리리라."

김세민은 대략 세 번 정도 주문을 외워 마법을 구현시켰다. 그나마 마마 부원 중에서 톱3에 드는—자체 랭킹 1위는 유정운, 2위는 채영은—실력이라 무난하게 수박 네 조각 만들기에 성공했다. 그래도 유정운이나 채영은이 보기에는 절단면이 들쑥날쑥이었다.

"전성 고등학교 두 번째 선수 나와주세요!"

사회자의 명에 따라 전성고의 두 번째 선수가 앞으로 나섰다. 일단 도전자가 나오면 승리자가 먼저 마법을 사용해서 성공시켜야 하기 때문에 김세민은 차분한 마음으로 같은 주문을 외웠다. 그의 첫 번째 대결이 요행이 아니라는 걸 증명이라도 하듯 김세민은 또다시 수박 네 조각 나누기에 성공했다.

"기, 기권하겠습니다……."

전성고의 두 번째 선수는 실력이 안 되는지 김세민의 마법 성공을 보고 기권 의사를 밝혔다. 사실 전성고 2번 선수는 김세민이 이번 도전에 실패하면 다른 걸로 대결 방식을 바꾸어서 김세민의 실수를 바랄 생각으로 나온 것이었다. 그러나 김세민이 보란 듯이 성공해 버려서 기권해야만 했다. 그의 뒤를 이은 전성고 3번, 4번 선수들도 계속되는 김세민의 수박 네 조각 만들기 성공에 기권 의사를 밝혔다.

"아싸! 수박 네 개 확보다~!"

천인 고등학교가 승리하고 있는 것보다 김세민이 계속 수박 쪼개기를 대결 방식으로 정해서 수박이 네 개 확보되었다는 사실에 이상규가 아주 즐거워했다. 그리고 앞으로도 천인 고등학교가 16강전에서 승리하고 8강, 4강, 결승까지 가면 적어도 수박 스무 개를 확보할 수 있기 때문에 이상규는 열렬히 천인 고등학교를 응원했다.

"자, 전성 고등학교의 마지막 선수입니다."

잘하면 김세민 혼자 전성고를 물리치는 올킬(All Kill)을 달성할 수도 있는 상태라 마마 부원들은 잔뜩 긴장했다. 그러나 유정운과 채영은은 김세민의 올킬 달성을 어렵다고 예측했다. 마법을 사용하면 사용할수록 김세민의 마법 컨트롤이 나빠지고 있었기 때문이다.

"위대한 마나여…… 그대의 날카로운 손길이 이 땅의 모든 것을 베어버리리라……."

연속되는 마법 사용으로 인해 정신적으로 지친 김세민은 누가 듣기에도 기력없는 목소리로 주문을 외웠다. 그러한 정신력의 약화는 곧바로 드러났다.

팍!

김세민의 돌풍 마법은 수박이 아닌 테이블을 쳐버렸다. 그리고 테이블을 쪼개지도 못하고 둔탁한 소리만을 냈다. 그것을 보고 전성고의 마지막 주자는 눈에 빛을 냈다. 역전의 가능성이 생겼기 때문이다. 일반적으로 메이지 배틀을 할 때 엔트리 1번에 마법 랭킹 2위를, 마지막에 마법 랭킹 1위를 배치하기 때문에 1번 선수를 무너뜨리면 거의 자동적으로 5번까지 갈 수 있었다.

"위대한 마나여, 그대의 날카로운 손길이 이 땅의 모든 것을 베어버리리라!"

전성고의 마지막 주자는 우렁찬 목소리로 주문을 외우며 마법을 사용했다. 그의 마법은 꽤 정확하게 수박을 네 조각으로 갈랐다. 전성고 역시 최고 랭커를 마지막에 배치시키는 기본 전술을 사용한 모양이었다.

"천인 고등학교 2번 선수 나와주세요!"

김세민이 물러나고 뒤를 이어 1학년 안은선이 나갔으나 전성고 마지막 선수의 마법 성공을 확인하고 기권을 선언했다. 천인고 3번 선수인 양우미 역시 기권했다. 그렇게 하여 채영은이 전성고 마지막 선수와 대결을 펼치게 되었다.

"하아……."

자신의 차례가 오자 채영은은 긴장된 표정을 감추지 못했다. 수많은 사람들 앞에서 단독으로 서본 적이 없기 때문에 당연한 것이었다. 특히 어릴 때부터 병약해서 사람 사귈 기회가 적었던 채영은이라 긴장감은 더했다. 그런 채영은을 보며 유정운은 안쓰러운 마음에 그녀의 작은 손을 살짝 잡았다.

"아……!"

유정운에게 손이 잡히자 채영은은 조금 놀란 표정을 지었다. 평소에는 유정운이 스킨십을 전혀 하지 않았기 때문이다. 물론 유정운이 자신의 손을 잡았다고 기분이 언짢다거나 불편하다거나 하는 마음은 전혀 없었다.

"이제 긴장이 좀 풀렸어?"

여전히 채영은의 손을 잡은 채로 유정운이 입을 열었다. 원래는 격려의 말을 하고 싶었지만 할 말이 떠오르지 않아서 그냥 그렇게 말한 것이었다. 사실 자신의 행동을 자신조차 예상하지 못했기 때문에 그만큼 채영은이 놀랐을 것이라 생각했다. 놀란 만큼 긴장은 수그러들었을 것이 분명했다.

"아…… 네."

채영은은 수줍은 미소를 지으며 고개를 끄덕였다. 그런 그녀를 보면서 유정운은 마지막으로 한마디 했다.

"네 뒤에는 내가 있으니까 걱정하지 마."

"네."

그 말을 끝으로 유정운은 채영은의 손을 놓아주었고, 채영은은 유정운에게 고맙다는 표시로 목례를 했다. 방금 전까지는 사람들 앞에 서야 한다는 부담감 때문에 심장이 터질 듯했지만 지금은 아니었다. 믿을 만한 사람이 자신의 뒤에서 자신을 응원해 주고 있다라는 생각이 그녀의 마음을 평온하게 만들었다. 그래서 채영은은 유정운에게 잡혔던 손을 부드럽게 감싸 쥐고 무대 위에 섰다.

오오~!

채영은이 무대 앞으로 나오자 각 학교의 응원단에서 탄성이 터져 나왔다. 원래 기본 바탕이 되는 채영은이 무대의 조명을 받자 마치 천사가 하늘에서 내려온 듯한 모습이 되었기 때문이다. 그런 채영은의 모습을 보고 이상규가 감탄사를 내뱉었다.

"이야~ 원래 예쁜 애가 조명을 받으니까 진짜 죽이는데? 저 정도면 전애리 선생님 저리 가라다!"

"……!"

이상규의 말을 듣고 박호준이 발끈했다. 전애리 선생을 끔찍이 여기는 박호준에게 이상규의 말은 도발 그 자체였다.

"쟨 전애리 선생님처럼 성숙미가 없어. 여자라면 전애리 선생님처럼 성숙해야지."

"야, 전애리 선생님은 노처녀잖아. 난 파릇파릇한 영계가 좋다구~!"

"전애리 선생님은 이제 스물여섯 살밖에 안 됐어! 스물여섯 살이 노처녀면 서른 살은 할머니냐?"

"노처녀는 노처녀지~!"

이상규와 박호준은 치열한 공방전을 펼쳤다. 서로 채영은이 낫다 전애리 선생이 낫다 하면서 물러설 줄을 몰랐다. 그걸 한심스럽게 지켜보며 서동민과 김연영은 손을 맞잡고 닭살스런 오라를 내뿜고 있었다. 한편,

"흠흠."

채영은의 미인계에 넘어가지 않기 위해 전성고 마지막 선수는 헛기침을 했다. 하지만 마음속에서는 계속해서 갈등이 일어나고 있었다. 이런 귀여운 애를 이겨서 가녀린 소녀의 마음에 상처를 줄 것인가 차라리 자신이 기권을 할 것인가.

"위대한 마나여! 그대의 날카로운 손길이 이 땅의 모든 것을 베어버리리라!"

마음속의 갈등을 불식시키려는 듯이 전성고 마지막 선수는 큰 목소

리로 주문을 외웠다. 심리적으로 조금 흔들렸음에도 그는 무사히 수박 네 조각 쪼개기에 성공했다. 그렇게 마법에 성공한 뒤 전성고 선수는 자신이 사용했던 마법 지팡이를 채영은에게 넘겨주었다.

"⋯⋯!"

가까이서 보니 떨어져서 볼 때보다 채영은의 미모가 마력적이라는 것을 진성고 마지막 선수는 깨닫게 되었다. 그리고 아직 아무것도 모 르는 마법사 지망의 가녀린 꿈나무에게 현실의 냉혹함을 가르쳐 버렸 다고 스스로를 책망했다. 그러한 그의 마음을 아는지 모르는지 채영은 은 마법 지팡이를 받아 들고 차분하게 주문을 외웠다.

"위대한 마나여, 내 부름에 따라오라."

평소에 하던 대로 약식 주문으로 마나전자 들뜸을 유도한 채영은은 순간 자신이 실수했다는 것을 깨달았다. 유정운이 주문했던 '실력 감 추기'를 망각하고 있었던 것이다. 그러나 이미 외워버린 주문과 완벽 하게 들떠 버린 마나전자를 되돌리는 건 불가능했다. 그래서 마법 사 용할 때 주문을 반복해서 외우기로 했다.

"위대한 마나여, 날카로운 손길로 모든 것을 베어라."

이번에는 주문을 반복해서 외우기는 했는데 그것이 약식 주문이었 다. 마법 훈련 때 죽어라고 약식 주문만을 사용한 결과 오히려 정식 주 문을 잊어버린 것이다. 아니, 잊었다기보다는 약식 주문이 이미 입에 붙어버렸다. 다행히 목소리가 작았기 때문에 자신이 약식 주문을 사용 했다는 사실을 다른 사람들은 알지 못했다.

서걱— 서걱—

주문 영창이 끝나자 경쾌한 소리와 함께 수박이 깨끗하게 네 조각으로 절단되었다. 말 그대로 절단 그 자체였다. 마치 칼로 자른 듯이 깨끗하게 절단된 수박을 보며 사람들은 탄성을 터뜨렸다.

"고수다!"

"저렇게 예쁜 애가 저렇게 마법을 잘 쓰다니!"

"아무리 봐도 3학년 같지는 않은데? 2학년인가?"

"설마 1학년은 아니겠지?"

난데없이 나타나 완벽하게 돌풍 마법을 구현한 채영은을 보고 사람들은 각자의 생각을 말하느라 정신없었다. 물론 일각에서는 '예쁜 애가 마법까지 잘하면 다른 사람들은 죽으라는 말이냐!' 라고 절망하기도 했다.

"자, 천인 고등학교의 네 번째 선수가 마법에 성공했기 때문에 다른 대결 방식을 정하겠습니다. 말씀해 주세요."

사회자는 채영은에게 다음 대결 방식 결정을 요구했고, 잠시 생각에 잠겼던 채영은은 맑은 목소리로 말했다.

"아홉 개 양초에 십자가 모양으로 불붙이기로 할게요."

"......!"

채영은의 대결 방식 제안에 모두 경악했다. 보통 학교에서 마법 실기 시험을 볼 때 아홉 개의 양초에 불을 모두 붙이거나 끄는 것을 기본으로 택한다. 작년에 유정운도 시험을 치렀지만 불을 붙이는 것보다 불을 끄는 편이 쉽다. 그런데 양초에 붙은 불을 끄는 것도 아니고 양초에 불을 붙이는 것, 게다가 다 붙이는 게 아니라 십자가 모양으로 붙여야 한다는 것에 경악할 수밖에 없었다. 3학년이라 하더라도 그 정도 수준의 마법을 구사하기가 쉽지 않기 때문이었다.

"그럼 시작해 주십시오."

사회자의 지시에 따라 채영은은 테이블 위에 놓인 아홉 개의 양초들을 향해 섰다. 그리고 점화 마법 주문을 떠올렸다. 점화 마법은 공격 마법이 아니었기 때문에 마법 훈련 때 전혀 훈련하지 않았다. 즉, 약식 주문으로 연습하지 않았다는 뜻이고, 따라서 정식 주문을 사용해야 했다.

"위대한 마나여, 그대 뜨거운 입김으로 모든 것을 불태우리라."

일부러 세 번의 영창을 한 후 점화 마법을 사용했다. 세 번의 영창을 하는 동안 긴장감이 완전히 풀려서 마법 컨트롤을 마음먹은 대로 할 수 있었다. 그렇기 때문에 너무나 깔끔하게 십자가 모양으로 불 붙이는 것에 성공하게 되었다.

"오오!"

또다시 사람들 입에서 탄성이 터져 나왔다. 수박 쪼개기 성공을 우연으로 여겼던 사람들조차 채영은의 실력이 거짓이 아니라는 걸 인정할 수밖에 없었다. 높은 수준의 마법 컨트롤을 하지 않는 한, 십자가 모양으로 불을 붙이는 건 할 수 없기 때문이다.

"기, 기권하겠습니다……."

깔끔한 채영은의 마법 성공에 전성고 마지막 선수가 백기를 들었다. 이미 세 명의 선수를 상대하느라 지친데다가 설령 지치지 않았다 하더라도 채영은을 이길 수 있을지도 장담할 수 없었다. 그런 그에게 남은 방법은 기권뿐이었던 것이다.

"5:3으로 천인 고등학교가 승리했습니다!"

사회자의 선언이 내려지자 사람들이 우레와 같은 박수를 보냈다. 단순히 단 한 번 나와서 마법을 사용했을 뿐인데 그녀의 모습은 사람들의 뇌리에 깊이 각인되었다.

"잘했어!"

"최고였어!"

전성고와의 대결에서 승리하고 돌아온 채영은을 향해 모두 칭찬의 말을 건넸다. 채영은은 그런 그들에게 고맙다는 표시로 고개를 숙여 보이고 나서 곧바로 유정운에게 시선을 돌렸다. 다른 사람들의 말보다는 유정운의 말이 더 비중있다고 생각했기 때문이다. 그런 채영은의 시선을 느끼고 유정운은 그저 부드러운 미소를 지어 보였다.

확—

유정운이 자신을 향해 미소를 지어 보이자 채영은은 얼굴이 화끈하게 달아오르는 것을 느꼈다. 백 마디의 말보다 그 하나의 행동이 채영은에게 말할 수 없는 기쁨을 느끼게 해주었다.

"잠시 20분간 쉬었다가 곧바로 8강전을 하겠습니다."

사회자의 말대로 20분간의 휴식이 주어졌다. 8강에 진출한 학교야 당연히 다음 경기를 준비해야겠지만 8강 진출에 실패한 학교는 더 이상의 경기가 없어서 대회장에 있을 필요가 없었다. 하지만 대회가 끝날 때까지 먼저 돌아갈 수는 없었다. 돌아가게 되면 학교로 가서 오후 수업을 받아야 하기 때문이다. 따라서 대회장은 여전히 붐볐다.

"야! 넌 영은이하고 전애리 선생님 중에 누가 더 예쁜 것 같냐?"

무대에서 내려온 유정운과 김세민을 향해 이상규가 느닷없는 질문을 던졌다. 유정운과 김세민이 그의 말을 이해하지 못하고 고개를 갸웃하자 이상규의 부연 설명이 이어졌다.

"지금 호준이하고 동민이가 전애리 선생님한테 한 표씩 두 표고, 나 혼자 영은이한테 한 표 줘서 2:1로 뒤지고 있어. 너희는 어느 쪽이야? 영은이 편이야 선생님 편이야?"

이상규는 유정운과 김세민에게 투표를 강요했다. 그의 말대로 서동민이 김연영의 심기를 고려해서 전애리 선생을 택했기 때문에—채영은이라고 했다가는 김연영에게 오해를 불러일으킬 수 있으므로—현재 스코어는 전애리 선생 2점 대 채영은 1점이었다.

"기권은 없어! 무조건 선택해!"

대답을 망설이는 유정운과 김세민을 보며 이상규가 심하게 다그쳤다. 이상규의 강압에 못 이겨 먼저 대답을 한 쪽은 김세민이었다.

"난…… 선생님 쪽……."

채영은을 좋아했던 김세민의 선택은 의외로 전애리 선생이었다. 이미 직감적으로 채영은의 마음이 유정운에게로 많이 기울었다는 것을 알고 있기 때문에 전애리 선생 쪽으로 마음을 돌린 것이었다. 그렇게 하여 세트 스코어 3:1 로 유정운의 의사와는 상관없이 전애리 선생 쪽의 승리였다.

"거봐, 전애리 선생님이지? 빨리 5만 원 내놔!"

박호준은 이상규를 다그치며 내기에 건 돈 5만 원을 요구했다. 이상규는 뭔가 주장을 할 때마다 내기를 하는 습성이 있기 때문에 이번에도 5만 원을 건 내기를 했던 것이다. 문제는 내기를 해서 승리를 한 역사가 이상규에게 단 한 번도 없었다는 점이다.

"으하하, 벌써 쉬는 시간이군. 갑자기 큰 게 마려운걸? 화장실에 얼른 가봐야겠다~!"

언제나 땡전 하나 없는 상태에서 내기를 하는 이상규라 헛소리를 하며 재빨리 그 자리를 피했다. 어차피 이상규가 돈을 주지 않으리라는 걸 알고 있는 박호준은 허둥지둥 사라지는 이상규를 쳐다보기만 했다. 얼굴에는 승리의 미소를 떠올리며.

"너희 대체 무슨 소리를 한 거니?"

전애리 선생이 응원단 일행을 추궁했으나 그 누구도 추궁에 응해주지 않았다. 단지 박호준이 대표 자격으로 상황 설명을 했을 뿐이었다.

"그냥 애들끼리 장난친 거예요. 신경 쓰지 마세요."

"……."

전애리 선생은 미심쩍은 표정을 지었지만 어쨌든 자신이 승리했기(?) 때문에 더 이상 묻지 않고 넘어가기로 했다. 한편 느닷없이 전애리 선생에게 3:1로 패배(?)한 채영은도 신경 쓰이는 게 하나 있었다. 그것은 바로 유정운의 의견을 듣지 못했다는 것이다.

'오빠는 누구라고 말하려고 했을까…… 선생님? 아니면…….'

"영은아, 어디 아파?"

채영은이 생각에 잠겨 있자 유정운이 조용한 어조로 물어보았다. 오늘 아침부터 지켜봤기 때문에 그녀의 몸 상태가 양호하다는 것을 알고 있었지만, 긴장 상태에서 마법을 써서 어딘가 아픈 게 아닌가 하는 생각이 들었던 것이다. 하지만 채영은은 고개를 저어 자신이 멀쩡함을 나타냈다.

"아무것도 아니에요. 괜찮아요."

"음료수라도 사오려고 생각하는데 어떤 거 좋아해?"

"아…… 저도 따라갈게요."

좋아하는 음료수 선택하라는 유정운의 말에 대답하지 않고 채영은은 그를 따라 음료수를 사러 나갔다. 사실 인원수가 많지 않아서 유정운 혼자서도 충분히 들고 올 수 있었다. 하지만 채영은과 같이 가는 게 나쁘지 않았기 때문에 흔쾌히 승낙했다.

"선생님, 음료수 좀 사올게요."

"그래? 잠깐 기다려. 돈이…….'"

"괜찮아요. 이건 16강 통과 기념으로 제가 사는 거니까요."

지갑에서 돈을 꺼내려는 전애리 선생의 행동을 제지하며 유정운은 채영은과 함께 대회장을 빠져나왔다. 대회장 밖에서 수많은 잡상인들이 물건을 팔고 있었기 때문에 유정운과 채영은은 그중 하나를 골라 음료수를 열 개 샀다. 그리고 간단하게 뭔가 먹을 것을 사기 위해 이리저리 둘러보았다.

"오빠, 저 잠깐 화장실 좀 갔다 올게요."

"어, 그래."

채영은이 화장실로 향한 뒤 유정운은 문득 16강 때 사용한 수박을 먹지 않았음을 떠올렸다. 가장 마지막에 경기를 했기 때문에 수박을 가져다 먹을 시간이 없었던 것이다. 그래서 먹을거리는 놔두고 그냥 음료수만 사가기로 했다.

"야! 유정운!"

그때 어딘가에서 유정운의 심기를 건드리는 목소리가 들려왔다. 그 목소리의 주인공은 다름 아닌 이상규였다. 이상규는 실실 웃으며 유정운에게 다가왔다.

"음료수 샀냐? 히히. 어쨌든 같이 돌아가자. 혼자 돌아가기 무섭다."

"……."

음료수를 탐욕스런 눈초리로 내려다보고 있는 이상규의 모습은 하이에나의 그것이었다. 그런 이상규가 갑자기 통곡을 하며 유정운의 어깨를 붙잡았다.

"내가 이길 수 있었는데 그 세민이 자식이 전애리 선생님을 선택해 버려 가지고 졌어! 넌 그 괘씸한 녀석을 어떻게 생각해? 응?"

"……."

"동민이 자식도 연영이 눈치 보느라 전애리 선생님이라고 해버리고! 그 자식들은 남자로서의 자존심이 없어요, 자존심이!"

"……."

이상규의 목소리가 컸기 때문에 밖에 있는 사람들의 시선이 일제히 쏠렸다. 그러나 이상규가 하고 있는 말은 헛소리라 이해 불능이라는 것을 깨닫고 이내 관심을 돌려 버렸다. 김세민과 서동민에 대해서 험담을 늘어놓던 이상규가 유정운에게 느닷없는 질문을 던졌다.

"넌 영은이 선택했을 거지? 그치?"

동료를 원하는 듯 이상규의 눈빛은 절실했다. 지금까지 이상규의 말을 무시하고 있던 유정운은 이번 질문에 반드시 대답해야 한다는 압박을 느꼈다. 그래서 할 수 없이 이상규의 말에 맞장구를 쳐주어야 했다.

"그렇긴 한데, 내가 영은이를 선택해도 3:2로 지잖아."

"역시 너도 영은이 파구나. 흑흑."

이상규는 감격에 겨운지 눈물을 흘리려고 했으나 연기자가 아닌 관계로 어설프게 우는 시늉만 했다. 그렇게 이상규의 완벽한 원맨쇼를 쳐다보던 유정운의 시야에 채영은이 얼굴을 붉힌 채 서 있는 모습이 들어왔다.

"왔어?"

"아…… 네."

채영은은 시선을 아래로 향한 채 고개를 끄덕였다. 그녀가 부끄러워하는 것은 그저 단순히 화장실을 갔다 왔기 때문이라고 유정운은 생각했다. 하지만 채영은의 마음속은 유정운의 생각과는 달랐다.

'오빠는 날 선택하려고 했구나…….'

그렇게 생각하자 왠지 모를 안도감이 채영은의 마음속을 가득 메웠다. 그러나 그녀의 그런 감정도 이상규의 오버 액션 때문에 오래가지 못했다.

"연영아, 난 언제나 네 편이다! 오빠 맘 알지? 그치?"

"네……."

이상규가 워낙 강하게 나왔기 때문에 채영은은 그저 소극적인 맞장구를 쳐주기만 했다. 그리고 이런 인간이 일단은 유정운의 친구라는 사실에 유정운이 불쌍해졌다. 이상규라는 나쁜 친구를 만나 잘못된 길을 걸어가게 되는 것은 아닌지 채영은으로서는 불안해질 수밖에 없었다.

"시간 다 됐다. 가자."

"네."

유정운은 헛소리하는 이상규를 내버려 두고 채영은과 함께 대회장으로 돌아갔다. 그 뒤를 이상규가 헐레벌떡 쫓아왔고 세 사람은 대회 장으로 돌아가는 사람들 사이를 비집고 들어가 원래 앉았던 자리로 향했다. 마침 16강전에서 사용했던 수박들이 천인 고등학교 앞으로 도착해 있었고, 전애리 선생과 그녀의 학생들은 유정운 일행이 돌아오기를 기다리고 있었다.

"어서 와. 수박 있으니까 먹자."

유정운 일행이 자리에 앉아 전애리 선생은 수박을 그들에게 하나씩 나누어 주었다. 유정운도 아이들에게 음료수를 하나씩 준 뒤에 수박을 한 입 베어 먹었다. 그다지 시원한 맛은 없었지만 그런대로 먹을 만한 수박이었다. 그러는 와중 휴식 시간이 끝나고 사회자가 무대 위에 모습을 드러내었다.

"지금부터 8강전을 시작하겠습니다."

사회자의 선언과 함께 8강전이 시작되었다. 8강전의 첫 경기는 16강전에서 유인 고등학교를 5:0으로 이긴 남우 고등학교 대 16강을 5:3으로 올라온 준덕(準德) 고등학교였다. 결과는 남우 고등학교의 5:2 승리였다. 3학년만으로 이루어진 팀이라 그런지 기본기가 있어서 확실히 안정적이었다. 누구라도 남우 고등학교의 무난한 우승을 점칠 정도였다.

"8강전 마지막 경기입니다. 천인 고등학교 대 수림(秀林) 고등학교입니다. 각 학교는 무대 위로 올라와 주세요."

오전에 예정된 경기의 마지막을 장식하기 위해 천인 고등학교의 마마 부원들과 수림 고등학교의 선수들이 무대 위로 올라갔다. 그런데 채영은이 무대 위로 올라가자 이미 탈락한 학교의 응원단들이 열떤 응원을 하기 시작했다.

"천인고! 천인고!"

"……?"

예상을 뒤엎는 다른 학교의 응원에 마마 부원들은 고개를 갸웃했다. 그러다가 그들이 응원하고 있는 사람은 마마 부원 중에서도 특히 채영은이라는 사실을 알게 되었다. 자기네 학교가 이미 탈락한 마당에 재미없게 앉아 있는 것보다 채영은이라도 응원하기로 한 것이었다. 또한 8강전까지는 선수 소개를 하지 않지만 4강전부터는 나오는 선수마다 소개 시간이 있기 때문에 채영은이 속한 천인 고등학교가 4강전에 진출하기를 바라고 있는 것이다.

"각 학교의 첫 번째 선수들 나와주세요!"

갑자기 대회장의 열기가 뜨거워지자 사회자도 덩달아 큰 목소리로 선수들을 불렀다. 제출한 엔트리대로 천인 고등학교의 1번 타자는 김세민이었다. 8강전에서의 대결 방식 결정 순서는 16강전에서의 성적이 1순위이고 지난 대회 성적이 2순위라서 수림 고등학교에로 결정권이 넘어갔다. 16강전에서 두 학교 모두 5:3을 기록했지만 천인 고등학교는 지난 대회 불참이고 수림 고등학교는 지난 대회 예선 탈락으로 근소하게 앞서기 때문이었다.

"아홉 개 양초에 붙은 불을 모두 끄는 것으로 하겠습니다."

수림고 1번 선수는 양초 불 끄기로 대결 방식을 정했다. 아무래도 불을 붙이는 것보다는 불을 끄는 편이 훨씬 수월했기 때문에 초반에는 부담없는 방식을 택한 것이었다. 그 대결 방식에 김세민이 동의했고, 곧이어 수림고 1번 선수의 마법 구현이 시작되었다.

"위대한 마나여, 그대의 시원한 손길이 더운 기운을 물러나게 하리라."

몇 번의 주문 영창 후 마법이 구현되었다. 그리고 아홉 개의 양초에 붙은 불이 모두 꺼졌다. 그것을 보고 김세민의 표정이 조금 어두워졌다. 1학년 때 양초 불 끄기 시험을 보았는데, 그때는 성적이 별로 좋지 않았기 때문이다.

"위대한 마나여, 그대의 시원한 손길이 더운 기운을 물러나게 하리라."

이윽고 이어진 김세민의 마법. 하지만 아깝게 하나의 양초를 끄지 못해 미션 클리어에 실패하고 말았다. 그리하여 수림고 1번 선수에게 김세민이 패배하게 되었고, 뒤를 이은 안은선과 양우미 역시 무난하게 수림고 1번 선수에게 승리를 헌납했다.

"현재 스코어 3:0! 다음은 천인 고등학교의 네 번째 선수!"

"와! 와!"

채영은이 무대 앞으로 나오자 응원석에서 함성이 터져 나왔다. 그녀의 등장을 기다렸다는 듯한 반응에 채영은은 긴장하게 되었다. 긴장감을 없애기 위해서 채영은은 유정운을 뒤돌아보았고, 유정운은 어떤 표정의 변화도 없이 그저 고개만 끄덕여 주었다. 그러한 유정운의 행동은 긴장감 해소에 아무런 도움이 되지 못하는 게 당연했지만 유정운의 얼굴을 본 것만으로도 채영은의 긴장감은 어느 정도 사그라졌다.

"이번엔 대결 방식을 바꾸겠습니다."

채영은이 등장하자 수림고 1번 선수가 대결 방식의 변경을 요청했다. 이미 채영은이 16강전에서 아홉 개 양초에 십자가 모양으로 불 붙이기에 성공한 것을 보았기 때문에 양초의 불을 끄는 것으로는 승부가 나지 않을 게 뻔했다. 그리고 팀원들과 작전 회의를 해서 세운 나름대로의 계획이 먹혀들면 천인 고등학교를 꺾을 수 있기 때문에 대결 방식을 바꾸기로 했다.

"어떤 방식으로 결정할 겁니까?"

"16개 양초를 숫자 '4'의 모양대로 불을 붙이는 것입니다."

"……!"

수림고 1번 선수가 제시한 대결 방식은 엄청난 고난이도의 마법 수준을 요구하는 것이었다. 그런 제안을 하면서 수림고 1번 선수는 채영은이 행여나 거절하면 어쩌나 하는 걱정을 했다. 사실 자신에게는 자신이 제안한 대결 방식을 수행할 만한 능력이 없었다. 이것은 뒤를 이은 선수들도 고난이도의 마법 대결을 일부러 펼침으로써 채영은의 집중력을 약화시키려는 의도였다. 아무리 채영은이 마법을 잘해도 연속적으로 고난이도의 마법을 성공시키기는 힘들 것이란 계산이 깔려 있는 것이다.

"천인 고등학교 4번 선수, 동의합니까?"

"네. 동의합니다."

동의 여부를 묻는 사회자를 보며 채영은은 너무나 당연한 듯이 긍정적인 대답을 했다. 그것을 보고 수림고 1번 선수는 속으로 '아싸!'를 외쳤지만 겉으로는 담담한 표정을 지었다.

"그럼 시작하겠습니다."

수림고 1번 선수는 마법 지팡이를 쥐고 마법을 구사했다. 그렇지만

16개 양초 중에서 4자 모양으로 불을 붙이는 것은 그에게 불가능했다. 결국 수림고 1번 선수는 자신이 제안한 방식에서 실패를 하게 되었다. 뒤를 이어 채영은의 마법 구현이 시작되었다.

"위대한 마나여, 그대 뜨거운 입김으로 모든 것을 불태우리라."

일부러 주문을 두 번 반복한 채영은은 아무렇지도 않게 마법을 구사했고, 16개의 양초 중에서 4자 모양으로 불을 붙이는 것에 성공하였다. 첫 번째 시도에서 성공을 해버린 채영은을 보고 수림고 1번 선수는 경악을 금치 못했다. 분명히 고난이도의 마법인데도 채영은이 너무나 쉽게 성공해 버렸기 때문이다.

"이것으로 스코어는 3:1! 수림 고등학교 두 번째 선수 나와주세요!"

승패가 결정되고 수림고 2번 선수가 무대 앞으로 나왔다. 그는 작전대로 채영은에게 어려운 난이도의 대결 방식을 요청할 생각이었다. 채영은이 쉬운 방식을 채택하려 하더라도 자신이 반대해 버리면 결국 자신이 생각하는 방식에 동의할 수밖에 없기 때문이다. 그런데 채영은은 밝은 표정으로 그들에게 대결 방식을 제안했다.

"이번엔 6자 모양으로 불을 붙이는 걸로 할게요."

"……!"

수림고 2번 선수는 순간적으로 흠칫했다. 자신이 생각했던 대결 방식에서 크게 차이가 나지 않는 것이었기 때문이다. 마치 자신들의 작전을 알고 일부러 그 작전에 걸려준 듯한 느낌이 들어서 수림고 선수들은 마음 한쪽이 답답해져 왔다. 그런데 사실 채영은은 그런 생각이 전혀 없었다. 그녀는 그저 16개 양초가 세팅되어 있는 상태에서 같은 종류의 대결 방식을 사용하는 것이 편했을 뿐이었다.

"수림고 2번 선수 동의합니까?"

"동의합니다……."

수림고 2번 선수의 동의가 떨어지고 나서 채영은은 마법 지팡이를 쥔 채 마법을 사용했다. 그리고 매우 무난하게 6 모양으로 불을 붙였다. 그것을 보고 수림고 2번 선수는 그대로 기권을 했고, 뒤를 이어 올라온 3번, 4번 선수 역시 채영은에게 그런 종류의 대결 방식을 요구한 뒤 채영은의 성공을 보고 나서 기권을 했다.

"놀랍습니다! 현재 스코어 3:4! 이제 천인 고등학교 4번 선수가 한 명만 더 이기면 천인 고등학교의 승리입니다! 수림 고등학교 마지막 선수 나와주세요!"

열띤 사회자의 목소리만큼이나 응원석에 앉아 있는 사람들 역시 흥분하고 있었다. 채영은이 이번 한 번만 더 이기면 대망의 역 올킬을 달성하기 때문이었다. 올킬을 당할 뻔하다가 반대로 올킬을 해버리는 역 올킬의 신화를 이어갈 수 있을 것인가가 모든 이들의 관심사였다.

"음…… 이번엔 무슨 숫자로 할까………?"

상대편 선수가 올라오자 채영은은 불을 붙일 모양을 생각하기 위해 고개를 갸웃했다. 그 모습을 보고 수림고 마지막 선수가 먼저 입을 열었다.

"이번엔 불을 붙이는 게 아니라 끄는 걸로 하죠."

"음…… 그거 괜찮겠네요."

수림고 마지막 선수의 말에 채영은이 동의했다. 어차피 그녀에게는 양초에 불을 끄나 붙이나 별 차이가 없었기 때문이다. 하지만 수림고 마지막 선수에게는 불을 끄는 쪽이 훨씬 편했다. 왜냐하면 이번 대회에 나오기 전부터 계속 양초에 불 끄는 연습만 죽어라고 했기 때문이었다.

"제가 먼저 해도 될까요?"

수림고 마지막 선수가 도전자 입장에서 선공하겠다는 의사를 표명했고, 채영은은 그의 의사를 받아들였다. 그렇게 해서 수림고 마지막 선수는 채영은보다 먼저 마법을 사용하게 되었다. 그는 불이 붙은 16개의 양초 가운데 4자 모양으로 불을 끄겠다고 선언했다.

"위대한 마나여! 그대의 시원한 손길이 더운 기운을 물러나게 하리라!"

수림고 마지막 선수는 힘차게 주문을 외웠고, 그가 만들어낸 바람이 양초 위를 지나갔다. 조금만 컨트롤을 잘못하면 다른 양초까지 꺼뜨릴 위험이 있었기 때문에 절대 쉬운 일이 아니었다.

"오오~!"

죽어라 연습한 효과가 있었는지 수림고 마지막 선수는 아슬아슬하게 16개 양초 중에서 여덟 개 양초의 불을 끄고 정확히 4자 모양을 만들었다. 일단 자신이 성공했기 때문에 수림고 마지막 선수는 득의양양한 미소를 지었다. 지금까지 양초에 불을 붙이는 마법만 사용해 왔던 채영은이라 느닷없이 불을 끄는 마법을 사용할 때는 컨트롤 미스가 일어날 확률이 높았다. 수림고 선수들은 바로 그런 채영은의 실수를 노릴 생각인 것이다.

"이제 제가 할게요."

아직 수림고 마지막 선수가 끈 양촛불을 다시 붙이지도 않은 상태에서 채영은은 마법 지팡이를 받아 들고 곧바로 마법을 사용했다.

"위대한 마나여, 그대 뜨거운 입김으로 모든 것을 불태우리라."

화악—

먼저 그녀가 사용한 마법은 점화 마법이었다. 말하자면 수림고 마지막 선수가 4자 모양으로 끈 양초에 다시 불을 붙인 것이다. 그렇게 하고 나서 채영은은 곧바로 바람 마법을 사용했다.

"위대한 마나여, 그대의 시원한 손길이 더운 기운을 물러나게 하리라."

조용한 어조의 주문 영창이 끝나고 마법 지팡이에서 붉은 빛이 피어나왔다. 그리고 부드러운 바람이 양초 위를 한차례 훑어 지나갔고 정확히 4자 모양으로 양초의 불이 꺼졌다. 수림고 마지막 선수와는 다르게 주변 양초의 불을 전혀 건드리지 않아서 굉장히 안정적이었다. 누가 봐도 채영은의 실력이 한 수 위라는 것을 알 수 있을 정도였다.

"이, 이번엔 X자 모양으로 불을 끄는 걸로 하죠!"

수림고 마지막 선수는 초조한 얼굴로 그렇게 제안했고, 채영은은 당연히 수락했다. 그러한 상반된 두 사람의 모습을 보며 유정운은 속으로 승패를 판가름 지었다.

'정신이 흐트러진 이상, 영은이가 이겼군.'

"위대한 마나여! 그대의 시원한 손길이 더운 기운을 물러나게 하리라!"

앞서 채영은은 꺼진 양초에 스스로 불을 붙이고 다시 불을 끄는 쇼맨십을 발휘했으나 바람 마법 사용에도 힘겨운 수림고 마지막 선수에게 쇼맨십을 바란다는 것은 무리였다. 게다가 비교적 불을 끄기 쉬운 X자 형태임에도 불구하고 수림고 마지막 선수는 IX형태로 불을 꺼버렸다. 한마디로 실패였다.

"바로 할게요."

좌절 모드로 들어간 수림고 마지막 선수에게서 마법 지팡이를 받아 들고 채영은은 아까와 마찬가지로 점화 마법과 바람 마법을 순차적으로 사용했다. 그리고 아주 무난하게 X자 형태로 불을 껐다.

"성공! 이것으로 천인 고등학교가 수림 고등학교를 5:3으로 눌렀습니다! 천인 고등학교 4강 진출!"

와! 와─!

채영은의 역 올킬이 달성되는 순간 응원석에서 떠나갈 듯한 함성이 터져 나왔다. 언제나 위기 상황 때 나와서 팀 승리의 견인차 역할을 하고 있는 데다 미모마저 뛰어나기 때문에 벌써부터 팬들이 생겨날 정도였다. 특히 이미 탈락된 학교의 남학생들이 열광적으로 채영은을 응원하고 있었다.

"잘했어!"

"역시 영은이!"

역 올킬을 하고 돌아온 채영은을 마마 부원들이 반갑게 맞이했다. 응원객들은 물론이고 마마 부원들조차 채영은의 활약이 워낙 컸기 때문에 채영은을 마지막 주자라고 생각하고 있었다. 즉, 가장 마지막 선수인 유정운의 존재 여부조차 잊어먹고 있는 것이다. 하지만 채영은은 유정운의 존재를 잊어먹고 있지 않았다.

"이번 제 마법 사용 어땠어요?"

"깔끔했어."

채영은의 질문에 유정운은 아주 짧은 대답만을 해주었다. 하지만 채영은으로서는 그 정도의 대답이면 충분했다. 그녀가 칭찬이나 지적을 받고 싶었던 부분은 마법 컨트롤이었기 때문이다. 아직 3밴드 이상의 마법 컨트롤은 자신없지만 적어도 2밴드 이하의 마법은 마음대로 컨트롤할 수 있다는 자신감을 얻게 되었다.

"이것으로 8강의 모든 경기가 끝났습니다. 지금 시각이 11시 55분인데 지금부터 1시까지 점심시간입니다. 지하에 있는 식당으로 가시면 무료로 식사를 제공하니까 부담없이 드시기 바랍니다. 그럼 점심 식사가 끝나고 1시부터 4강전 및 3·4위전, 결승전이 진행되겠습니다."

사회자가 오전 경기 종료를 선언하자 응원단들이 일제히 지하 식당으로 향하기 시작했다. 유정운 일행 역시 전애리 선생을 선두로 지하 식당으로 내려갔다. 지하 식당 자체가 꽤나 거대했기 때문에 대회장에 온 100여 명의 인원을 충분히 수용할 수 있었다.

"저기 자리 있어요!"

모두 식판에 자신이 먹고 싶은 것을 퍼 담은 후, 이상규가 손으로 가리키는 곳으로 향했다. 음침한 이상규답게 음침한 구석 자리였는데, 유정운 일행은 별 불만 없이 그리로 가서 앉았다. 전애리 선생이나 채영은이나 남의 시선을 잘 끄는 미모였기 때문에 구석 자리로 간 것이었다. 아무튼 일행은 자리를 잡자마자 곧바로 점심 식사를 시작했다. 점심 식사를 하는 동안 이상규가 헛소리하는 것을 빼놓고 별다른 얘기를 하지 않았다. 사실 그들로서는 채영은과 유정운이 잘만 해주면 되기 때문에 작전 회의고 뭐고 필요없었다. 모든 것은 그 둘에게 달려 있기 때문이다.

30장
서울 예선전—오후

ⅢX 서울 예선전—오후

웅성웅성—

점심 식사가 끝나고 모든 사람들이 대회장으로 돌아왔다. 그들은 대회장 안으로 들어오자마자 이번 예선전 우승팀을 놓고 토론을 벌였다. 그중 대부분이 이번 결승 진출 학교를 남우 고등학교와 천인 고등학교로 압축시켰다. 그 두 개 학교가 가장 눈에 띄는 성적을 냈기 때문이었다. 대체적으로 실력이 상향 평준화되어 있는 남우 고등학교와 대부분의 승리가 채영은에게 집중된 천인 고등학교. 이 두 학교의 대결이 가장 큰 관심사가 되어버린 것이다.

"저기…… 혹시 박호준 선수 아니세요?"

"……?"

4강전 2경기라 응원석에 앉아 있는 유정운 일행을 향해 한 명의 남학생이 접근해 왔다. 그가 관심을 가진 사람은 채영은이 아니라 박호준이었다. 그의 손에는 작은 쪽지와 볼펜이 들려 있었다.

"프로 게이머 박호준 선수 맞죠? 그쵸?"

"아, 네……."

마법 대회장에서 자신의 팬과 만나리란 예상을 못했던 박호준은 꽤 놀랐다. 특히 달랑 100명밖에 안 되는 사람들 중에서 자신을 알아보는 사람이 있으리라고는 더 더욱 생각하지 못했던 것이다. 어찌 되었든 간에 박호준으로서는 예상외의 곳에서 팬을 만나 기뻤다.

"사인해 주세요!"

"예."

남학생 팬이 내민 쪽지에다 자신의 사인을 한 박호준은 연신 싱글벙글거렸다. 그러나 남학생 팬의 한마디에 싱글벙글한 웃음이 사라져 버렸다.

"박호준 선수, 그런데 오늘 16강 경기 있잖아요? 왜 여기 있어요?"

"……!"

워낙 정곡을 찌른 말이라 박호준으로서는 뭐라고 선뜻 대답할 수가 없었다. 사랑하는 전애리 선생을 위해서 이곳에 와 있다는 말을 차마 할 수는 없었기 때문이다. 그런 박호준을 구원하기 위해서 유정운이 구원 등판했다.

"친구 응원하러 나온 거예요. 호준이가 친구를 중요하게 생각하기 때문에 이렇게 응원하러 자주 나오는 편이거든요."

"아~"

유정운의 말에 남학생 팬은 납득했다는 듯한 표정을 지었다. 그러다가 유정운의 얼굴을 보고는 또다시 경악에 찬 표정으로 돌변했다.

"설마…… 유정운 선수?!"

"예…… 그렇습니다만……."

"유정운 선수를 직접 만나다니! 영광이에요!"

"……!"

남학생 팬은 상당히 기쁜 듯이 소리쳤다. 다행히 주변의 심한 웅성거림 때문에 그의 목소리는 파묻혀서 근처의 사람들만 들을 수 있었다.

"작년 하늘의 분노 3차 리그 결승전, 진짜 대단했어요! 저 그때 유정운 선수의 플레이 보고 인간족으로 바꿨다니까요!"

남학생 팬은 유정운의 손을 잡고 마구 흔들었다. 박호준을 만났을 때보다도 훨씬 기뻐하는 모습에 박호준은 물론이고 다른 사람들도 어안이 벙벙했다. 사실 유정운이 3차 리그 때 준우승도 하긴 했지만 2학년이 되고서는 브라운관에 모습을 드러내 보인 적이 없었기 때문에 박호준보다 인지도가 떨어져 있어야 정상이었다.

"근데 왜 올해에는 대회에 안 나와요? 무슨 사고를 당했다고 듣긴 했는데……."

"여러 가지 일이 있어서 못 나갔어요."

"지금은 괜찮은 거죠?"

"예…… 그렇죠."

남학생 팬에게 우주 금속이나 꿈틀이에 대해서 얘기해 줄 수는 없는 노릇이라 유정운은 대답을 얼버무렸다. 남학생 팬은 그 외에도 여러 가지를 물어보려고 했으나 그때 사회자가 무대 위로 올라가서 조용히 해달라는 말에 아쉬움을 뒤로하고 자기 자리로 돌아갔다.

"오~ 널 알아보는 사람이 있다니!"

이상규는 놀랍다는 듯이 손가락으로 유정운의 옆구리를 쿡쿡 찔렀다. 그래서 유정운도 이상규의 옆구리를 팔꿈치로 퍽퍽 찌르며 말했다.

"나도 유명하다고."

"컥⋯⋯!"

유정운의 팔꿈치 공격에 이상규는 신음을 내질렀다. 사실 유정운의 말대로 게임 리그에 관심이 있는 사람들은 유정운에 대해서 잘 알고 있었다. 74년도 하늘의 분노 3차 리그 때 혜성처럼 나타나 전승 우승까지 넘보았던 그 파괴적인 실력. 그때의 포스를 그리워하는 게임 팬들이 의외로 많았다. 유정운이 모습을 감추고 난 뒤에 이어진 경기들은 대부분 너무나 평범해서 재미가 없다는 평가가 지배적이었기 때문이다. 3차 리그 우승자인 박호준도 그 이후로는 강력한 포스를 내지 못하고 있었다. 일설에서는 유정운이 돌아와야만 게임 리그가 재미있어질 것이란 소문마저 나돌고 있었다.

"그럼 지금부터 4강전을 시작하도록 하겠습니다. 4강전 1경기는 남우 고등학교 대 형성(螢星) 고등학교입니다!"

사회자의 선언과 함께 남우 고등학교의 선수들과 형성 고등학교의 선수들이 무대 위로 올라갔다. 4강전부터는 각 선수마다 짧막한 인터뷰가 있고, 경기 시작 전에는 담당 선생의 인터뷰도 실시한다. 그래서 먼저 남우 고등학교와 형성 고등학교의 담당 선생들이 마이크를 잡게 되었다. 일단 인터뷰는 남우 고등학교 쪽부터 시작되었다.

"남우 고등학교가 16강과 8강을 무난하게 이기고 올라왔는데, 그 원

동력은 무엇이라고 생각하십니까?"

사회자가 질문을 던졌고 50대 남짓한 중년 아저씨인 남우 고등학교 담당 선생은 여유로운 표정으로 대답했다.

"우리 애들이 워낙 기본이 탄탄하기 때문에 별 어려움 없이 여기까지 왔습니다."

"4강전도 통과하리라 보십니까?"

"물론입니다. 목표는 2년 연속 대회 우승입니다."

"알겠습니다. 그럼 다음으로…… 형성 고등학교."

남우 고등학교 담당 선생과의 인터뷰를 짤막하게 끝내고 사회자는 마이크를 형성 고등학교 담당 선생에게로 돌렸다. 그리고 그와도 간단한 인터뷰를 주고받았다. 별 내용은 없었기 때문에 그 인터뷰 내용에 신경 쓰는 사람은 아무도 없었다.

"선생님도 인터뷰 내용 생각해 두서야겠네요?"

두 학교의 인터뷰 장면을 보던 박호준이 농담조로 전애리 선생에게 말을 건넸다. 그러나 전애리 선생은 인터뷰 내용을 구상하느라 박호준의 말을 듣지 못했다. 너무 진지하게 생각하는 전애리 선생의 모습을 보고 박호준은 실소를 머금었지만 그녀의 생각을 방해하지는 않았다.

"이제 경기 시작하겠습니다! 각 학교의 1번 선수 나와주세요!"

사회자의 말이 끝나기가 무섭게 남우고와 형성고의 1번 선수들이 무대 앞으로 나왔다. 그런 그들에게 사회자는 간단한 자기소개와 포부 같은 것을 물어보았는데, 인터뷰 자체는 별 내용이 없었다. 단지 남우고의 모든 선수들이 3학년이라는 것만 확인했을 뿐이었다.

"오오~!"

경기가 진행될수록 응원석에서는 탄성이 터져 나왔다. 4강전답게 어느 정도 수준 높은 마법들이 난무했기 때문이다. 특히 지금까지 점화 마법과 바람 마법만 나왔었는데, 4강전부터는 반중력 마법과 얼음 마법도 난무했다. 무난한 점화 마법과 바람 마법만으로는 승부를 낼 수 없기 때문이다.

"실패! 이것으로 남우 고등학교가 형성 고등학교를 5:3으로 물리쳤습니다!"

"와—! 와—!"

16강전을 5:0, 8강전을 5:2, 4강전을 5:3으로 이기자 남우 고등학교 응원석이 떠들썩했다. 사실 어느 정도 우승을 예상한 만큼 그들의 전력은 탄탄했다. 아무리 천인 고등학교라고 할지라도 남우 고등학교를 이기지 못할 것이라는 생각을 하게 만들 정도였다.

"4강전 2경기! 번주(番州) 고등학교 대 천인 고등학교!"

"와—!"

대망의 천인 고등학교가 모습을 드러내자 여기저기서 환호성이 터졌다. 물론 그 환호성은 모두 채영은에게로 향한 것이었다. 채영은을 제외한 천인 고등학교 선수들은 별 볼일 없기 때문이었다. 물론 출전 기회가 전혀 없었던 유정운도 별 볼일 없는 선수로 분류되고 있었다.

"각 학교의 담당 선생님들, 앞으로 나와주세요!"

사회자의 지시에 따라 전애리 선생과 번주 고등학교 담당 선생이 앞으로 나갔다. 40대 정도의 남자인 번주 고등학교 담당 선생과는 달리 아리따운 미모의 20대 아가씨가 담당 선생이랍시고 나오자 응원석이 또 한 번 들썩였다. 로리제국(동의어:cute)의 채영은에 이어 누님연

방(동의어:sexy)의 전애리 선생까지 포진해 있자 남학생들 사이에서 천인 고등학교로의 전학을 심각하게 고려하려는 움직임이 일어났다.

"에…… 천인 고등학교의 담당 선생님이 의외로 젊은 분이라 상당히 놀랍습니다."

번주 고등학교 담당 선생과의 인터뷰를 짧게 끝낸 사회자가 이번엔 전애리 선생으로 인터뷰 대상을 바꿨다.

"천인 고등학교는 작년에 불참했습니다만 재작년에는 전국 본선에서 준우승을 차지할 정도로 실력을 인정받은 학교인데, 부담감은 없으신지요?"

"부담감은 없어요. 제 학생들을 믿고 있으니까요."

여기까지는 매우 평범한 인터뷰였다. 모두 전애리 선생이 별 얘기를 안 하고 그냥 무난하게 인터뷰를 끝내리라고 생각했다. 그러나 그것은 모두의 착각이었다.

"올해 목표는 어디까지입니까?"

"올해 우리 학교는 전부 1학년과 2학년만으로 구성되어 있습니다. 그중에 1학년인 영은이가 16강과 8강에서 큰 활약을 하면서 여기까지 왔어요. 이번 4강전 역시 영은이 혼자서 번주 고등학교를 물리칠 것이라고 확신합니다."

"……!"

굉장히 호전적인 인터뷰라 사회자도 잠시 할 말을 잃었다. 일단 그 엄청난 마법 컨트롤을 선보였던 채영은이 1학년이라는 점도 놀랍지만, 4강전에서 채영은의 올킬을 선언한 전애리 선생의 말도 놀라웠다. 나중에 채영은이 지기라도 하면 뒷감당을 어떻게 할 것인지 모두 기대

반 걱정 반이었다.

"아, 알겠습니다. 그럼 4강전 시작하겠습니다! 각 학교 1번 선수들 앞으로 나와주세요!"

마침내 천인 고등학교와 번주 고등학교의 4강전이 시작되었다. 대결을 펼치기에 앞서 모두 짤막한 인터뷰를 했는데, 그들의 인터뷰에 귀를 기울이는 사람은 아무도 없었다. 그리고 그 대결 자체도 볼 만한 것이 없었다.

"실패! 현재 스코어 3:0! 번주 고등학교가 아주 유리한 위치를 점합니다!"

사회자의 말대로 김세민을 비롯한 안은선, 양우미는 무난하게 번주고 1번 선수에게 패하고 말았다. 사실 전애리 선생이나 유정운, 그리고 응원석의 모든 이들이 그것을 당연한 결과라고 생각하고 있었기 때문에 아무런 반응을 보이지 않았다. 중요한 것은 채영은이 출격하는 지금 이 시점이었다.

"천인 고등학교 4번 선수 나와주세요!"

"와—! 와—!"

사회자의 호명에 채영은이 무대 앞으로 사뿐하게 걸어나왔다. 사실 채영은은 전애리 선생이 '채영은 혼자서 끝낸다!' 라고 말했을 때 심장이 뒤집어지는 줄 알았다. 하지만 유정운에게 '선생님 말은 신경 쓰지 말고 네 실력을 있는 그대로 보여주는 것에 노력해' 라는 말을 듣고 나서는 어느 정도 마음의 안정을 찾을 수 있었다. 특히 '넌 1학년이니까 너보다 고학년에게 지는 건 당연한 거야. 네가 지더라도 널 탓할 사람은 아무도 없어' 라는 말이 가장 가슴에 와 닿았다.

"천인 고등학교의 4번 선수, 자기소개 부탁합니다."

번주고의 1번 선수는 맨 처음에 인터뷰를 했기 때문에 곧바로 채영은의 인터뷰가 시작되었다. 대회장의 모든 이들이 그녀의 말에 촉각을 곤두세우고 있는 동안 채영은은 차분한 어조로 자기소개를 시작했다.

"천인 고등학교 1학년 채영은이라고 합니다."

웅성웅성—

전애리 선생의 선전 포고로 듣기는 했지만 본인으로부터 1학년이라는 말을 들으니 응원석은 또다시 시끌벅적해졌다. 1학년이 그 정도의 마법 컨트롤을 보여줄 수 있다는 사실을 받아들이기 힘들었던 것이다.

"마법은 언제부터 시작했나요?"

"음…… 중학교 때부터 시작했어요."

"마법 컨트롤이 좋던데, 밴드 수는 얼마나 되나요?"

"지금 4밴드예요."

"예? 몇 밴드요?"

"4밴드요."

"……!"

채영은은 담담하게 말했지만 사회자를 비롯한 대회장의 모든 사람들은 경악을 금치 못했다. 보통 3학년이 되면 3밴드의 밴드 수를 가지는 것이 보통이었다. 물론 개중에는 각고의 노력 끝에 4밴드를 이룩하는 사람들도 있었으나 대부분은 3밴드 이하였다. 그런데 아직 머리에 피도 안 마른 1학년이 4밴드라고 하니 경악하지 않을 수 없었던 것이다.

"영은이가 4밴드였어?!"

마마 부원들이 사람들의 반응을 보며 즐기고 있을 때 전애리 선생이 놀란 표정으로 물어왔다. 그녀가 마법 연구부를 맡은 지 얼마 되지 않고 채영은과 많은 얘기를 해보지 못했기 때문에 그녀의 마법 밴드 수를 알지 못했던 것이다.

"예. 그 정도가 아니라면 지금까지 이겨오지도 못했을 거예요."

다른 부원들을 대신해서 유정운이 짤막하게 대답했다. 이미 유정운의 밴드 수가 5밴드라는 것을 알고 있는 전애리 선생으로서는 채영은의 밴드 수를 알게 되자 아까보다 더욱 채영은의 올킬을 확신하게 되었다. 그리고 더 나아가 대회 우승까지도 할 수 있다는 생각이 더 더욱 강해졌다.

"위대한 마나여, 그대의 보이지 않는 가벼운 기운이 이 땅의 모든 것을 들어 올리리라."

번주고 1번 선수는 계속해 왔던 방식대로 반중력 마법을 사용했다. 대결 방식은 간단했다. 테이블 위에 놓인 장난감 자동차 다섯 대를 반중력 마법으로 허공에 1미터 이상 올렸다가 다시 내려놓는 것이었다. 이때 장난감 자동차의 위치는 바뀌어도 되지만 장난감 자동차가 뒤집어져서는 안 된다. 뒤집혀지지 않은 장난감 자동차의 개수로 승부를 결정짓는 것이 대결 방식이었다.

통— 투둥—

반중력에 의해 허공으로 급속하게 빨려 올라갔던 장난감 자동차가 하나둘씩 테이블 위로 떨어졌다. 그중에서 한 개가 뒤집어져서 총 네 개를 성공했다.

"음……."

번주고 1번 선수가 하는 방식을 지켜봤던 채영은이 고개를 저었다. 그리고는 번주고 1번 선수를 향해 입을 열었다.

"반중력 마법을 사용한 다음 다른 마법을 사용해도 될까요?"

"그거야 상관없는데……."

채영은의 질문에 번주고 1번 선수는 약간 황당하다는 표정을 지었다. 사실 이번 대결은 반중력으로 물체를 들어 올리기만 하면 나머지는 무슨 짓을 해도 상관없었다. 그러나 반중력 마법을 사용한 뒤에 다른 마법을 사용할 시간적 여유가 되지 않기 때문에 그 누구도 다른 마법을 사용할 생각을 못하는 것이다. 방법은 3학년 때 배우는 고급 과정인 연결 마법뿐이었지만 절대 쉬운 일은 아니었다.

"그럼 반중력으로 저걸 들어 올린 후에 다른 마법을 쓸게요."

"예……."

채영은은 번주고 1번 선수로부터 마법 지팡이를 넘겨받았고, 번주고 1번 선수는 불신의 표정을 지었다. 1학년인 채영은이 연결 마법을 정말 사용할 수 있을까 하는 의구심이 들었던 것이다. 그러나 채영은의 마법 실력에 대해 모두 꿰뚫고 있는 유정운은 그녀가 연결 마법을 배우지 않았다는 사실을 알고 있었다.

'어떤 식으로 이번 위기를 넘길지…… 기대되는걸?'

유정운이 속으로 의미심장한 웃음을 짓는 동안 채영은의 마법 구현이 시작되었다.

"위대한 마나여, 그대의 보이지 않는 가벼운 기운이 이 땅의 모든 것을 들어 올리리라."

여태까지 일부러 여러 번의 주문 영창을 했던 채영은이 이번에는 단

한 번만의 영창으로 주문 영창을 끝냈다. 반중력 마법이 발동되자 테이블 위에 있던 다섯 개의 장난감 자동차가 모두 허공 위로 끌려가듯이 들려졌다. 장난감 자동차가 올라간 높이는 거의 대회장 천장까지였다. 그 높이는 어림잡아도 5미터 내외.

"저 높이에서 떨어뜨리면 전부 테이블 밖으로 벗어나!"

"대체 뭘 하려고 그러는 거야? 설마 컨트롤 실패?"

생각보다 훨씬 높은 높이로 장난감 자동차를 들어 올리자 대회장에 있던 사람들이 걱정을 했다. 채영은의 불패 신화가 깨지는 것인가 하고 안타까워하는 것이었다. 그렇지만 채영은의 표정은 진지했다.

휘잉—

그 순간, 5미터 이상 떠올랐던 장난감 자동차가 일제히 자유 낙하를 시작했다. 채영은이 반중력 마법을 해제했기 때문이다. 이대로 둔다면 높은 위치 에너지를 가졌던 장난감 자동차가 테이블과 충돌해서 반발력으로 튕겨 나갈 확률이 아주 높았다.

"위대한 마나여! 여유있는 손길로 빠름을 잠재워라!"

장난감 자동차가 거의 테이블 있는 쪽까지 떨어졌을 때 채영은의 저속 마법이 발동되었다. 약간은 약식 주문을 사용한 것이어서 간신히 시간에 맞출 수 있었다.

통— 토통—

앞서 시행했던 번주고 1번 선수와는 달리 채영은의 장난감 자동차는 조그마한 충돌음을 내며 테이블 위에 떨어졌다. 충돌음이 작다는 것은 충격에 의한 반발력도 작다는 것을 의미하므로 그녀의 장난감 자동차는 전혀 뒤집어지지 않았다.

······.

갑자기 장내가 일순간에 조용해졌다. 그 누구도 1초 남짓한 그 짧은 시간에, 단 한 번의 주문 영창으로 저속 마법을 발동시키리라고는 생각하지 못했다. 그야말로 극강의 마법 컨트롤이 아니면 절대 실현할 수 없는 장면이었다. 그런데 그런 놀라운 일을 1학년인 채영은이 해내니 탄성을 지르지도 못하고 입만 벌리고 있어야 했던 것이다.

"다, 다섯 개 성공! 천인 고등학교 4번 선수의 승리입니다!"

잠시 조용해졌던 대회장에 사회자의 승리 선언이 울려 퍼졌다. 그때서야 장내가 다시 시끄러워지며 열광적인 응원이 터져 나왔다.

"채영은! 채영은!"

어느새 채영은의 이름을 외운 남학생들이 그녀를 향해 폭발적인 응원을 보냈다. 그러한 폭발적인 응원을 등에 업고 채영은은 계속되는 대결에서 연승을 거두었다. 특히 계속되는 저속 마법 사용으로 인해 약식 주문이 익숙해지면서 채영은은 큰 어려움 없이 번주 고등학교 선수들을 모두 제압했다. 또 한 번의 역 올킬 신화를 이룩한 것이다.

"이것으로 천인 고등학교가 결승에 진출했습니다!"

짝짝짝—!

채영은이 마마 부원들이 앉아 있는 곳으로 돌아갈 때까지 남우 고등학교 응원단을 제외한 타 학교의 응원단은 채영은에게 박수갈채를 보냈다. 어찌 보면 현 시점에서 천인 고등학교는 채영은만의 원맨팀이라고도 볼 수 있었지만 그 누구도 그것을 문제 삼지 않았다. 모두의 관심은 채영은이 언제까지 승리를 거둘 것인가에 집중되고 있었다.

"대단해, 영은아!"

"최고였어!"

마마 부원들은 너도나도 채영은을 칭찬했다. 전애리 선생조차 채영은을 껴안으며 결승 진출을 자축했다. 그러한 일행 중에서 변함없이 무표정한 얼굴로 앉아 있는 사람은 유정운뿐이었다.

"저기……."

전애리 선생의 품으로부터 빠져나온 채영은이 유정운을 향해 입을 열었다. 이미 유정운은 그녀가 무슨 말을 하려는지, 무슨 말을 듣고 싶은 건지 알고 있었기 때문에 그에 해당하는 말을 해주었다.

"2밴드 이하의 마법은 거의 마스터한 거라 볼 수 있어. 컨트롤, 속도 면에서 합격점이야. 나중에 연결 마법을 배우면 완전 마스터가 가능할 거야."

"네!"

어찌 보면 차갑게 들리는 유정운의 말이었지만 채영은은 어린아이처럼 마냥 기뻐했다. 사실 자기 스스로도 이번에 펼친 마법은 만족스러웠다. 아직 3밴드 이상의 마법은 부담스럽지만 2밴드 이하의 마법을 거의 마스터했다는 유정운의 말이 가장 듣고 싶었던 것이다.

"10분 후에 3·4위전을 하고 나서 결승전을 하겠습니다."

사회자는 10분 휴식을 선언했고 그사이 유정운 일행은 응원석으로 돌아갔다. 결승에 오른 천인 고등학교는 3·4위전이 끝나고 나서 경기를 가지기 때문에 3·4위전까지 포함하면 대략 30여 분 정도의 여유가 있었다.

"저기, 유정운 선수!"

결승 진출을 자축하는 유정운 일행에게 아까 전의 남학생 팬이 찾아
왔다. 유정운은 아까 남학생 팬이 자신의 사인을 받지 않았기 때문에
이번에 받으러 온 건가 하는 생각을 했다. 그러나 남학생 팬은 사인을
목적으로 유정운에게 접근한 것이 아니었다.

"아까 무대 위로 올라가던데…… 설마 이번 대회 출전 선수예요?"

"……."

남학생 팬의 질문을 받고 나서야 유정운은 그가 무엇 때문에 다시
자신을 찾아왔는지 알게 되었다. 프로 게이머로서의 유정운—아직 준프
로지만—밖에 알지 못하는 남학생 팬의 입장에서는 유정운이 마법 대
회, 그것도 메이지 배틀에 직접 참가하고 있는 걸 이해하기 힘들었던
것이다. 같은 프로 게이머인 박호준은 응원석에서 얌전히 앉아 있는
것이 그 좋은 예였다.

"마법 실력은 없는데…… 어쩌다 보니 뽑히게 됐어요."

유정운은 자기 자랑을 하기 싫어서 대답을 대충 얼버무렸다. 그러나
남학생 팬의 추궁은 집요했다.

"원래 메이지 배틀은 보통 최고 에이스를 맨 마지막에 두는데……
유정운 선수는 천인 고등학교에서 맨 마지막 선수잖아요? 그 얘기
는…… 마법사 중에서 에이스라는 뜻인데………?"

'이런…….'

마법 대회장에 응원하러 나온 사람답게 메이지 배틀에 대해서 어느
정도 알고 있었기 때문에 유정운으로서는 대충 얼버무리기 힘들었다.
그런 유정운의 어려움을 파악했는지 옆에 있던 채영은이 유정운 대신
입을 열었다.

"정운 선배는 저보다 마법을 더 잘 써요. 그래서 마지막 선수인 거예요."

"……!"

채영은의 미모에 1차적으로 놀란 남학생 팬은 2차적으로 채영은의 말에 놀랐다. 방금 전에 보여주었던 채영은의 그 가공할 만한 마법 컨트롤. 그런 채영은보다 유정운이 마법을 잘 쓴다니, 과연 유정운의 마법 컨트롤은 어느 정도인가에 대한 의구심이 들었다. 그러다가 문득 프로 게이머로서의 유정운도 유닛 컨트롤이 사기에 가까울 정도로 뛰어나다는 사실을 떠올렸다.

"아, 유닛 컨트롤이 뛰어나다는 건 집중력이 높다는 거니까 마법 컨트롤도 뛰어나겠네요."

"뭐……."

약간 억지스러운 남학생 팬의 마법―게임 대응에 유정운은 속으로 쓴웃음을 지었다. 사실 게임에서의 유닛 컨트롤과 마법 컨트롤은 그다지 상관관계가 없었다. 확실히 집중력이 많이 필요하다는 것은 공통점이었지만 그렇다고 마법 컨트롤이 뛰어난 사람이 게임 컨트롤도 뛰어나다고 말할 수는 없는 것이다.

"꺄! 역시!"

그때 남학생 팬 뒤에서 유정운 일행을 쳐다보고 있던 세 명의 여학생이 뭔가 보물이라도 찾은 듯이 좋아했다. 세 여학생은 어딘가에서 종이와 펜을 꺼내더니 그것을 들고 곧장 박호준과 유정운에게로 날아왔다.

"박호준 선수! 유정운 선수! 사인해 주세요!"

그녀들이 내민 종이와 펜을 받아 들며 유정운과 박호준은 그저 웃을 수밖에 없었다. 남학생 팬이 자신들을 알아본 것도 놀라운데 이번엔 여학생 팬까지 등장했기 때문이다. 그만큼 게임 팬들의 저변이 넓어졌다는 뜻이지만 적어도 박호준은 방송에 자주 얼굴을 비치는 관계로 사람들이 알아보는 건 별로 이상하지 않았다. 그런데 단 한 시즌밖에 얼굴을 비치지 않은 유정운을 알아보니 당사자인 유정운이 더 신기했다.

"어떻게 절 알아보셨어요?"

여학생 팬들에게 사인을 해주며 유정운은 넌지시 질문을 던졌다. 그러자 세 여학생 중에서 한 명이 대답했다.

"유정운 선수 팬이 얼마나 많은데요! 유정운 선수가 나왔던 그 대회가 제일 재미있었거든요!"

"예……."

여학생 팬의 말을 들어도 유정운은 잘 실감이 가지 않았다. 물론 결승까지 무패 행진을 이어갔고, 결승전에서 아쉽게 박호준에게 져서 준우승을 했지만 자신이 그렇게까지 알려지리라고는 생각하지 못했다. 그러다가 일본에서 나나미가 보여준 신문 기사가 생각났다.

'그러고 보니 나도 잠깐 신문 기사에 실렸었군. 흐음…….'

유정운이 자기 자신을 대견하게 생각하는 동안 사인을 받던 여학생들이 이구동성으로 박호준을 향해 질문을 날렸다.

"박호준 선수! 오늘 경기 있는데 괜찮아요?"

"하하……."

아까 남학생 팬에게서 받은 질문과 똑같았기 때문에 박호준은 멋쩍은 웃음소리를 내었다. 아직 그 남학생 팬은 유정운 일행 가까이에 서서 떠나지 않고 있었다. 휴식 시간이 끝나지 않은 상태라 주변은 조금 어수선했고 그들의 얘기를 주의 깊게 듣는 사람도 없었다.

"친구 응원하러 왔어요. 이 녀석이 오늘 대회에 출전하니까요."

박호준은 유정운의 어깨를 탁탁 두드리며 대답했다. 그러자 여학생 팬들도 남학생 팬과 마찬가지로 놀란 표정을 지었다.

"유정운 선수, 마법도 해요?"

"대단하다!"

세 여학생에게서도 칭찬을 듣자 유정운은 어색한 웃음을 흘렸다. 그러나 그는 옆에 앉은 채영은이 뾰로통한 표정을 짓고 있는 사실을 알지 못했다.

"지금부터 3·4위전을 시작하겠습니다. 각자 자리에 앉아주시기 바랍니다!"

어느 사이엔가 무대 위로 올라온 사회자가 어수선한 장내를 바로잡기 시작했다. 그에 따라 유정운 일행에게로 몰려든 세 여학생과 남학생 팬은 자기 자리로 돌아가야 했다.

"결승에서 꼭 이기세요!"

"유정운 선수, 파이팅!"

그들은 유정운에게 격려의 말을 한마디씩 한 후에 자신의 자리로 돌아갔다. 그와 동시에 4강전에서 남우 고등학교와 천인 고등학교에 패한 형성 고등학교와 번주 고등학교의 대결이 시작되었다. 그러나 그 누구도 이들 3·4위전에 관심을 가지지 않았다. 어차피 그들의 관심사는 결승전이었고, 그중에서도 채영은의 연승 가도였다. 대회장을 찾은 사람들 중 대다수가 남학생들이고 이들은 모두 채영은의 모습만 볼 수 있으면 그걸로 된다는 생각을 가지고 있었다.

"팬들이 참 많네요. 이런 데도 있고."

3 · 4위전을 지켜보던 채영은이 어딘가 불만스러운 어조로 입을 열었다. 그녀가 말하고 있는 대상은 당연히 유정운이었다. 사실 남학생 팬이 유정운을 알아봤을 때는 열렬한 게임 팬이니까라는 생각에 별 신경을 쓰지 않았다. 그런데 이번엔 여학생들이, 그것도 세 명이나 떼거지로 몰려서 유정운에게 사인 공세를 펼치니 왠지 모르게 기분이 언짢아진 것이다. 만약 그 여학생들의 얼굴이 어느 정도 되었다면 그 기분은 더욱더 안 좋아졌을지도 몰랐다.

"나야 TV에 나온 적도 있으니까 그런 거고. 근데 너는 그런 적도 없는데 벌써 팬들이 생겼잖아. 그것도 남자 팬들."

유정운은 장내에 있는 남학생들을 가리켰다. 그들은 어서 결승전이 시작하기를 고대하고 있었다. 그런 남학생들의 모습을 보며 채영은은 고개를 설레설레 저었다.

"자기 학교가 떨어져서 응원할 상대가 없으니까 그냥 아무나 응원하는 거잖아요. 제 팬이라고 볼 수는 없어요."

"그래도 그중에 널 응원하고 있다는 건 그만큼 네가 눈에 띄기 때문이겠지."

"…별로 반갑지 않은 소리네요."

채영은은 여전히 뾰로통한 표정을 풀지 않았다. 자신의 팬은 오늘 하루 급작스럽게 생겨난 팬이지만 유정운의 팬은 그렇지 않기 때문이었다. 대체적으로 게임 팬들은 프로 게이머의 얼굴보다는 게임 실력을 선호하는 편이라 유정운의 팬들 역시 유정운의 게임 실력 때문에 반한 것이라 할 수 있었다. 그리고 오늘 급조된 자신의 팬들은 자신의 마법 실력보다는 자신의 얼굴 때문에 팬을 자처하고 있다는 것도 알고 있었다. 따라서 채영은으로서는 여기 있는 남학생들이 자신을 응원해도 그다지 기쁘지 않았다.

"경기 끝났습니다! 5:4로 형성 고등학교 승리!"

보는 사람이 지루했던 3 · 4위전이 마침내 끝났다. 결과는 남우 고등학교에게 패했던 형성 고등학교가 아슬아슬하게 번주 고등학교를 꺾고 3위를 차지, 본선행 티켓을 확보했다. 대결을 직접 한 선수들로서는 아슬아슬한 경기였지만 보는 사람들 입장에서는 그 수준이 그 수준이라 별 재미를 느끼지 못했다. 어찌 되었든 이제 결승전이 시작되기 때문에 사람들의 이목은 무대 위로 집중되었다.

"드디어 대망의 서울 예선전 결승이 펼쳐지겠습니다! 아시다시피 대결을 벌일 학교는 작년 우승팀 남우 고등학교와 재작년 준우승팀인 천인 고등학교입니다!"

"와―! 와―!"

남우 고등학교 선수들과 천인 고등학교 선수들이 무대 위로 올라가자 응원석에서 환호성이 터져 나왔다. 방금 전에 끝난 3 · 4위전과는 완전히 분위기가 달랐다. 채영은이라는 스타급 플레이어가 나타난 이상, 그들은 이번 결승전 결과에 주목하고 있었다.

"먼저 남우 고등학교 담당 선생님부터 한말씀 하시죠."

사회자는 남우 고등학교 담당 선생에게 마이크를 넘겼다. 남우고 담당 선생은 마이크를 받고 나서 매우 자신감에 찬 얼굴로 입을 열었다.

"올해도 우리는 우승을 할 것입니다. 아직까지 천인 고등학교에서 마지막 선수가 모습을 나타낸 적이 없는데, 그 선수를 반드시 무대 위로 세우겠습니다."

"오오~!"

남우고 담당 선생의 선전 포고에 모두 휘파람을 불었다. 그러면서 아직까지 무대 위에 모습을 나타내지 않은 유정운에게로 시선을 모았다. 천인 고등학교의 마지막 선수이기 때문에 마법 실력이 있을 것이라는 생각이 들긴 하지만, 정말 채영은보다 뛰어난 실력자인지에 대해서는 의문이 들었다. 말하자면 실력 검증이 안 된 선수이므로.

"이번엔 천인 고등학교 담당 선생님께서 한말씀."

마이크를 넘겨받은 전애리 선생은 조용히 헛기침을 했다. 그러고 나서는 매우 또박또박한 어조로 입을 열었다.

"우리는 3학년 없이도 우승할 것입니다. 영은이 역시 마법을 잘 쓰지만 그 뒤에 버티고 있는 정운이가 얼마나 괴물급 마법사인지, 이번 경기를 통해 확인하시기 바랍니다."

"오오~!"

전애리 선생 역시 도발적인 멘트로 남우고 담당 선생의 말을 되받아쳤다. 특히 '3학년 없이도'를 강조하면서 3학년만 출전시키고 있는 남우 고등학교를 비꼬았다. 그리고 유정운의 실력을 과장하면서 사람들의 기대를 잔뜩 부풀려 놓았다. 4강전에 이어서 결승전까지 전애리 선생은 잘못하면 쪽박 찰 수 있는 인터뷰를 했다.

"양쪽 다 자신감이 대단하군요! 그럼 이제부터 결승전을 시작하도록 하겠습니다! 각 학교의 1번 선수는 앞으로 나와주세요!"

마침내 사회자는 결승전의 시작을 알렸고 천인 고등학교와 남우 고등학교의 1번 선수들이 무대 앞으로 걸어나갔다. 너무나 많은 기대를 받고 있는 경기라서 그런지 1번 선수인 김세민은 무대 앞으로 나가면서도 바들바들 떨었다. 그러한 긴장은 곧바로 경기력으로 나타났다.

"두 개! 네 개를 성공시킨 남우 고등학교 1번 선수의 승리!"

남우고 1번 선수가 제안한 대결 방식은 4강전에서 했던 대로 장난감 자동차 들었다가 놓기였다. 채영은과 유정운을 제외한 나머지 천인 고등학교 선수들의 실력이 별 볼일 없다는 것을 알고 있기 때문에 비교적 간단한 대결 방식을 제안한 것이었다. 그렇지만 김세민은 그 간단한 대결에서 4:2로 패하고 말았다. 마마 부원 중에서 상위 랭커인 김세민이 졌으니 다른 사람들은 불을 보듯 뻔했다.

"실패! 실패! 이로써 남우 고등학교가 3:0으로 앞서 나갑니다!"

사회자는 열기를 띄우기 위해 큰 목소리로 외쳤으나 아무도 그것에 호응해 주지 않았다. 이미 그렇게 될 것이라는 걸 예상했기 때문이다. 사회자도 그것을 깨닫고 조금 멋쩍은 웃음을 지었다. 그렇지만 채영은의 소개는 매우 우렁찬 목소리로 했다.

"천인 고등학교의 기대주! 4번 채영은 선수 나와주세요!"

"와~!"

여태까지 참가자 이름을 부른 적 없는 사회자조차 이름을 외워 버린 유명인 채영은이 무대 앞으로 걸어나오자 대대적인 함성이 터져 나왔다. 응원석의 모든 이들이 그녀를 기다리고 있었다고 해도 과언이 아닐 정도였다. 그러한 열광적인 지지를 받으며 채영은은 사회자에게서 마이크를 넘겨받았다.

"4번 채영은입니다. 결승전인 만큼 힘들겠지만 최선을 다해 좋은 결과를 보여 드리도록 하겠습니다."

"와—! 와—!'

채영은의 말 한마디 한마디에 남학생들이 열광했다. 심지어는 여학생들조차 채영은을 응원하고 있었다. 아무래도 보호 본능을 유발시키는 채영은이라 그런지 여학생들을 아군으로 끌어들이게 된 것이었다.

"대결 방식을 바꾸겠습니다."

채영은의 인터뷰가 끝나자 남우고 1번 선수가 대결 방식의 변경을 요청했다. 그가 요청한 내용은 장난감 자동차 들었다 놓기 대신 16개의 양초의 불을 끄고 그 연기를 얼음 마법으로 얼리는 것이었다. 좀 더 정확히 말하자면 각각의 양초에서 나는 연기를 각각의 얼음으로 만들어 그 개수를 가지고 승패를 가르자는 내용이었다. 이것은 연결 마법을 통해 바람 마법과 얼음 마법을 동시에 사용하는 편이 편했지만, 굳이 연결 마법을 쓰지 않고도 빠른 마법 구사 속도라면 충분히 할 수 있는 대결 방식이었다. 그래서 채영은도 그 대결 방식에 동의했다.

"위대한 마나여, 그대의 시원한 손길이 더운 기운을 물러나게 하고 차가운 손으로 얼음의 꽃을 피우라!'

먼저 마법을 쓰게 된 남우고 1번 선수는 여러 번의 연결 마법 주문을 통해 바람 마법과 얼음 마법을 동시에 사용했다. 사실 따지고 보면 연결 마법이라고 해봤자 별거없었지만 동시에 두 가지 마법을 다룬다는 점에서 정신력이 많이 소모되는 마법이었다. 그래서인지 남우고 1번 선수는 연결 마법을 완전히 제어하지 못하고 연기를 얼려 버린 얼음을 열 개 만드는 것에 그쳤다.

"위대한 마나여, 그대의 시원한 손길이 더운 기운을 물러나게 하리라."

차례가 되자 채영은은 빠르게 주문을 외웠다. 주문이 완성되자 16개의 양초에 붙어 있던 불이 일제히 꺼졌고, 그에 따라 양초에서 연기가 모락모락 피어올랐다. 그 순간 채영은의 두 번째 마법이 펼쳐졌다.

"위대한 마나여, 차가운 손으로 얼음의 꽃을 피우라!"

지금까지의 마법 대결 때문에 나름대로 정신력을 소모한 채영은은 약간 큰 목소리로 주문을 외웠다. 정신을 집중시키기 위해서였다.

콰직―

주문 영창이 끝나자 연기가 얼어붙어 자그마한 얼음 결정을 이루었다. 그 크기나 무게가 크거나 무겁지 않아서 얼음은 연기를 얼린 채로 양초 끝 부분에 붙어 있었다. 그 개수를 세어보니 총 14개였다.

"채영은 선수의 승리!"

"와―!"

완벽하지는 않았지만 채영은이 무난하게 이기자 남우 고등학교 응원단을 제외한 나머지 응원단들이 환호했다. 이미 응원단의 대부분이 천인 고등학교를 응원하고 있었다. 그것은 이번 대회에서 가장 많은 응원 인구수를 보유한 남우 고등학교에의 반발일지도 몰랐다.

"남우 고등학교 2번 선수 나와주세요!"

사회자는 계속해서 경기를 진행시켰고, 방금 전과 마찬가지 대결 방식으로 경기를 치렀다. 체력적으로 약한 채영은이 마법을 쓰면 쓸수록 점차 불안한 모습을 보이기는 했지만 남우 고등학교의 3번 선수까지 잡아내는 데 성공했다.

"대단합니다! 현재 스코어 3:3! 이제 남우 고등학교에서 한 번도 진

적이 없는 4번 선수가 나오겠습니다!"

사회자는 열띤 목소리로 남우 고등학교의 4번 선수를 호명했다. 그의 말대로 남우 고등학교는 16강에서 1번 선수가, 8강에서는 3번 선수가, 4강에서는 4번 선수가 경기를 마무리했다. 그러니 출전을 못한 5번 선수를 제외하고 팀 내에서 패배를 하지 않은 선수가 바로 4번 선수였다. 하지만 혼자서 열한 명을 잡아내며 천인 고등학교를 결승전까지 올린 채영은에 비해 임팩트가 떨어지는 것이 사실이었다.

"위대한 마나여, 그대의 시원한 손길이 더운 기운을 물러나게 하고 차가운 손으로 얼음의 꽃을 피우라!"

남우고 4번 선수는 같은 대결 방식을 선정하고 연결 마법을 사용했다. 운이 좋은 건지 실력이 좋은 건지 알 수 없었지만 남우고 선수들 중에서 처음으로 16개의 얼음 조각을 만드는 데 성공했다. 그것을 보고 채영은의 표정이 딱딱하게 굳었다.

'아…… 이제 지는 건가…….'

이미 정신적으로 지쳐 있는 채영은으로서는 16개의 얼음 조각을 만들어내기가 거의 불가능했다. 그리고 16개를 성공해 봤자 비긴다는 생각이 그녀에게 허탈감마저 가져다주었다. 채영은 스스로도 자신의 생각을 깨닫고 있었기 때문에 패배를 직감하고 있었다.

'……!'

자기도 모르게 뒤를 돌아보았던 채영은은 유정운의 담담한 표정을 보았다. 그것은 마치 '저도 상관없다. 후회없이 마법을 써라. 마무리는 내가 한다'라는 얼굴처럼 보였다. 그래서인지 채영은은 약간 편안한 마음을 느꼈다.

"위대한 마나여! 그대의 시원한 손길이 더운 기운을 물러나게 하리라!"

흐트러지려는 정신을 다잡으며 채영은은 바람 마법을 사용했다. 무난히 16개의 양초를 모두 끄는 것에 성공하고 나서 재빠르게 제2마법 주문 영창에 들어갔다.

"위대한 마나여, 차가운 얼음의 꽃을 피우라!"

지금까지 했던 것보다 짧은 약식 주문을 사용하여 얼음 마법을 사용했다. 그 결과 16개 양초에서 피어오르는 연기 중에서 15개의 얼음 조각을 만들어내게 되었다. 그녀의 최고 기록이긴 하지만 16개를 기록한 남우고 4번 선수를 이기지는 못했다.

"15개! 무패였던 채영은 선수 패배합니다!"

…….

사회자는 분위기를 띄우려고 크게 외쳤지만 장내는 조용했다. 사실 남우고 4번 선수가 16개를 성공했을 때부터 이미 승부는 결정되어 있었다. 결승전에서 채영은이 기록한 최고 기록은 14개이기 때문이었다.

짝짝짝—

잠시 동안의 정적 후에 응원석에서 박수 소리가 흘러나왔다. 그것은 수고한 채영은에게 보내지는 박수였다. 연속적으로 마법을 사용했으면서도 이 정도까지 대등한 싸움을 펼친 채영은이 진정한 승자라고 생각했기 때문이다. 만약 채영은이 충분히 휴식을 취한 상태에서 남우고 4번 선수와 대결을 펼쳤다면 절대 지지 않았을 것이라고 모두 생각하고 있었다.

"하아……."

채영은은 깊은 숨을 몰아쉬며 일행이 앉아 있는 자리로 돌아왔다. 마마 부원들과 전애리 선생은 그런 그녀를 토닥이며 칭찬을 아끼지 않았다. 모두 채영은을 챙겨주느라 다음 경기 출전해야 하는 유정운에게는 신경을 전혀 써주지 않았다.

"천인 고등학교의 마지막 선수! 나와주세요!"

사회자가 우렁찬 목소리로 유정운을 불렀고, 유정운은 자리에서 일어나 무대 앞으로 걸어나갔다. 그때 채영은이 작지만 또렷한 목소리로 유정운에게 격려의 말을 건넸다.

"믿고 있어요."

그리고 전애리 선생 역시 유정운에게 한마디 했다.

"철저히 이기고 와. 영은이의 복수를 해야지!"

"…예."

신뢰의 눈길을 보내는 부원들을 뒤로하고 유정운은 무대 앞에 섰다. 장내의 많은 이들이 유정운에게 시선을 집중시키고 있었다. 전애리 선생이 괴물급 마법사라고 소개한 유정운. 과연 그만큼의 실력을 가지고 있을지 궁금했던 것이다.

"첫 출전이군요. 자기소개 부탁드립니다."

사회자는 유정운에게 마이크를 넘겼다. 마이크를 넘겨받은 유정운은 응원석에서 이상한 표정으로 자신을 웃기려는 이상규에게 시선조차 주지 않고 또박또박 입을 열었다.

"천인 고등학교의 마지막 선수인 유정운입니다. 세상에는 수많은 고수들이 존재합니다. 그들은 서로 자신이 잘났다고 생각합니다. 그러나 세상에는 그 고수들의 수준을 뛰어넘어 그들 위에 군림하는 지존이 있습니다. 제가 오늘 이번 경기에서 그 지존급의 수준을 보여 드리도록 하겠습니다."

……!

유정운의 말은 광오(狂傲) 그 자체였다. 한마디로 자신이 지존이라는 소리였기 때문이다. 원래 유정운은 그렇게까지 거만한 말을 할 생각은 없었지만 철저히 이기라는 전애리 선생의 주문을 받고 거만의 극치를 달리기로 한 것이었다. 어차피 남우 고등학교와는 본선에서 또다시 붙을 가능성도 있었기 때문에 나중을 위해 철저히 무너뜨리기로 결심했다.

"대, 대단한 자신감이군요. 자, 그럼 대결 방식은 종전과 마찬가지로……!"

사회자가 땀을 삐질삐질 흘리며 말을 이어갈 때 유정운이 중간 커트를 해버렸다.

"단순한 마법 대결은 재미가 없으니까 다른 방식으로 하도록 하죠."

"어떤 방식을………?"

"지금까지 컨트롤적인 측면을 봐왔으니까 이번엔 속도를 보도록 하죠."

"속도………?"

의외의 제안에 사회자를 비롯한 많은 사람들이 고개를 갸웃했다. 확실히 지금까지의 마법 대결은 컨트롤적인 측면이 강했다. 사실 학교에서 마법 컨트롤하는 법만 가르치기 때문에 당연한 것이었다. 그러나 유정운은 이번에 좀 다른 방식을 제안했다.

"저기 테이블 위에 있는 16개의 양초에 불을 붙이고 다시 불을 끈 다음, 장난감 자동차를 허공에 1미터 정도 떠웠다가 뒤집어지지 않게 내려놓는 것입니다. 이것을 완료하는 데 걸리는 시간으로 승패를 결정하도록 하죠."

"……!"

유정운의 제안에 모두 놀라워하면서도 흥미있어했다. 일단 미션을 완수하기 위해서는 점화 마법으로 양초에 불을 붙이고 다시 바람 마법으로 불을 끈 뒤, 연결 마법을 통해 반중력 마법과 저속 마법을 동시에 사용해야 했다. 그야말로 실력자가 아니면 한꺼번에 하기 힘든 고난이도의 마법 구현이었다. 그러면서도 누가 먼저 빨리 미션을 완수하느냐 하는 시간 싸움까지 해야 하기 때문에 박진감이 넘칠 것 같은 느낌이 들었던 것이다.

"좋습니다. 그렇게 하죠."

유정운의 제안을 듣고 잠시 생각에 잠겼던 남우고 4번 선수가 동의를 표시했다. 사용해야 할 마법이 전부 익숙한 것들이고, 자신의 마법 시전 속도가 느리지 않다고 생각했기 때문에 동의를 한 것이었다. 그런데 그때 유정운이 또다시 하나의 조항을 추가했다.

"전 마나전자를 들뜨게 하지 않은 상태에서 시작하겠습니다. 그리고 남우고 4번 선수는 마나전자를 들뜨게 한 뒤에 시작하십시오. 사회자님이 시작이라고 외치면 시작하는 것으로 하죠."

"……!"

완전히 상대방을 무시한 발언에 남우고 4번 선수가 발끈했다. 유정운이 제시한 마법을 사용하려면 적어도 3밴드 정도의 마나전자를 들뜨게 해야만 했다. 그 시간도 꽤 걸리는 편인데 자신은 들뜨게 한 상태에서 마법 시전에 들어가고 유정운은 마나전자를 들뜨게 하지도 않은 상태에서 마법을 사용해야 한다면, 당연히 자신이 승리할 것이라고 생각했기 때문이다.

"진짜…… 그렇게 할 겁니까?"

"예. 점화 마법, 바람 마법, 반중력 마법과 저속 마법 외에는 그 어떤 마법도 안 쓸 겁니다."

"……."

유정운이 뭔가 꿍꿍이를 가지고 있지 않을까 생각했던 남우고 4번 선수는 담담한 유정운의 표정에 혼란스러움만 가중됐다. 도대체 유정운이 무슨 생각을 하고 그렇게 말했는지 알 수가 없었기 때문이다. 하지만 일단 그의 제안을 받아들이고 그가 무슨 이상한 짓을 한다면 바로 이의 제기를 하겠다고 마음을 먹었다.

"그렇게 하고 싶다면 그렇게 하시죠."

남우고 4번 선수는 약간 불쾌하다는 어조로 유정운의 제안을 받아들였다. 그렇게 하여 속도 대결이라는 특이한 방식의 마법 대결이 펼쳐지게 되었다. 각자에게 마법 지팡이가 지급된 상태에서 남우고 4번 선수는 자신이 가진 3밴드의 마나전자를 전부 들뜨게 했고, 유정운은 마나전자를 전혀 들뜨게 하지 않았다.

"시작!"

사회자의 말이 떨어짐과 동시에 남우고 4번 선수는 힘차게 주문을 외웠다.

"위대한 마나여! 그대 뜨거운 입김으로 모든 것을 불태우리라!"

잔뜩 준비하고 주문을 외웠기 때문인지 단 한 번 만에 마법을 구현할 수 있었다. 그리고 16개의 양초에 모두 불이 붙었다. 그렇게 1차 미션을 클리어하고 곧바로 2차 마법 구현에 들어갔다.

"위대한 마나여! 그대의 시원한 손길이 더운 기운을 물러나게 하리라!"

이번 주문 역시 단 한 번 만에 성공했다. 그리고 16개 양초에 붙은 불을 전부 끄는 데도 성공했다. 분위기가 너무 좋아서 남우고 4번 선수는 속으로 득의양양했다. 이제 절반의 미션을 성공했고, 나머지 연결 마법 부분이 조금 힘들긴 하지만 실패하리라는 생각은 하지 않았기 때문이었다. 그런데 자신과 동시에 마법 대결을 실시한 유정운의 속도는 그야말로 미칠 듯했다.

"들뜸."

시작 소리와 함께 유정운은 한 단어로 3밴드의 마나전자를 전부 들뜨게 했다. 그리고,

"점화."

역시 한 단어로써 16개의 양초에 모두 불을 붙였다. 또한,

"소화."

이번에도 한 단어만을 외워서 16개 양초에 붙은 불을 모조리 꺼버렸다. 거기에다,

"반중력과 저속."

연결 마법을 극도의 약식으로 처리해 버리고 장난감 자동차를 1미터 이상 들었다가 다시 테이블 위에 사뿐히 올려놓았다. 누구도 초시계를 가지고 시간을 재지는 않았지만 유정운이 미션을 완료한 시간은 대략 20초 내외였다. 저속 마법을 사용하느라 시간이 늦어진 것이지 다른

종류의 마법이었다면 10초 안으로 충분히 구현 가능할 정도였다.

"……!"

남우고 4번 선수가 막 양촛불을 끄는 데 성공했을 때 유정운이 모든 미션을 클리어해 버리자 모두 경악에 찬 표정을 지었다. 그 누구도 탄성이나 박수 소리를 내지 못했다. 상식적으로 도저히 상상할 수 없는 속도였기 때문이다.

"전부 끝냈습니다."

사회자가 입만 벌린 채 아무 소리도 하지 않자 유정운이 직접 입을 열었다. 그의 말속에는 '어서 내 승리를 선언해라' 라는 압박이 들어 있었다. 그런 유정운의 압박을 느꼈는지 사회자는 더듬거리며 유정운의 승리를 알렸다.

"처, 천인 고등학교의 오, 오 번 선수가 승리했습니다!"

……!

평소 같았으면 이 타이밍에 환호성이나 박수 소리가 나야 정상이지만, 사람들이 아직도 유정운의 지존급 속도에 넋을 잃고 있었기 때문에 장내는 여전히 조용했다. 심지어 같은 팀인 마마 부원이나 전애리 선생도 유정운에게 놀라고 있었다.

"다, 다음 남우 고등학교 마지막 선수 나와주세요!"

사람들의 반응이 없어서 썰렁함을 느끼면서도 사회자는 계속해서 대회를 진행했다. 이제까지 유정운과 마찬가지로 단 한 번도 그 모습을 드러내 본 적이 없는 남우고의 5번 선수가 무대 앞으로 걸어나왔다. 유정운보다 키가 5㎝ 정도 더 크지만 삐삐 말라서 유정운보다도 약해 보이는 남학생이었다. 하지만 풍겨져 나오는 인상이 날카로워서 마법

사 고수라는 생각이 들게 만들었다.

"남우 고등학교 3학년 주동진(株動盡)입니다."

자기소개를 간략히 한 주동진은 유정운을 쳐다보았다. 유정운이 남우고 4번 선수와 펼친 대결 방식을 그대로 쓸 것인지 다른 걸로 바꿀 것인지에 대한 무언의 질문이었다. 사실 주동진 스스로도 유정운의 지존급 속도를 따라잡지 못한다는 것을 알고 있었다. 그래도 유정운 역시 사람이기 때문에 실수할 가능성이 있으므로 끝까지 포기하지 않겠다고 결심했다. 그런 주동진을 보며 유정운은 또다시 대결 방식을 변경했다.

"속도 대결을 했으니 이번엔 마법 효율 대결을 하죠."

"마법 효율………?"

유정운의 말뜻을 파악하지 못한 주동진이 반문했다. 그래서 유정운은 자세한 설명을 덧붙였다.

"다른 말로 바꾸면 마나전자 손실률 최소화입니다. 마법을 사용할 때 마법 도구로부터 나오는 빛을 원래 파장 이하로 낮추는 거죠. 즉, 3밴드 마법을 사용하면서 붉은색이나 주황색의 빛을 내는 겁니다."

"……!"

비로소 유정운이 하는 말을 알아들은 주동진은 놀란 표정을 지었다. 마나전자 손실률 최소화는 작년에 유정운이 수학여행 메이지 배틀 때 나나미를 상대로 써먹었던 방법이다. 당시 나나미는 유정운이 3밴드의 토네이도 마법을 쓰면서 붉은 빛을 내자 경기를 포기했었다.

"토네이도 마법은 기본적으로 3밴드의 마나전자를 필요로 하니까 토네이도 마법을 쓰면서 노란색 이하의 빛을 내는 것으로 승부하죠.

각자 상대방보다 낮은 파장의 빛을 내면 승리하는 것입니다."

유정운은 담담한 표정으로 승리 조건을 얘기했다. 이미 사람들이 자신의 얘기를 이해했음을 파악했기 때문에 주동진의 동의만을 기다렸다.

'마나전자 손실률 최소화라니……!'

주동진은 속으로 치를 떨었다. 대학 가서야 배우는 내용을 고등학교 2학년인 유정운이 거론하고 있으니 어이가 없었던 것이다. 그러나 주동진도 그 내용을 어디선가 배우고 어느 정도 알고 있었기 때문에 아주 승산이 없지는 않았다.

"좋습니다. 그럼 저부터 시작하도록 하겠습니다."

주동진은 유정운의 양해를 구하고 먼저 시범을 보이기로 했다. 왠지 유정운이 먼저 하는 걸 보면 자신감을 잃어버릴 것 같다는 생각에서였다.

"위대한 마나여! 그대 사나운 손길로 이 세상의 모든 것을 갈가리 찢어버리리라!"

여러 번의 주문 영창을 한 후 주동진은 3밴드의 토네이도를 사용했다. 그에 따라 테이블이 거대한 돌풍에 휘말리며 허공 위로 치솟았다. 하지만 중요한 것은 주동진의 손에 들린 마법 도구에서 어떤 색의 빛이 나오느냐였다.

번쩍—

주동진의 마법 지팡이에서 나오는 빛은 대체적으로 노란색이었다. 그러나 그 사이사이에 분명히 주황색의 빛이 껴서 발산되었다. 그것을 보고 유정운이 입을 열었다.

"주황색이로군요. 그럼 제가 주황색 이하의 파장을 내야 승리하겠네요."

사실 노란색이라고 우겨도 할 말 없을 만큼 주황색의 빛이 적었다. 그래도 유정운은 그것을 주황색이라고 인정했다. 그래서 유정운은 주황색보다 파장이 작은 붉은색 빛을 내야 승리할 수 있었다.

"마법을 사용하기 전에 알려 드릴 게 있습니다."

주동진에게서 마법 지팡이를 넘겨받자 유정운이 담담한 표정으로 말을 이었다.

"빛에는 눈으로 볼 수 있는 가시광선과 눈으로 볼 수 없는 적외선, 자외선이 있습니다. 마법을 사용하면서 자외선을 낼 수 있는 방법은 8밴드 이상의 마법을 쓰는 수밖에 없습니다. 하지만 현존 마법사 중에서 8밴드 이상의 밴드 수를 가지고 있는 사람은 아무도 없죠. 저 역시 마찬가지입니다. 따라서 마법을 사용했는데 마법 도구에서 아무런 빛이 나오지 않는다는 것은 붉은색보다 낮은 파장인 적외선을 내고 있다는 뜻입니다. 그것을 먼저 알아두셨으면 합니다."

말을 마친 유정운은 마법 지팡이를 꼬나 쥐고 토네이도 주문을 외웠다.

"위대한 마나여, 그대 사나운 손길로 이 세상의 모든 것을 갈가리 찢어버리리라."

언제나 그렇듯이 마나전자 손실률을 최소화하기 위해서는 정신을 집중해야 하고 따라서 약식 주문보다는 정식 주문을 사용하는 게 편했다. 그렇게 토네이도 마법 주문을 완성하자 주동진과 마찬가지로 돌풍이 일어나 테이블 자체를 송두리째 들어 올렸다. 그리고 유정운의 손

에 들린 마법 지팡이에서는,

......

3밴드의 마법을 사용했으니 노란색의 빛이 흘러나와야 정상이었다. 하지만 유정운의 마법 지팡이에서는 그 어떤 빛도 흘러나오고 있지 않았다. 분명히 토네이도 마법은 펼쳐지고 있는데 마법 도구에서는 마법 사용에 따른 빛이 나오지 않고 있었던 것이다. 그것을 보고 사람들은 경악을 할 수밖에 없었다.

쿠쿵―

허공으로 떠오른 테이블이 다시 바닥에 떨어짐과 동시에 유정운은 토네이도 마법을 해제시켰다. 마법 자체는 별로 어렵지는 않았지만 마나전자를 직접 제어하느라 약간 피곤했다. 특히 파장을 낮춘 주황색이나 붉은색 빛이 아닌 적외선 계열로 파장을 낮추었기 때문에 마법 속도 대결 때보다 힘들었다. 어찌 되었든 완벽하게 마나전자 손실률 최소를 극대화해서 유정운은 스스로도 만족하고 있었다.

"사회자님, 이걸로 승부는 결정난 것 같은데요."

입을 여는 사람이 아무도 없는 관계로 유정운이 먼저 말을 꺼냈다. 그래서 사회자는 놀란 가슴을 추스르며 유정운의 승리를 선언했다.

"천인 고등학교 마지막 선수가 승리했습니다! 이로써 우승은 천인 고등학교가 차지했습니다!"

......

천인 고등학교가 우승을 차지했지만 장내는 참으로 조용했다. 마법에 대해서 어느 정도 알고 있는 사람들이 대부분이었기 때문에 방금 전에 유정운이 성공했던 마나전자 손실률 최소화가 얼마나 어려운 것인가 말로 설명할 필요도 없었다. 아무리 천재 마법사라고 하더라도 고등학교 2학년이라는 나이에 초고속으로 마법을 구현하고 마나전자까지 직접 제어할 수는 없었다. 심지어는 숙련된 최고의 마법사라고 해도 할까 말까 한 일이었다. 그런 엄청난 일을 유정운은 아무렇지도 않게 성공해 버렸으니 장내 사람들이 경외심보다 공포심을 느끼는 게 당연했다.

"이겼어요."

자기 자리로 돌아온 유정운이 전애리 선생을 보며 그렇게 말했다. 하지만 전애리 선생은 기쁜 표정보다 잔뜩 굳은 표정으로 한마디 했다.

"괴물."

"……."

확실히 스스로 생각하기에도 너무 압도적인 실력을 선보였다는 걸 알고 있었기 때문에 유정운은 그 말에 아무런 반박도 하지 못했다. 그렇지만 이번 대결을 통해 마법 속도나 그 외의 측면에서 실수한 부분 없이 성공했다는 것에 만족했다. 이제 남은 것은 우주 금속을 압도할 수 있는 방법을 찾아서 연마하는 일이었다.

*　　　　*　　　　*

약간은 어수선하게 대회 시상식이 마무리되었다. 대부분의 사람들이 우승한 천인 고등학교를 축하하기보다 유정운이라는 괴물을 경계했다. 유정운의 시선이 닿는 곳마다 사람들이 시선을 돌려서 유정운은 대회장에서 거의 소외되다시피 했던 것이다. 그러나 그 편이 유정운으로서는 더 편했다.

"이제 난 경기하러 갈 건데…… 어떻게 할 거야?"

우승을 했음에도 분위기가 무거운 유정운 일행을 둘러보며 박호준이 멋쩍은 표정으로 물음을 던졌다. 그의 질문에 가장 먼저 대답한 사람은 유정운이었다.

"난 같이 갈 거야. 너희는?"

이번엔 유정운이 다른 아이들을 바라보며 물었다. 그러자 두 번째로 채영은이 입을 열었다.

"저도 갈게요."

채영은으로서는 유정운에게 하고 싶은 말도 있고 해서 박호준 응원에 동참하기로 했다. 그러자 박호준 옆에 있던 서동민과 이상규가 자신의 생각을 피력했다.

"난 원래 연영이하고 같이 호준이 경기 응원하려고 왔으니까 같이 가는 쪽."

"호준이가 저녁 사준다고 했으니 나도 간다!"

박호준 응원 합류 의사를 밝힌 사람들이 다섯 명으로 늘어났지만 나머지 마마 부원들은 부정의 뜻을 밝혔다.

"경기를 했더니 좀 피곤해서……."

"좀 쉬고 싶어서요."

"나중에 기회 되면 갈게."

김세민을 주축으로 한 안은선, 양우미가 박호준 응원에 참가하지 않겠다고 선언했다. 그들은 이번 대회를 통해 채영은과 유정운, 특히 유정운과는 엄청난 마법 실력 격차가 있음을 확인하고 좌절 중이었다.

그런 상태에서 남의 경기를 응원하러 갈 마음의 여유는 없었던 것이다. 그것을 어렴풋이 직감한 박호준은 밝은 웃음을 띠었다.

"원래 경기하고 나면 피곤하니까 쉬어야지. 그럼 먼저 들어가."

박호준의 배웅을 뒤로하고 채영은과 유정운을 제외한 마마 부원들은 총총히 대회장에서 모습을 감추었다. 돌아갈 때에는 학교 버스를 이용하지 않기 때문에 각자 알아서 집으로 가야 했다. 그렇게 마마 부원들의 모습이 사라지자 박호준은 전애리 선생의 의사를 물었다.

"선생님은 어떻게 하실 거예요?"

"나? 음……."

박호준이 초롱초롱 눈을 빛내며 쳐다보자 전애리 선생은 얼굴을 약간 붉히며 대답을 망설였다. 머리 속에서는 '호준이는 제자고 난 선생이니까 선생이 제자의 경기에 응원하러 가는 건 전혀 이상하지 않다'라고 생각했지만 마음속으로는 혼란을 거듭하고 있었다. 왠지 해서는 안 될 짓을 하고 있는 듯한 기분이 들었기 때문이다.

"선생님도 같이 가요. 작년에는 자주 응원하러 다녔으니까 선생님 안 오시면 호준이 녀석 실망해서 경기 질걸요."

결정을 망설이는 전애리 선생을 보며 유정운이 한마디 했다. 자신이 직접 결정을 내리는 것보다 마치 남의 결정에 따라가는 것처럼 꾸미면 자신의 생각이 어느 정도 감춰지기 때문에 전애리 선생은 유정운의 말에 따르기로 했다.

"제자의 경기가 있으니 선생으로서 응원해 줘야겠지? 자, 그럼 어서 가자."

"옛!"

전애리 선생의 합류로 총 여섯 명이 된 박호준 응원단은 곧바로 가까이에 있는 게임 센터로 이동했다. 시간은 대략 오후 5시 정도라서 박호준으로서는 어느 정도 여유있게 게임 센터에 도착할 수 있었다. 특히 경기가 3경기였기 때문에 시간적으로도 충분했다.

"난 대기실로 갈 테니까 응원해 줘."

유정운 일행의 자리를 잡아준 박호준은 곧바로 대기실로 향했다. 하루 종일 마법 대회장에 있느라 게임 연습을 전혀 하지 못한 박호준이었지만 그의 표정에는 자신감이 넘쳐흘렀다. 어제 충분히 연습을 했고 컨디션도 좋았기 때문이다.

"호준이 괜찮으려나 모르겠네……."

대기실로 사라지는 박호준의 뒷모습을 보며 전애리 선생이 근심에 찬 표정으로 중얼거렸다. 가뜩이나 요즘 대회 성적이 기대에 못 미치고 있는 박호준이었기 때문에 전애리 선생으로서는 걱정이 될 수밖에 없었다. 하지만 유정운은 걱정없다는 투로 말했다.

"합숙을 하지 않고 게임 대회에 참가하는 호준이라서 다른 선수들보다 연습량이 부족한 건 사실이에요. 하지만 호준이는 연습할 때 집중력을 가지고 연습을 해요. 아무 생각 없이 무조건 연습하지는 않거든요. 그런 점이 호준이가 합숙하지 않고도 일정한 대회 성적을 내는 이유죠. 뭐, 좀 더 좋은 성적을 내기 위해서는 어쩌면 합숙이 필요할지도 모르지만요."

요즘은 박호준과 게임 연습을 잘 하지 않는 유정운이었지만 박호준을 가까이서 지켜보고 있기 때문에 박호준의 실력을 익히 잘 알고 있었다. 그래서 큰 이변이 없는 한 박호준이 무난히 승리할 것이라고 유정운은 생각했다.

'그나저나…… 게임 센터는 참 오랜만에 오는군……'

올해 2월달 임배희의 졸업식에 꿈틀이와 싸워 부상을 입은 후로 유정운은 게임 센터에 온 적이 없었다. 특히 아직까지 게임 대회 예선전조차 참가하지 못했다. 참가하려고 마음먹으면 꿈틀이가 역습을 해왔기 때문이다. 게다가 지금은 아예 마법에 매달리기로 결정한 상태라 박호준을 응원하러 오는 게 아니면 앞으로도 게임 센터에 들를 일이 없었다.

"저기…… 오빠……."

일행의 시선이 각각 분산되자 채영은이 유정운에게 말 걸기를 시도했다. 그러나 그러한 채영은의 시도는 뜻밖의 장애물에 걸려 버렸다.

"유정운 선수다!"

"진짜다!"

"사인해 주세요!"

유정운 일행 근처에 앉아 있던 관객들이 환호성을 지르며 유정운에게 접근했다. 74년도 하늘의 분노 3차 리그 때 혜성처럼 나타나 준우승을 차지하고 갑작스럽게 모습을 감춰 버린 유정운은 게임 팬들 사이에서 하나의 전설이 되었다. 유정운이 나타나면 게임계의 판도가 뒤바뀔 것이다. 그러한 소문이 게임 팬들 입에 오르내렸던 것이다.

"왜 지금까지 출전을 안 한 거예요?"

"언제 복귀해요?"

"은퇴했다는 말이 있던데 사실이에요?"

게임 팬들은 유정운을 향해 쉴 새 없는 질문 공세를 퍼부었다. 마치 게임 팬들이 게임계의 기자가 된 듯한 느낌이었다. 그러한 질문 공세에 유정운은 그저 '개인적으로 일이 있었다' 라고만 대답하여 그들의 궁금증을 더욱 증폭시켰다.

"이제 곧 경기가 시작되니까 제자리로 돌아가 주세요!"

관객들이 너무 한쪽으로 몰려들자 게임 센터 내에 배치된 경호원들이 그들을 진압(?)했다. 그래서 한순간의 소동이 마무리되었고 유정운은 난처한 질문들로부터 한숨 돌릴 수 있게 되었다.

"역시 고향에 돌아오면 알아보는 사람이 많구나!"

한바탕 난리를 겪은 유정운을 보고 이상규가 장난조로 입을 열었다. 확실히 그의 말대로 마법 대회장에서보다 게임 센터에서 유정운을 알아보는 사람이 훨씬 많았다. 하지만 그것이 오히려 유정운의 마음을 무겁게 만들었다.

'난 이미 게이머 생활을 접기로 했는데…… 내 복귀를 바라는 사람들이 많으니 마음이 답답하다…….'

수많은 게임 팬들의 기대를 저버리는 것 같은 느낌에 유정운은 얼굴 표정을 굳혔다. 그러나 그것은 어쩔 수 없는 일이었다. 일단 우주 금속과의 문제가 해결되지 않는 이상 게임계로 돌아가는 건 불가능했기 때문이다.

쿡―

"……!"

그때 옆에 앉은 채영은이 느닷없이 유정운의 옆구리를 손가락으로 찔렀다. 강도가 센 편이 아니라 약간 움찔거리는 선에서 끝났지만 유정운으로서는 채영은의 돌발 행동에 의아함을 품어야 했다.

"왜?"

"할 얘기 있어요."

채영은은 진지한 표정을 지었다. 주변에 가장 경계해야 할 마마 부원이 아무도 없기 때문에 채영은은 별 거리낌 없이 유정운에게 말을 걸 수 있었다. 게다가 전애리 선생이나 서동민 커플, 박호준과 이상규는 유정운과 채영은의 관계를 어느 정도 인정하고 있었기 때문에 그들의 시선을 신경 쓰지 않아도 된다는 점이 편했다.

"어떤 얘기인데?"

유정운은 채영은에게로 시선을 돌리며 반문했다. 그로서는 채영은이 무슨 얘기를 할지 예상을 할 수가 없었다. 그래서 그녀의 말을 조용히 경청하기로 했다.

"한 가지 궁금한 게 있어서 그래요. 오늘 마법 대회에서 왜 그렇게 눈에 띄는 행동을 한 거예요? 오빠답지 않게."

채영은이 의문을 제기한 것은 마법 대회에서의 유정운의 돌출 행동이었다. 평소에는 최대한 남의 눈에 띄지 않게 행동하는 유정운이 유독 오늘만 눈에 띄는 행동을 했기 때문이다. 만약 유정운이 속도 대결이나 마나전자 손실률 최소화 같은 말도 안 되는 대결 방식을 펼치지 않고 평범하게 했더라면 시상식 때 그렇게 썰렁한 분위기가 연출되지는 않았을 것이다. 지존급 실력을 보여주지 않고 고수급 실력만 보여줬어도 충분히 우승할 수 있는 유정운이 왜 경계심마저 일으킬 정도로 압도적인 실력 차를 보여준 것인지 채영은으로서는 이해할 수가 없었다.

"그건……."

채영은의 질문에 유정운은 잠시 말을 끊었다. 유정운 스스로도 왜 자신이 마법 대회에서 그렇게 열을 냈는지 확실히 모르기 때문이었다. 그래서 일단 채영은을 속이기로 했다.

"긴장해서 그런 거야."

"거짓말."

어설픈 유정운의 거짓말에 채영은은 속아 넘어가지 않았다. 사실 그런 거짓말에 속아 넘어갈 사람은 이상규밖에 없었다.

"음…… 뭐랄까……."

자신의 생각을 정리하기 위해 유정운은 잠시 뜸을 들였다. 그리고 나서 말을 이었다.

"어쩌면 난 화가 났는지도 몰라."

"화?"

"어떤 정체 모를 괴물이 뭔가 일을 꾸미고 있는데 아무도 그걸 눈치채지 못하고 있으니까. 난 녀석과 목숨을 걸고 싸우기도 했는데 다른 사람들은 별것 아닌 마법으로 실력 겨루기나 하고 있으니까. 그런 것에 화가 나 있던 게 아닐까……?"

"……."

유정운의 말에 채영은은 아무 말도 하지 못했다. 유정운과 같이 꿈틀이와 싸운 경험이 있는 채영은이었기에 그 말에 공감할 수밖에 없었다. 마법 대회에 참가한 사람들이 해안으로 거대한 해일이 다가오고 있다는 것을 모른 채 해수욕장에서 일광욕을 즐기는 피서객과 같다는 느낌을 받았기 때문이다.

"뭔가 대책을 세워야 하지 않나요? 그 괴물의 정체를 아무도 모르잖아요?"

채영은은 근심 어린 어조로 유정운의 의견을 물었다. 하지만 유정운이라고 뚜렷한 해결책이 있는 것도 아니었다.

"아무도 모르니까 더 문제지. 그냥 기다리는 수밖에 없어."

"……."

두 사람은 똑같이 난감하다는 표정을 지었다. 경찰에 알리지도 못하고, 그렇다고 가만히 있는 것도 문제인 그런 상황이었다. 아무런 사회적 영향력을 가지고 있지 않은 두 사람이기 때문에 뭔가 할 수 있는 일이 없는 것이다.

"그 문제는 어쩔 수 없는 걸로 쳐도…… 문제는 마마 부원들이에요. 이번에 오빠가 보여준 마법 때문에 모두 의기소침해 있다구요."

"……?"

채영은의 말뜻을 파악하지 못한 유정운은 어리둥절한 표정을 지었다. 그러자 채영은이 부연 설명을 했다.

"부원들 모두 오빠가 마법을 잘 쓴다는 건 알고 있었지만 그렇게까지 잘 쓸 줄은 생각하지 못했어요. 저조차도 놀랄 정도였으니까요. 오빠는 저렇게 마법을 잘 쓰는데 같은 부원인 나는 왜 이럴까 하는 생각을 했을지도 모르죠. 특히 대회에서 단 한 명도 잡지 못한 은선이나 우미 선배는 좌절감을 느끼고 있을지도 몰라요."

"……."

생각해 보면 맞는 얘기였다. 유정운이 평범한 수준에서 대결을 했다면 '나도 연습하면 저 정도는 할 수 있다' 라는 생각을 가졌겠지만, 아예 따라올 수 없을 정도로 극심한 실력 차이를 보여줬으니 좌절할 수밖에 없는 것이다. 경우에 따라서는 마마 부원들이 줄줄이 탈퇴를 하는 사태가 일어날지도 몰랐다.

"그렇다면…… 애들에게 자신감을 심어줘야 되겠군."

"……?"

채영은의 어리둥절한 표정을 보며 유정운은 말을 이었다.

"일주일 동안 녀석들에게 마법 훈련을 시키는 거야. 그렇게 해서 본선 대회에 나갔을 때 한 명이라도 이기는 경험을 하게 해주는 거지. 그러면 마법 사용에 자신감이 붙게 될 거야."

"마법 훈련이요? 저하고 나나미 언니가 했던?"

"그 정도까지 혹사시키면 다 낙오하니까 쉬운 것만 시켜야지."

"저랑 나나미 언니를 혹사시켰다는 건 인정하는군요?"

"너랑 나나미는 특이한 케이스니까 그런 거고, 다른 애들은 평범하잖아."

유정운과 채영은은 어느 사이엔가 농담 따먹기를 하고 있었다. 그에 따라 심각했던 분위기가 없어지고 화기애애한 분위기가 넘실넘실거렸다.

"둘이서 뭔 얘기를 그렇게 해? 설마 오늘 밤 호텔로 가자는 얘기를 하는 건 아니겠지?!"

유정운과 채영은의 분위기가 심상치 않음을 직감한 이상규가 특유의 헛소리를 시작했다. 그 때문에 유정운과 채영은은 둘만의 세계에서 벗어나 게임의 세계로 녹아들어야만 했다.

"와— 와—!"

유정운과 채영은이 이런저런 얘기를 주고받고 있는 사이에 경기는 시작되었고 각각 승자와 패자로 갈렸다. 세 번째로 경기를 갖은 박호준은 초반에 조금 밀리다가 중후반에 노련한 경기 운영을 바탕으로 상대를 완전히 압도했다. 말하자면 상대를 저 멀리 안드로메다로 관광 보내 버린 것이었다. 그리하여 박호준은 75년도 하늘의 분노 3차 리그 16강에서 1승을 먼저 챙기며 8강 진출에 유리한 고지를 선점했다.

31 장
최후의 결전

ⅢⅪ 최후의 결전

　2075년도 전국 메이지 배틀 서울 예선이 끝나고 바로 일주일 뒤, 전국 메이지 배틀 본선 대회가 열렸다. 지난 대회 우승팀이 서울의 남우고등학교였기 때문에 전국 본선은 서울에서 열리게 되었다. 본선 역시 예선전과 마찬가지로 오전에 16강, 8강전 경기가 열리고 점심 시간을 가진 뒤 오후에 4강, 결승전이 열리는 식으로 진행되었다.

　그 대회에서 천인 고등학교는 채영은, 유정운이라는 원투펀치를 내세워 아주 손쉽게 대회 우승을 차지했다. 일주일 간 특별 훈련을 실시했던 김세민, 안은선, 양우미는 본선에서 각각 세 명, 한 명, 한 명씩을 잡아내는 쾌거를 올렸다. 물론 결승까지 채영은은 총 열두 명을 잡아냈고 유정운은 결승전에서 두 명을 격파하며 팀 우승을 이끌었다. 마마 부원의 마지막 일원인 송시열은 그냥 응원석에서 열심히 응원만 했다.

"모두 잘했어!"

전애리 선생은 기쁜 표정을 감추지 못하고 마마 부원들을 칭찬했다. 이로써 전국 메이지 배틀 우승이라는 기념비적인 사건을 일으킨 전애리 선생은 학교 내 위상을 한껏 드높이게 되었다. 가뜩이나 큰 전애리 선생의 발언권이 더욱 커져 버린 것이다. 그런 전애리 선생을 유정운은 '기회를 놓치지 않는 타고난 승부사'라고 결론지었다.

"자, 우승 기념으로 다음 주에 회식이라도 할까?"

전애리 선생이 제안을 하자 모두 찬성했다. 하지만 문제는 다음 주는 10월 초이고 그때 중간고사가 존재한다는 점이었다.

"10월은 중간고사도 있고 하니까 좀 널널한 11월달로 해요."

김연영이 회식 시기의 연기를 요청했고 다른 이들도 모두 동의했다. 11월달에 공휴일도 없고 뭔가 특별한 이벤트도 없기 때문에 11월에 회식을 하는 게 가장 좋다는 생각에서였다. 그때 이상규가 구체적인 날짜를 언급했다.

"선생님! 11월 16일로 해요! 그날 토요일이에요!"

"16일? 왜? 무슨 이유라도 있어?"

2일도 9일도 토요일인데 하필이면 16일을 선택하는 이상규의 의도가 궁금했기 때문에 전애리 선생이 그에게 이유를 물었다. 그러자 이상규는 만면에 느끼한 웃음을 떠올리며 대답했다.

"그날이 제 생일이거든요~"

"……."

이상규의 말을 듣고 순간적으로 모두의 표정이 싸늘해졌다. 전국 메이지 배틀 우승 기념 회식 자리에서 다른 사람도 아닌 이상규의 생일을 축하할 생각은 전혀 없었기 때문이다. 하지만 그렇다고 이상규의 의견을 반대할 만한 뚜렷한 이유도 없었다. 그래서 하는 수 없이 이상규의 제안을 받아들여야만 했다.

"일단 아침 일찍 모여서 조조할인으로 그날 첫 개봉하는 블록버스터 영화 한 편 본 다음에 아침 겸 점심을 먹고 새로 생긴 놀이 기구 타면서 놀다가 저녁 먹고 나이트클럽에 가서 노는 거죠~ 잇힝~!"

이미 생각해 두고 있었는지 이상규는 자기가 회식 일정을 발표했다. 하지만 박호준이 반대 의사를 밝혔다.

"이번 회식은 우승 기념 회식이지 네 녀석 생일 기념 회식이 아니라고! 그리고 우린 미성년자라 나이트클럽에는 못 들어가!"

"그런 사소한 일에는 신경 쓰지 말고~ 다 나한테 맡기시라니간~ 내가 연락하면 그대로 따라오면 되는 거시여~ 므흣~ 므흣~"

이상규는 연신 이상한 소리를 해대면서 자신의 뜻을 관철시켰다. 어차피 회식 일정이야 어떻게 되든 모두 모여 재미있게 놀 수만 있으면 상관없었기 때문에 이상규의 뜻에 따르기로 했다. 단지 이상야릇 복잡 미묘한 표정을 짓고 있는 이상규의 모습을 보고 있노라면 과연 회식 자리에 나가야 하는 것인가에 대해 심각한 고찰을 할 수밖에 없었다. 어찌 되었든 천인 고등학교 전국 메이지 배틀 우승 기념 회식은 11월 16일로 낙찰되었다.

＊　　　　＊　　　　＊

유정운이 비교적 편안한(?) 학교 생활을 보내는 동안, 우주 금속이

언제 본모습을 드러낼지 모른다고 생각한 유명운은 새로운 연구에 착
수했다. 현재 우주 금속 위주로 제작되어 있는 기계들을 완전히 바꾸
기로 생각한 것이다. 그것은 우주 금속을 대체할 만한 새로운 물질을
만들어낸다는 것과 일맥상통했다.

　"우주 금속을 대체할 물질을 만든다구요? 허허, 참 어이없군요."

　신(新)금속 개발에 필요한 자금과 인력을 모으기 위해 유명운은 여
러 기업들을 방문했다. 하지만 모든 기업들이 부정적인 반응을 보내왔
다. 지금 우주 금속만으로도 질 좋은 기계들을 만들어내고 있는데 굳
이 그것을 대체할 신금속 개발이 필요한 것인가라는 의문을 제기했던
것이다. 유명운이 세계 각지에서 일어나는 원인 불명의 폭발 사고가
우주 금속 때문이라고 죽어라 떠들어도 아무도 그 말을 귀담아듣지 않
았다. 그래서 결국 유명운은 자금은 둘째 치고―원래 보유한 자산이 많으
므로―같이 연구를 할 인력을 구하는 데 어려움을 겪었다.

　"우리가 도와주겠소."

　유명운의 어려움을 듣고 일본의 아카모리 회사에서 자금과 인력 충
당을 해주었다. 사실 유명운이 처음 생막 기술이라는 걸 발표했을 때
누구도 그것에 관심을 기울이지 않았다. 그러나 당시 작은 회사였던
아카모리 사(社)에서 그 기술을 받아들여 상용화시켰고, 그 결과 아카
모리 사는 일본 제일의 기업으로 발돋움할 수 있었다. 그래서 이번에
도 그런 유명운의 잠재력을 믿고 지원해 주기로 결정한 것이다. 그런
데 아카모리 회사의 일각에서는 유명운의 영향력을 축소시키기 위해
연구 지원을 했다는 소문도 나돌았다. 실용성이 의문시되는 연구를 유
명운이 하다가 실패하면 회사 내에서 그의 입지가 줄어드리라는 것이

유명운 반대파의 생각이었다. 어찌 되었든 유명운은 아카모리 회사의 지원을 받으며 신금속 개발에 박차를 가했다.

*   *   *

한여름에 있었던 꿈틀이 습격 사건 이후로 꿈틀이는 모습을 나타내지 않았다. 그러나 세계 곳곳에서는 원인 불명의 기계 고장 사고가 끊이지 않았다. 그 소식을 접하며 우주 금속이 뭔가 슬슬 준비하고 있다라는 듯한 느낌을 유정운 형제는 받았으나 딱히 대응할 방법이 없었다. 그렇게 해서 각자 주어진 임무에만 충실했고, 시간은 시간대로 흘러갔다.

10월 한 달 동안 유정운은 마법 훈련을, 유명운은 신금속 개발에 주력했다. 유정운의 입장에서는 중간고사가 있긴 했지만 우주 금속을 상대할 마법 공격 방식을 정하느라 공부에 소홀히 했고, 그 결과 마법 이론과 실기를 제외한 나머지 과목에서 평균 이하의 점수를 얻었다. 박호준 역시 한창 리그 중이라서 시험 성적이 유정운만큼 좋지 않았고, 이상규만이 그나마 현상 유지를 했을 뿐이었다. 물론 이상규는 원래부터 바닥이라 현상 유지라는 건 여전히 전교 꼴등이라는 소리였다.

신금속 개발에 주력한 유명운도 나름대로 성과를 얻어 우주 금속만큼 주변 환경에 따라 유연한 활용이 가능한 물질을 만들어내었다. 그러나 그렇다고 우주 금속보다 효율이 좋다는 뜻은 아니었기 때문에 우주 금속이 존재하는 한 실용화가 불가능했다. 그럼에도 불구하고 세계 곳곳에서 일어나는 원인 불명의 기계 고장 때문에 유명운이 개발한 신금속을 이용해서 공장을 돌리는 중소기업이 조금씩 늘어나기는 했다.

한편,

"하아······."

전공 수업을 끝내고 남궁소진이 깊은 한숨을 내쉬었다. 요즘 들어 신금속 개발 때문에 유명운과 만날 시간이 많지 않은데다 밤만 되면 이상한 꿈에 시달리기 때문이었다. 유명운이 걱정할까 봐 얘기하지 않고 있었지만 남궁소진은 잠자리에 들 때마다 이상한 꿈을 꾸고 있었다: 누군가 자신을 계속 부르거나 자꾸 잡아당기는 꿈을 꾸고 있는 것이다. 그래서인지 백옥 같았던 남궁소진의 피부가 조금 거칠어졌다.

'그 이상한 괴물을 봐서 그런가····· 요즘 악몽만 꾸고······.'

백화점에서 본 유정운의 모습을 한 꿈틀이가 계속 남궁소진의 머리 속을 복잡하게 했다. 왜 그 괴물이 유정운의 모습을 하고 있었는지 유명운에게 아무리 물어봐도 유명운은 명확한 대답을 해주지 않았다. 그저 신경 쓰지 말고 잊어버리라고만 할 뿐이었다. 그렇지만 악몽을 꾸고 있는 남궁소진 입장에서는 단순히 잊어버리라고 해서 될 문제가 아니었다.

우웅—

"······!"

미술학과 본관 복도를 지나가던 남궁소진은 귀를 울리는 진동 소리에 놀라 흠칫했다. 마치 누가 진동하는 소리굽쇠를 갑자기 귀 가까이 댄 것처럼 느닷없이 진동 소리가 들렸던 것이다. 모두 아무 일 없이 지나가고 있는 복도 한가운데서 남궁소진은 홀로 다른 차원에 떨어진 듯한 느낌을 받았다.

"언니! 수업 다 끝났어요?"

"……!"

그때 반대편에서 두 명의 여대생이 남궁소진을 불렀다. 덕분에 남궁소진은 진동 소리의 올가미에서 빠져나와 현실로 돌아올 수 있었다. 만약 그녀들이 아니었다면 남궁소진은 진동 소리가 사라질 때까지 복도 한복판에 마냥 서 있었을 것이다.

2075년 11월 15일 금요일.

졸업을 앞둔 남궁소진은 교양 수업의 기말 시험을 치르고 강의실을 빠져나왔다. 성적표가 나와야 알 수 있겠지만 지금까지의 그녀의 성적은 아주 좋지도 나쁘지도 않은 중간 정도였다. 일단 졸업 학점은 무난히 다 채울 수 있었기 때문에 졸업에 대한 걱정은 없었다. 단지 졸업하고 나서 순수 미술 쪽으로 가느냐, 아니면 다른 길을 선택하느냐의 갈림길에 놓여 있다는 것이 남궁소진의 걱정거리였다.

'명운 씨 보고 싶다…….'

신금속 개량화에 매진하고 있는 유명운 때문에 남궁소진은 이번 주 내내 유명운을 만나지 못했다. 전화 연결은 언제나 되지만 직접 얼굴을 맞대고 만나는 것은 유명운과의 시간 조율 문제 때문에 실패했던 것이다.

"하아……."

최근 진로 문제와 악몽 문제로 남궁소진은 한숨을 쉬는 일이 잦아졌다. 심지어는 스스로 정신이 이상해진 것이 아닌가 의심할 정도로 멍하게 있는 때가 많았다. 진동 소리 같은 귀울음이 더욱 심해지는 것도 마음에 걸리고 있었다.

웅성웅성―

학교 정문 쪽 공원 벤치에 앉은 남궁소진은 지나가는 대학생들을 바라보았다. 기말고사가 끝났기 때문인지 그들의 표정은 한결 밝아 보였다. 하지만 남궁소진은 그들의 밝은 표정을 보면서도 자신이 그들과 동떨어진 듯한 느낌을 지우지 못했다.

우우웅―

"……!"

그때 느닷없이 귀울음 현상이 일어났다. 평소보다 몇 배는 강력한 귀울음이라 주변의 웅성거림이 전혀 들리지 않았다.

《크크…….》

그사이에 이번엔 누군가의 웃음소리가 남궁소진의 고막을 파고들었다. 그 웃음소리는 남궁소진도 들어본 적이 있는 것이었다. 바로 백화점에서 만난 유정운 꿈틀이의 웃음소리였다.

《준비는 끝났다…… 크크…….》

웃음소리뿐만 아니라 말소리까지 남궁소진의 귀를 강타했다. 마치 누군가가 귀에다 직접 대고 말을 하는 것 같은 느낌이었다. 그 정체불명의 목소리를 들으면 들을수록 남궁소진의 머리 속은 점차 새하얗게 비워져 갔다.

《It's Show Time…… 크크…….》

2075년 11월 16일 토요일 새벽 5시.

유정운과 유명운은 딱딱하게 굳은 얼굴로 아하 극장을 찾았다. 그들이 표정을 굳힌 이유는 이른 새벽부터 외출을 했기 때문이 아니었다. 둘 다 비교적 일찍 일어나는 편이라 새벽 5시에 일어나도 아무런 문제가 없었다. 그러나 문제는 왜 새벽 5시에 아하 극장으로 오게 되었느냐였다.

"빌어먹을 놈……!"

욕을 잘 입에 담지 않는 유명운이 이를 바득바득 갈았다. 어제저녁에 걸려온 한 통의 전화가 원인이었다. 그 전화는 유명운이 가장 사랑하는 사람인 남궁소진으로부터 걸려왔다.

「저 소진이에요…… 내일 새벽 5시…… 아하 극장 안에서 기다릴게요…….」

수화기를 통해 들려오는 남궁소진의 목소리는 마치 기계처럼 억양을 느낄 수 없었다. 게다가 남궁소진의 목소리 뒤에 들린 음성이 유명운의 심기를 크게 건드렸다.

「크크…… 기다리마…….」

특유의 웃음소리와 억양은 유명운의 뇌리에 똑똑히 새겨져 있었다. 그것은 두말할 것도 없이 꿈틀이였다. 아니, 꿈틀이라기보다는 우주 금속 그 자체였다. 신금속 개량화에 집중했던 유명운이 남궁소진에게 신경 쓰지 못하는 사이, 우주 금속이 남궁소진에게 그 마수를 뻗친 것이었다.

"내 실수야…… 녀석이 소진이를 노렸다는 걸 알고 있었으면서도……!"

유명운은 아하 극장 앞에서 분통을 터뜨렸다. 그런 유명운을 보며 유정운이 입을 열었다.

"이미 지나간 일이잖아. 중요한 건 녀석의 손아귀에서 소진 누나를 구해내는 거야. 그리고 녀석을 완전히 없애 버리는 거고."

"……."

유정운의 말에 유명운은 고개를 끄덕였다. 이미 엎질러진 물이기 때문에 유명운으로서는 그저 남궁소진의 안전만을 바라는 수밖에 없었다.

"형, 하나 말해 두고 싶은 게 있어."

"뭔데?"

"우리가 녀석과 싸울 방식이야."

"……!"

우주 금속에 대한 분노만을 느끼고 있던 유명운은 싸움 방식까지 생각해 내고 있는 유정운을 놀란 눈으로 바라보았다. 분명 밴드 수로는 자신이 유정운보다 우위에 있지만 어느새 리더는 자신이 아닌 유정운으로 바뀌었다. 그리고 더 이상의 마법 진전이 없는 자신보다 발전 가능성이 많은 유정운이 중심에 서는 게 좋다고 유명운은 생각했다.

"어떻게 싸울 건데?"

"일단 녀석이 소진이 누나를 인질로 삼을 가능성이 크니까 공격 마법은 쓰기 힘들 거야. 그렇다고 방어 마법으로는 녀석을 쓰러뜨릴 수 없어. 결국 남은 건 녀석의 움직임을 봉쇄하는 것뿐이지."

"어떻게 봉쇄할 거지?"

"중력 마법밖에 없지 뭐. 내가 중력 마법을 쓰면 녀석도 방어 마법을 쓰거나 같이 중력 마법을 쓸 거야. 문제는 내 밴드 수가 녀석과 대항하기에는 턱없이 부족하다는 거지."

"그렇겠군."

유정운의 말을 듣고 유명운은 고개를 끄덕였다. 어제저녁에 남궁소진으로부터 전화를 받고 유명운은 연구실로 달려가 우주 금속의 핵을 확인했다. 그때 연구실에 얌전히 있어야 할 우주 금속의 핵이 어디론가 사라져 버리고 없었다. 그 어떤 경비 시스템에서도 침입자의 흔적이 없었고, 그 어떤 기계도 망가지지 않았다. 마치 우주 금속의 핵만 증발해 버린 것 같은 상황이었다. 그래서 유명운은 드디어 우주 금속의 본체가 나타날 것이라고 예상한 것이다. 만약 우주 금속이 본모습을 드러낸다면 5밴드나 6밴드의 마법 가지고는 녀석을 쓰러뜨릴 수 없을 게 뻔했다.

"저번에 말했었지? 내가 마나전자 강제 터널링과 가상 밴드 형성에 성공했다고."

유정운은 표정의 변화 없이 말했다. 그의 말대로 유명운은 유정운에게서 그런 얘기를 들었다. 그리고 유정운이 그것을 실현시키는 것도 직접 보았다. 그냥 가설이라고 생각했던 두 가지 현상을 유정운이 직접 보여줬을 때 유명운은 사실 크게 놀랐었다. 특히 그 두 가지 기술을 가지고 꿈틀이를 없앴다는 말에 더욱 놀랐다. 이미 유정운은 마나전자 강제 터널링과 가상 밴드 형성을 실전에 응용하고 있다는 소리니까.

"형의 밴드 수가 6이고 내 밴드 수가 5니까 대충 합하면 8밴드의 마법을 사용할 수 있어. 일단 8밴드의 중력 마법으로 녀석을 묶어두는 거야."

밴드 수에 따른 마나전자 용량은 아직 정확히 밝혀져 있지 않았다. 그러나 대략 각 밴드 수의 제곱+라고 여겨지고 있었다. +값이 얼마인지가 관건이었으나 대략 3~5 정도라는 설이 유력했다.

"하지만 중력 마법만으로는 녀석을 이길 수 없잖아."

유정운의 이야기를 듣고 유명운이 이의를 제기했다. 그러나 이미 유명운의 생각을 예상한 유정운은 담담한 표정으로 말을 이었다.

"녀석이 마법을 쓰는 순간 주변 마나전자가 반응을 해. 그 마나전자를 강제 터널링시켜서 전부 나한테 넘어오게 한다면…… 녀석의 마법을 무력화시키고 녀석을 제거할 수 있어."

"……."

저번에 유정운이 그런 식으로 꿈틀이를 제거했다는 말을 들었기 때문에 그 방식에 대해서는 의문이 없었다. 하지만 유명운이 걱정하는 건 우주 금속의 대응이었다.

"녀석이 한 번 당했던 전략에 또 당할까?"

"몰라. 녀석이 대비했다면…… 이길 가능성은 없어."

유정운은 딱 잘라 말했다. 지난 한 달 동안 유정운이 생각한 방법은 오로지 마나전자 강제 터널링뿐이었기 때문이다. 그것이 통하지 않으면 유정운으로서는 GG를 칠 수밖에 없었다. 그리고 그 GG는 유정운과 유명운의 죽음을 의미했다.

"사실 하나의 방법이 있긴 한데……."

그 말을 하면서 유정운은 하늘을 쳐다보았다. 아직 새벽 5시라 해조차 뜨지 않은 상황이었다. 그것을 보고 유정운은 허탈한 듯이 말을 이었다.

"녀석에게 중력 마법을 걸면서 다른 사람들의 마나전자를 전부 터널링시키는 거야. 그런데…… 이 시간에는 아무도 없으니까 그 방법은 못 써."

"그 말을 들으니 더 불안하다, 임마."

유명운은 고개를 설레설레 저었다. 아하 극장 같은 경우에는 8시부터 첫 영화가 시작하기 때문에 적어도 7시까지는 극장에 아무도 없다. 지금이 새벽 5시이므로 시간을 잘 끌어 7시까지 버틴다고 하더라도 극장을 찾은 사람들이 마나전자를 가지고 있는가도 문제였다. 아무리 사람들이 많아도 강제 터널링을 할 마나전자가 없으면 말짱 도루묵이기 때문이었다.

"일부러 이 시간대에 우릴 부른 것 같단 말이야…… 대비를 하고 있을 것 같다."

그것이 유명운의 예상이었다. 그리고 유정운 역시 그렇게 생각했다. 하지만 이제 와서 작전 변경하기에는 여러 가지로 애로 사항이 많았다. 결국 유정운 형제는 될 대로 되라는 심정으로 아하 극장 안으로 들어갔다. 극장 문이 열려져 있었기 때문에 두 사람은 아무런 방해도 받지 않고 들어갈 수 있었다.

저벅저벅―

뚜벅뚜벅―

두 마디의 발자국 소리를 내며 유정운 형제는 상영관들을 가로질렀다. 어두운 극장 내부 가운데 유일하게 불빛을 내며 열려져 있는 상영관이 딱 하나 있었기 때문에 그곳으로 직행한 것이다. 유정운 형제가 목적지에 도착해서 안으로 들어갔을 때, 열려져 있던 상영관 문이 닫히며 사방에서 울림이 일어났다.

우우웅―

"……."

"……."

그것이 우주 금속의 등장 예고라는 걸 알고 있는 두 사람은 아무 얘기도 하지 않고 조용히 기다렸다. 잠시 후, 멀쩡하던 스크린이 심하게 뒤틀리며 남궁소진의 모습을 한 꿈틀이가 모습을 드러내었다. 그리고 그의 옆에는 초점이 없는 남궁소진이 서 있었다.

"크크…… 잘 찾아왔군……."

남궁소진 꿈틀이, 정확히는 우주 금속이 특유의 웃음소리를 내며 유정운 형제를 반겼다. 하지만 유정운은 우주 금속의 환영을 받고 싶지 않았다.

"레퍼토리 좀 바꾸지 그래? 언제까지 똑같은 모습만 할 거야?"

"크크……."

유정운의 비난에도 우주 금속은 웃기만 했다. 그때 유명운이 낮은 톤의 목소리로 입을 열었다.

"소진이한테 무슨 짓을 한 거냐?"

"크크…… 별 짓 안 했다. 그저 너희가 흔히 말하는 마법 도구로 쓸 뿐이지."

"……?"

유정운 형제는 우주 금속의 말을 이해하지 못했다. 그러자 우주 금속이 부연 설명을 했다.

"너희가 마법을 쓸 때 마법 도구가 있어야 하는 것처럼 나도 이 세계의 끈을 쉽게 다루기 위해서 이 여자를 도구로 쓰는 것이다. 이 여자가 있으면 마법 쓰기가 더 편하거든."

"……."

남궁소진이 단순한 인질이 아니라는 걸 알고 유정운 형제는 긴장했다. 단순한 인질이라면 어떻게든 남궁소진과 우주 금속을 떨어뜨릴 수 있겠지만 우주 금속이 남궁소진을 도구로 쓴다면 그러기 힘들었다. 허리에 찬 검을 빼앗는 것과 상대 손에 들린 검을 빼앗는 것은 그 위험도에서 현격한 차이가 있기 때문이었다.

"도대체…… 넌 무슨 목적으로 이런 일을 벌이는 거냐?"

남궁소진의 안위를 걱정하며 유명운이 우주 금속에게 질문을 던졌다. 예전에는 대답을 제대로 해주지 않았지만 오늘은 대충 얼버무릴 것이란 생각이 안 들었다. 뭐니 뭐니 해도 우주 금속과의 마지막 싸움이기 때문이었다. 그의 예상대로 우주 금속은 매우 친절히 자신의 목적에 대해 설명해 주었다.

"너희 입장에서 보면 난 외계 생명체다. 너희 말로 발음하기 힘든 행성에서 왔다. 물론 그 행성에서 이곳까지 다이렉트로 왔다는 건 아니고 중간에 수많은 행성들을 거쳐 왔지."

"……."

"그 기간은 너희 시간으로 표현하기 힘들 정도로 길다. 내가 왜 우주 여행을 하게 되었는가 궁금하겠지?"

"……."

유정운 형제는 그저 말없이 우주 금속의 다음 말을 기다렸다. 사실 궁금하든 궁금하지 않든 우주 금속이 자기 할 말을 계속 해댈 것은 분명했기 때문이다.

"내가 자란 행성에서 난 과학자였다. 물론 내 원래 모습은 지금과도 다르고 너희와도 다르다. 어쨌든 이 우주에는 끈이란 존재가 있다는 걸 알게 되었고, 그 끈을 조종하면 뭐든지 할 수 있다는 걸 알아냈지."

"……."

"난 끈을 직접 다루어서 행성을 완전히 내 것으로 만들었다. 그런데 일단 내 것으로 만드니까 더 이상 재미가 없더군. 그리고 생명체에는 죽음이 있듯이 나에게도 종말이 기다리고 있었다. 그 종말을 피하고 영원히 살아남고자 난 내 몸을 우주 금속으로 만들었다. 의식을 최소화시킨 채 끈을 통해 에너지를 얻으면 언제든지 부활할 수 있는 우주 금속으로."

거기까지 설명한 우주 금속은 잠시 말을 끊었다. 그리고 유정운 형제의 반응을 살폈다. 남궁소진이 자신의 손아귀에 있는 한 유정운 형제가 섣부른 공격을 하지 못한다는 것을 알고 있기 때문에 우주 금속으로서는 여유가 있었다. 그때 유정운이 입을 열었다.

"영원히 살아서 뭐 하지? 무엇 때문에 영원히 살려고 하는 거냐?"

"크크."

잠깐 웃음을 날려준 우주 금속은 유정운의 질문에 대답했다.

"재미를 위해서다. 의식을 최소화시키는 과정에서 내 행동 원리를 지배하는 것은 즐거움이라는 감정이다. 즐거움을 얻기 위해서 나는 우주 여행을 시작한 것이다."

"……."

"즐거움이라는 건 생명체에게만 있는 것이지. 그래서 난 생명체가 존재하는 행성에 잠입하여 그들에게 우주 금속이라는 매우 편리한 물건을 던져 주었다. 그들은 날 이용해 빠른 문명의 발전을 이루었고 난 끈을 통해 에너지를 흡수했다. 내가 폭넓게 쓰이면 쓰일수록 나에게 돌아오는 에너지 양도 많아졌지. 불필요하게 많아진 에너지는 꿈틀이를 만들어냄으로써 방출시켰다. 그렇게 에너지 양을 조절하면서 내 의식을 부활시켰고 마침내 그 행성을 장악했다."

"……!"

우주 금속의 말을 듣던 유정운 형제는 크게 놀랐다. 그것은 유명운이 생각해 낸 끈 이론과 매우 유사했기 때문이다. 단지 유명운은 끈 이론을 이용하지 못했고 우주 금속은 이용했다는 게 차이점이었다.

"행성을 장악하고 파괴하면서 난 즐거움을 느꼈다. 아무래도 즐거움이란 감정은 상대에 대한 우월감과 파괴 본능으로 이루어진 것 같더군. 이 두 가지가 나에게 가장 큰 즐거움을 가져다주니 말이야."

우주 금속은 잔인하게 웃었다. 그의 말대로라면 이번에도 역시 지구를 장악하고 파괴하려는 생각을 가지고 있는 게 틀림없었다. 유정운 형제가 우주 금속을 막아내지 못한다면 우주 금속이 지구를 장악하는 것은 시간문제였다.

"이번에도 지구를 장악한 후에 파괴시킬 거냐?"

"물론이지. 그래야 재미있거든. 지구인들이 나한테 벌벌 기는 상대적 우월감을 느낀 후에 그들을 말살시키는 파괴의 쾌감을 느껴야지."

"……."

이미 우주 금속이 지구 장악과 파괴를 마음먹었기 때문에 유정운 형제로서는 우주 금속의 마음을 돌릴 수 없었다. 사실 돌릴 수 있다고 하더라도 돌리고 싶은 마음이 없었다. 우주 금속으로 인해 너무나 많은 피해를 입은 두 사람이었기 때문이다.

"네가 말하는 그 상대적 우월감의 상대가…… 이번엔 우리이냐?"

유명운은 날카로운 눈으로 우주 금속을 노려보았다. 그의 눈빛에는 당장이라도 싸움을 걸 듯한 기세가 담겨 있었다.

"크크, 그렇다. 원래는 더 많은 지구인을 끌어들이려고 했는데 너희 둘이 생각보다 강하더군. 내 꿈틀이들이 전부 졌으니까 말이야."

우주 금속은 일단 유정운 형제를 칭찬했다.

"내가 반드시 끝낼 생각으로 보낸 꿈틀이마저 없애 버릴 땐 정말 짜증이 났다. 나한테 즐거움 이외의 감정이 남아 있다는 걸 처음 확인했지."

"……."

"생각 같아서는 다 뒤집어엎고 싶었는데, 잘 생각해 보니 상황이 더 흥미진진해진 것 같더군. 아무래도 약한 상대를 굴복시키는 것보다 강한 상대를 굴복시키는 것이 더 즐거우니까 말이야."

그 말은 우주 금속이 유정운 형제를 강한 상대라고 인정한 것이었다. 하지만 바꿔 말하면 자신이 유정운 형제를 굴복시킴으로써 가장 강한 자는 바로 자신이라고 얘기하는 것이나 다름없었다. 패배자가 즐거움을 느낄 리는 없으므로.

"진짜 즐거움을 느끼고 싶다면 수많은 지구인들 앞에서 우리를 굴복시키는 것이 더 즐겁지 않나?"

가만히 얘기를 듣고 있던 유정운이 우주 금속의 말을 잘랐다. 아무도 모르게 강한 상대를 굴복시키는 것보다 많은 사람들이 지켜보는 가운데 강한 상대를 굴복시키는 것이 분명 더 즐거웠다. 그것을 모를 리 없는 우주 금속이 비웃음 비슷한 소리를 내었다.

"크크, 물론 그렇다. 나도 가능하면 그렇게 하고 싶었는데 일부러 그렇게 안 했다."

"왜지?"

"크크, 그건 너 자신이 가장 잘 알 텐데?"

"……."

실실 웃는 우주 금속을 보며 유정운은 속으로 아쉬워했다. 그러나 겉으로는 모르겠다는 표정을 지었다. 혹시라도 우주 금속이 헛다리를 짚을 가능성도 있었기 때문이다. 하지만 우주 금속은 유정운의 의도를 아주 정확히 파악해 내었다.

"넌 마나전자를 강제 터널링시키는 기술을 가지고 있다. 많은 사람들 중에서 마나전자를 뽑아내 마법을 쓰면 내가 고생할 수 있지. 그래서 일부러 사람들 없는 이 시간대에 너희를 불러낸 것이다."

"……."

예상했던 답변이 흘러나오자 유정운은 뭐라고 할 수 없는 착잡한 기분을 느꼈다. 그래도 유정운에게는 하나의 가능성이 남아 있었기 때문에 포기하지 않았다. 그런 유정운을 보며 우주 금속이 의미심장한 표정을 지었다.

"그걸 노리는 것 같군. 얼마 전에 꿈틀이의 마나전자를 빼앗아서 없애 버린걸."

"……!"

우주 금속의 입에서 유정운의 마지막 가능성이 언급되자 유정운의 표정이 급속하게 변했다. 그 표정 변화가 즐거운지 우주 금속은 연신 웃어댔다.

"크크, 난 거의 무한에 가깝게 살아왔다. 따라서 너보다 경험이 훨씬 많지. 너처럼 마나전자 강제 터널링으로 마법을 구사하는 녀석도 상대했었다."

"……!"

"그 녀석도 내 마나전자를 빼앗아서 공격해 오더군. 뭐, 내 천재적인 능력으로 가볍게 제압해 주었지만 말이야."

"……."

우주 금속이 자화자찬하는 것을 들으며 유정운은 재빨리 머리를 굴렸다. 우주 금속이 자신의 공격 방법을 예상한 이상 다른 공격 방법을 써야 했기 때문이다. 하지만 불행하게도 우주 금속은 유정운에게 생각할 시간을 주지 않았다.

"이걸로 너희는 끝이다!"

파앗—!

우주 금속의 외침과 함께 남궁소진의 몸에서 보라색의 빛이 뻗어 나왔다. 그리고 그와 동시에 7밴드에 해당하는 진공 돌풍 마법이 구현되었다.

카칵! 칵!

"큭!"

"윽!"

닿는 것마다 두 동강 내버리는 강력한 바람의 위력에 상영관이 쑥대밭으로 변했다. 다행히 유명운이 유정운을 붙잡고 바람 이동 마법으로 빠르게 비상구 쪽으로 몸을 피했기 때문에 그 강력한 바람 공격에서 무사할 수 있었다. 그렇지만 군데군데 상처가 나는 것은 피할 수가 없었다.

"크크, 도망가 봤자다!"

우주 금속은 비상구를 통해 상영관 밖으로 빠져나간 유정운 형제를 보며 비웃음을 흘렸다. 전의를 상실하고 도망가는 자를 찾아가 죽이는 것이 즐겁기 때문에 우주 금속은 이런 전개를 만족해했다. 물론 쫓기는 유정운 형제는 지금 상황이 불만족스러웠지만.

"젠장! 어떻게 하지?"

유정운을 붙잡은 상태에서 일단 아하 극장 바깥까지 빠져나오는 데 성공한 유명운은 그 이후의 행동을 결정하지 못했다. 아무리 피해봤자 우주 금속이 말 그대로 지구 끝까지 쫓아올 테고, 그렇다고 정면 대결을 하자니 승산이 있을지 없을지 모르는 상태에서 공격하기 난감했기 때문이었다. 그 와중에 남궁소진을 앞세우고 우주 금속이 아하 극장에서 모습을 드러내었다. 따라서 유정운 일행은 죽이 되든 밥이 되든 어떤 행동을 결정지어야만 했다.

"어쩔 수 없어, 형! 작전대로 간다!"

바람에 베인 상처로부터의 고통을 무시하며 유정운은 우주 금속에게 공격을 시작했다. 그가 사용하려는 마법은 맨 처음의 작전대로 8밴드의 중력 마법이었다. 이미 긴장 상태인데다가 절박한 상황이라 그런지 유정운은 순식간에 유명운의 마나전자를 터널링시켜 8밴드의 중력 마법을 구현했다.

"소용없다!"

유정운이 쾌속하게 중력 마법을 발동하자 우주 금속도 그에 대항하는 반중력 마법을 걸었다. 유정운이 손에 들고 있는 핸드폰이나 우주 금속 앞에 있는 남궁소진에게서 아무런 빛이 흘러나오고 있지 않은 걸로 보아 둘 다 8밴드 이상의 마법을 쓰고 있었다. 그리고 서로 호각세를 이루고 있는 걸로 봐서는 유정운과 우주 금속이 딱 8밴드의 마법을 사용하고 있는 것을 알 수 있었다.

"크윽!"

8밴드의 마법을 지속시켜야 하기 때문에 유정운은 정신을 집중시켜야 했다. 하지만 대치 상황이 길어짐으로 인해 상황은 유정운에게 불리하게 흘러갔다. 끈을 통해 거의 무한대로 마법을 사용할 수 있는 우주 금속에 비해 유정운은 밴드 수와 마나전자에 제한을 받기 때문이었다.

"……!"

마지막 수단으로 우주 금속으로부터 마나전자 강제 터널링을 실행하려고 했던 유정운은 그게 마음대로 되지 않자 경악했다. 우주 금속의 마나전자에 뭔가 장애물이 있었기 때문이다.

"크크, 강제 터널링이 안 되지?"

우주 금속은 유정운의 놀란 표정을 보며 웃었다.

"난 지금 마나전자에 일종의 막을 씌워서 사용하고 있다. 즉, 그 막이 있는 한 마나전자는 구속을 받아 네놈에게로 터널링하지 않는다. 뭐, 나도 이 막을 만드느라 8밴드 이상의 마법을 쓸 수 없지만 말이야."

친절하게도 우주 금속은 유정운에게 자신의 상황을 일일이 설명해주었다. 하지만 그렇다고 유정운이 딱히 대응할 만한 방법이 없었다. 어디에선가 끌어올 마나전자도 없는 데다가 8밴드의 중력 마법을 유지시키기도 힘들었기 때문이다. 게다가 계속되는 대치 상황으로 중력 마법을 유지시킬 마나전자가 점차 부족해져 갔다.

"형! 계속 마나전자를 만들어줘!"

유정운은 부족한 마나전자를 보충하기 위해 유명운에게 마나전자 생성을 부탁했다. 당연히 유명운은 동생의 말대로 마나전자를 생성해 내었고, 생성된 마나전자는 만들어지는 족족 유정운에게로 터널링되었다. 그러나 아무리 유명운이 천재 마법사라도 한꺼번에 많은 마나전자를 만들 수는 없었고, 결국 우주 금속과 유정운의 대치 상황은 길어질 수밖에 없었다.

"크크, 하나 정보를 알려주마."

대치 상황이 지속되자 우주 금속이 유정운 형제를 쳐다보며 입을 열었다. 우주 금속 역시 마나전자를 막으로 보호하고 8밴드 중력 마법을 지속시키느라 말하는 것 외의 일은 할 수 없었다.

"네가 핸드폰을 마법 도구로 이용하듯이 나는 이 여자를 마법 도구로 이용하고 있다. 마법 도구로 이용된 물체는 분자 결합이 끊어져 결국 파괴되지. 네 핸드폰이 망가지는 것처럼 이 여자도 망가진다."

"……!"

"……!"

전혀 생각하지 못한 문제였기 때문에 유정운 형제는 자칫 잘못했으면 집중력을 흐트러뜨릴 뻔했다. 하지만 우주 금속은 집요하게 그 문제를 잡고 늘어졌다.

"마법이 계속되면 이 여자의 몸은 망가진다. 네놈들이 사랑하는 여자잖아? 이 여자가 어떻게 돼도 좋다는 말이냐?"

"크으……!"

날카롭게 후벼 파는 우주 금속의 말을 들으며 유명운은 괴로움에 몸을 떨었다. 만약 우주 금속이 단순히 마법 도구만을 필요로 했다면 굳이 남궁소진이 아니더라도 아무 물체나 이용하면 되었다. 그런데 남궁소진을 마법 도구로 사용했다는 것은 그만큼 그녀의 몸이 특별하다는 것이고, 그녀의 몸 자체를 마법 도구로 사용하겠다는 의도였다. 그러니 마법이 지속되면 지속될수록 그녀의 몸에 악영향이 미칠 가능성은 매우 높을 수밖에 없었다.

"형!"

유명운의 정신력이 흐트러지려는 것을 느끼고 유정운이 소리를 질렀다. 중력 마법을 제어하느라 말을 길게 할 수가 없어서 그 외의 말은 하지 못했다. 하지만 그 정도만으로도 유명운은 유정운이 무엇을 말하고자 하는지 알 수 있었다.

"젠장!"

유명운은 우주 금속을 향해 일갈을 날리고 곧바로 마나전자 생성에 정신을 집중했다. 일단 우주 금속을 이기지 못하면 남궁소진은 물론이고 자신들도 목숨을 부지할 수 없었기 때문이다. 자신들이 우주 금속을 이기고 남궁소진이 목숨을 잃는 일은 지금 생각하지 않으려고 노력했다.

"크크크, 네놈들이 얼마나 더 버틸 수 있을지 지켜보마."

우주 금속은 너무나 여유로워 보였다. 그리고 실제로도 여유로웠다. 우주 금속은 유정운 형제처럼 인간이 아니기 때문에 정신력이 고갈되어 지쳐 버리지 않는다. 그 말은 시간이 지나면 지날수록 정신력 고갈로 인해 유정운 형제가 자멸하고 우주 금속은 그들을 제거할 수가 있다는 뜻이었다.

우우웅―

유정운 형제와 우주 금속 사이에서 벌어지는 중력과 반중력의 대결로 인해 시끄러운 울림이 일어났다. 또한 바람이 생성되어 이리 불었다 저리 불었다 했다. 먼지도 여기저기 끌려 다니고 있었고, 쓰레기들도 이리 갔다 저리 갔다 하고 있었다. 만약 둘 중 누군가 마법 대결에서 밀린다면 그 모든 것들이 한쪽에 몰리게 될 상황이었다.

…….

시간이 얼마나 흘렀는지 유정운은 알 수 없었다. 중력 마법을 유지시키느라 계속된 정신력 소모는 유정운에게 다른 생각을 할 수 없게 만들었다. 그것은 유정운에게 마나전자를 제공하고 있는 유명운도 마찬가지였다. 그들은 이미 무의식적으로 마법을 사용하고 있었다. 계속 같은 마법만을 사용하고 있었기 때문에 어느새 자동화가 되어버린 것이다. 하지만 인간이기 때문에 무한정 버틸 수만은 없었다.

'하…… 하아…….'

바짝 말라 버린 입술과 목 때문에 유정운은 목소리를 내기 힘들었다. 그리고 초점이 흐려진 상태라 시야도 좁아졌고 눈앞도 거의 보이지 않았다. 마치 어두운 방 안에 혼자 갇혀 있는 듯한 느낌이었다.

'이제…… 끝나는 건가………?'

유정운의 머리 속에서는 그 생각밖에 떠오르지 않았다. 얼마나 오랫동안 우주 금속과 대치하고 있는지는 알 수 없었지만 이제 한계가 왔다고 느끼고 있었다. 유명운에게서 넘어오는 마나전자의 수도 점차 줄어들고 있다. 뭔가 기적이 일어나지 않는 이상 우주 금속을 이길 수 있는 방법이 없는 상태였다.

웅성웅성—

그때 유정운의 귀로 지금까지와는 다른 소음이 들려왔다. 중력과 반중력에 의한 울림 때문에 거의 마비되다시피 한 고막이 반응을 보이자 유정운은 신선함을 느끼며 약간의 정신력을 귀 쪽으로 투입시켰다.

"뭐야, 저건?"

"괴물이다!"

"인질을 잡고 있는 건가?"

"경찰에 연락해요!"

웅성대는 소음은 분명히 사람의 것이었다. 그것도 한 사람이 아닌 여러 사람이었다.

'이른 아침부터…… 사람들이………?'

아직 새벽이라고 생각했기 때문에 유정운은 사람들의 출현에 의아해했다. 하지만 그것은 유정운의 착각이었다. 시간은 이미 아침 8시를 가리키고 있었다. 즉, 유정운 형제와 우주 금속의 대치 상황은 장장 세 시간에 걸쳐 지속되었던 것이다.

"이봐, 유씨 형제! 사람들이 왔어. 우리의 싸움을 신기하게 보고 있는걸?"

세 시간 동안의 대치 상황 동안 별 얘기를 하지 않던 우주 금속이 모

처럼 입을 열었다. 그러자 극장 주변에 몰려들었던 사람들이 기겁을
했다. 얼굴만 여자의 모습 비슷하게 생긴 괴물이 직접 입을 열어 말까
지 하고 있었기 때문이다.

"영화 찍는 게 아니라 진짜 괴물인가 봐!"

"경찰에 연락은 했어요?!"

"어서 피하자!"

사람들의 반응은 제각각이었다. 어떤 사람은 무관심하게 지나갔고,
어떤 사람은 재미있는 구경이라도 난 듯이 쳐다보았다. 그리고 어떤
사람은 경찰에 전화를 했고, 어떤 사람은 서둘러 그 자리를 떠났다. 그
런 사람들의 다양한 반응을 보며 우주 금속은 즐거워했다.

"크크, 역시 생명체들은 특이해서 재미있어. 이러니까 내가 생명체
가 살고 있는 행성에만 뿌리를 내리지."

우주 금속이 즐거워하면 즐거워할수록 사람들은 두려움을 느꼈다.
대충 상황을 봐도 누가 적군이고 아군인지는 금방 구분할 수 있었다.
하지만 누구 하나 유정운 형제에게 말을 걸거나 접근을 하지 못했다.
그들 주변으로 흩날리고 있는 먼지와 쓰레기가 왠지 다가가서는 안 될
것 같은 느낌을 주고 있었기 때문이다.

"경찰이다! 두 사람…… 아니, 세 사람, 아니, 네 사람 모두 마법을
중단하고 투항하라!"

그럭저럭 제 시간에 도착한 경찰관 두 명이 양쪽에 총을 겨누며 투
항 지시를 내렸다. 하지만 유정운 형제는 마법에 집중하느라 대답을
하지 못했고, 우주 금속은 코웃음을 쳤다.

"투항하게 할 수 있으면 해보시지. 하찮은 너희가 날 막을 수 있을

것 같냐? 게다가 잘못하면 인질이 다친다고. 크크."

"⋯⋯!"

우주 금속 앞에 있는 남궁소진이 인질이라는 것을 확인하자 경찰관들도 함부로 총을 쏠 수 없었다. 사격 실력도 없는데다가 수중에 있는 것이라고는 공포탄밖에 없어서 우주 금속에게 별 피해를 줄 수도 없는 상태였다. 그래서 그들은 경찰차로 다시 돌아가 경찰차에 있는 무전기로 지원군을 요청하려고 했다. 마법을 사용할 수 있는 특수 부대를 요청하려는 것이다.

"크크, 마법사를 부르려고? 그건 좀 곤란하지."

경찰관들이 경찰차로 돌아가려는 모습을 보고 우주 금속이 사악한 미소를 지었다. 그리고 여태까지 가만히 있던 팔을 들어 경찰차를 가리켰다.

"폭발."

우주 금속의 입에서 한마디의 말이 흘러나왔다. 그러자,

콰앙―!

거대한 폭발과 함께 경찰차가 완전히 파괴되었다. 그리고 경찰차에 가까이 접근했던 경찰관들도 폭발에 휘말려 큰 부상을 입었다. 그렇게 마법사 요청을 사전 봉쇄한 우주 금속은 유정운을 쳐다보며 입을 열었다.

"넌 중력 마법 유지시키는 것밖에 못하지만 난 이렇게 다른 마법도 사용할 수 있다. 뭐, 세 시간 동안이나 대치하다 보니까 어느 정도 마나전자가 남아돈 거지만 말이야. 원래 좀 더 모았다가 멋지게 한 방 날리려고 했는데 저 경찰 조무래기 때문에 실패했군."

"……!"

이미 우주 금속이 폭발 마법을 사용했을 때부터 이 싸움은 자신의 패배라는 걸 인식한 유정운은 급속히 정신력이 사라지는 것을 느꼈다. 그래서 바닥에 무릎을 꿇으며 다시 정신력을 모으는 것에 집중했다. 우주 금속이 일부러 봐줬든 어쨌든 간에 자신에게 마지막까지 저항할 힘이 남아 있는 한 최대한 저항하기로 결심했기 때문이다.

"이런이런, 벌써 기권이냐? 너의 승리를 바라는 저 많은 사람들 앞에서 패배하는 모습을 보여줄 거야? 인간의 영웅님이 그러면 곤란하지. 안 그래?"

유정운의 정신력이 점차 한계에 봉착하고 있는 것을 보면서 우주 금속은 유쾌하게 웃었다. 사실 경찰차를 박살 냈을 때 구경하던 사람들 대부분이 대피했기 때문에 극장 앞은 썰렁하다고 할 수 있었다. 그렇지만 우주 금속에게 구경꾼의 많고 적음은 별로 중요하지 않았다. 끝까지 저항하던 유정운 형제를 굴복시킨다는 것이 그에게는 가장 즐거웠기 때문이다.

"어? 정운이잖아? 너 그런 데서 뭐 하냐?"

그때 유정운의 뒤쪽에서 누군가의 목소리가 들려왔다. 유정운은 고개를 돌릴 수 없어서 확인할 수 없었지만 유정운의 이름을 부른 사람은 다름 아닌 이상규였다. 그리고 그 뒤를 이어 채영은의 놀란 목소리가 들려왔다.

"정운 오빠!"

탁탁탁—

유정운이 바닥에 무릎을 꿇고 있는 것을 본 채영은이 급히 유정운에게로 뛰어왔다. 유정운 주변에서 먼지와 쓰레기가 장벽처럼 펼쳐지고 있었지만 채영은은 그 사이를 뚫고 유정운에게 다가갔다. 그런 채영은의 모습을 보고 전애리 선생, 이상규, 박호준, 서동민, 김연영, 김세민, 송시열, 안은선, 양우미도 달려갔다.

"에잇! 방해꾼들이!"

경찰이 왔어도 여유로웠던 우주 금속의 표정이 채영은 일행을 보고 180도로 달라졌다. 자신의 예상과는 다르게 마법을 사용할 수 있는 인간들이 대거 모습을 드러냈기 때문이다. 마법사의 지원을 막기 위해 일부러 사람들이 잘 오지 않는 새벽 시간대를 잡고 장소도 마법사들이 잘 오지 않는 극장으로 잡은 것인데, 그 시공간의 제약을 무시하고 마법사 떨거지들이 줄줄이 나타났으니 우주 금속 입장에서는 유쾌하지 않은 상황이었다. 마나전자 강제 터널링을 사용하는 유정운에게 마나전자를 제공해 주는 셈이 되었기 때문이다.

"꺼져 버려!"

우주 금속은 채영은 일행을 향해 호통을 치며 마법을 사용하려 했다. 하지만 방금 전에 경찰차를 박살 내느라 모아두었던 마나전자를 다 써버렸기 때문에 새로 마나전자를 모으기 위해서는 시간이 더 필요했다. 그렇지만 그럴 여유가 없는 상태라 우주 금속은 반중력 마법에 소모되는 마나전자를 끌어다가 공격 마법을 사용하고자 했다. 유정운의 중력 마법이 그렇게까지 위력적인 상황이 아니었기 때문에 어느 정도의 마나전자를 빼내도 충분히 막아낼 수 있었던 것이다.

"……!"

우주 금속의 반중력 마법이 조금 약화되자 유정운은 뭔가 막혔던 것이 뻥 뚫리는 듯한 느낌을 받았다. 지속적으로 강력한 압박에 시달리다가 그 압박이 약간 약해지니 그 차이가 갑자기 크게 느껴진 것이다. 그리고 그 차이는 유정운에게 여유를 가지고 주변을 돌아볼 수 있는 기회를 만들어주었다.

"······!"

자신의 옆에 채영은이 있는 것을 보고 유정운은 크게 놀랐다. 그뿐만 아니라 전애리 선생을 비롯해 마마 부원들, 그리고 박호준과 이상규, 서동민과 김연영까지 있는 것을 보고 더욱 놀랐다. 왜 이 시간대에 이들이 전부 이곳에 있는 것인지 쉽게 이해가 가지 않았던 것이다.

"오빠!"

그때 채영은이 유정운의 정신을 일깨우려는 듯이 큰 목소리로 그를 불렀다. 그 외침에 유정운은 지금 자신이 우주 금속과 대치 중이라는 것을 깨달았다. 또한 우주 금속이 채영은 일행을 향해 공격 마법을 사용하려 마나전자를 모으고 있다는 것도 알아챘다. 반중력 마법에 사용되는 마나전자가 줄어들고 있다는 것이 그 증거였다. 다행히 마나전자를 빼돌리는 행위가 시간을 조금 잡아먹기 때문에 우주 금속의 공격 마법은 아직 발동되지 않고 있었다.

"마나전자 강제 터널링!"

우주 금속보다 먼저 마법을 사용하기 위해 유정운은 힘껏 소리를 질렀다. 소리를 지름으로써 흐트러진 정신력을 집중하려는 의도에서였다. 그런 유정운의 의도는 성공했고, 가까이 모여들었던 채영은 일행의 마나전자가 모조리 유정운에게로 넘어갔다. 채영은과 전애리 선생만 4밴드이고 이상규는 1밴드, 나머지 사람들은 전부 2밴드라서 모아

봤자 얼마 되지 않을 것이라고 유정운은 생각했다. 그러나 의외로 그들의 마나전자를 전부 끌어들이자 자그마치 10밴드에 해당하는 마나전자가 모이게 되었다. 10밴드라는 궁극의 마나전자를 돌리면서 유정운은 질식할 듯한 압박감을 받았다. 만약 유정운에게 가상 밴드 형성이라는 기술이 없었다면 원래 가지고 있던 전도띠에 그 많은 마나전자를 수용하지 못하고 질식사했을 것이다.

"폭발!"

어느새 반중력 마법에서 마나전자를 모은 우주 금속이 유정운 일행을 향해 폭발 마법을 사용했다. 그 공격 마법에 즉각적으로 대응할 수 있는 사람은 채영은밖에 없었으나 유정운에게 마나전자를 전부 터널링 당했기 때문에 그녀는 방어 마법을 사용할 수 없었다. 그리고 방어 마법을 사용한다고 해도 3밴드 이상의 마법에 익숙하지 않은 채영은이라 우주 금속의 공격을 제대로 막아낼지도 의문이었다. 그런저런 이유로 우주 금속의 공격에 대항할 수 있는 사람은 이제 유정운뿐이었다.

"분열."

우주 금속의 마법 사용에 따른 미묘한 끈의 진동을 느끼며 유정운은 조용한 어조로 입을 열었다. 그러자 마치 10밴드의 마나전자가 유정운의 수족이라도 된 것처럼 이리저리 움직이며 분열 마법을 가동시켰다. 10밴드의 분열 마법은 우선 우주 금속이 사용한 폭발 마법을 무력화시켰고, 그 다음으로 남궁소진의 몸을 넘어 우주 금속의 몸에 어마어마한 에너지를 전달했다.

"크악! 말도 안 돼! 내가! 내가!"

우주 금속은 어떻게 해서든 10밴드 분열 마법을 막아보기 위해 발버

둥을 쳤다. 유정운을 압박하던 반중력 마법도 전부 거두어들이고 분열 마법 방어에 주력했다. 일단 어떻게 해서든 분열 마법만 막아내면 이미 지친 유정운쯤이야 가볍게 제압할 수 있었기 때문이다. 그러나 반중력이 사라지자 유정운은 중력 마법을 거두어들이고 그 마나전자를 분열 마법에 투입시켰다. 그리고 유명운의 극소량의 마나전자까지 합하여 총 13밴드에 해당하는 분열 마법으로 우주 금속을 압박했다.

"크악! 크아아악!"

13밴드라는 가공할 만한 위력의 분열 마법은 우주 금속의 방어를 순식간에 허물어뜨리며 그의 몸을 무(無)로 돌렸다. 그렇게 우주 금속은 단말마의 비명을 남기며 우주상에서 사라져 버렸다.

……

우주 금속이 사라지자 주변은 또다시 조용해졌다. 간간이 사람들의 목소리가 들리긴 했지만 이미 모든 감각 기관이 마비된 유정운에게는 아무것도 들리지 않았다. 대신 마치 우주 금속에게 들려주기라도 하려는 듯, 유정운은 힘겹게 입을 열었다.

"하늘은…… 내 편이었다……."

털썩—

그 말을 끝으로 유정운은 정신을 잃고 쓰러졌다. 또한 무의식적으로 유정운에게 마나전자를 제공하고 있던 유명운도 제공처가 사라지자 그대로 정신을 잃어버렸다. 남궁소진 역시 우주 금속이 사라지자 바닥에 쓰러져 깨어날 줄을 몰랐다. 채영은 유정운의 이름을 부르며 그를 깨우려고 했으나 유정운은 한동안 눈을 뜨지 않았다.

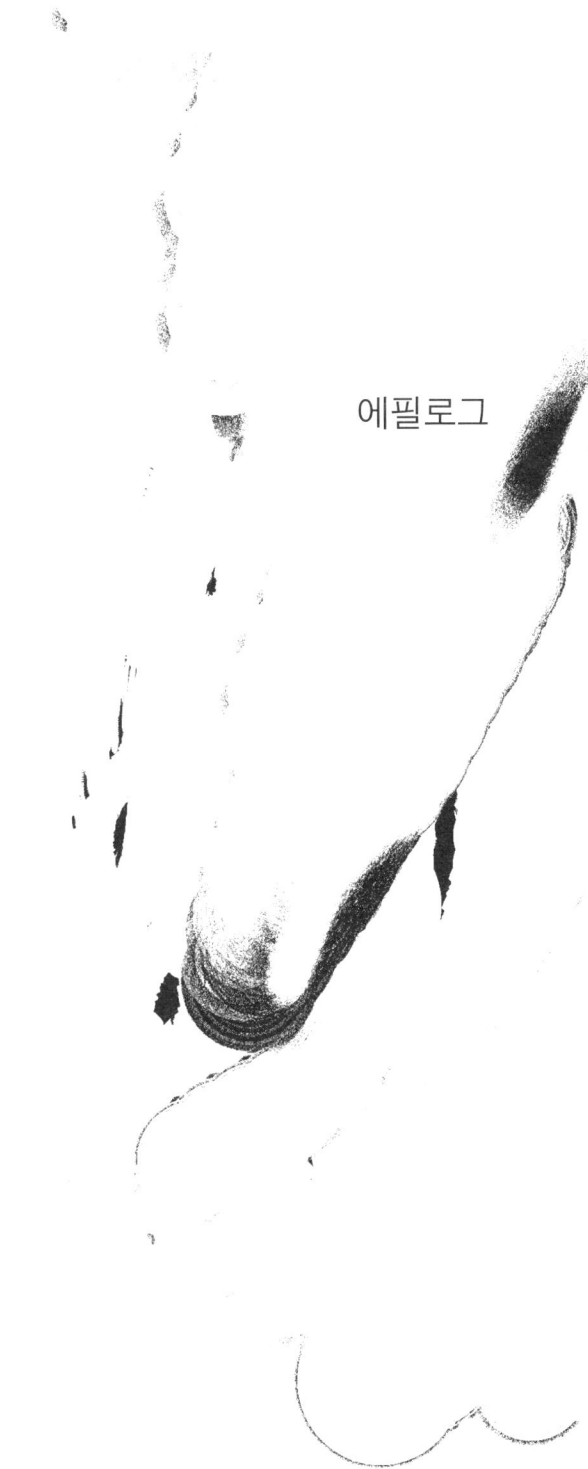

에필로그

에필로그

"……."

약간의 신음 소리와 함께 유정운은 눈을 떴다. 그의 시야에 가장 먼저 들어온 것은 하얗게 칠해진 천장이었다. 일단 시각이 돌아오자 뒤를 이어 청각, 후각 등의 타 감각이 제 기능을 발휘하기 시작했다. 그래서 귀를 통해 들려오는 미묘한 기계 소리와 코를 자극하는 묘한 약 냄새를 확인할 수 있었다.

'병원인가 보군…….'

그런 생각이 들자 유정운은 다시 눈을 감고 잠을 청하려고 했다. 병원 안이라면 적어도 누가 암살하거나 하지는 않기 때문이다. 그러다가 문득 병원비라는 매우 현실적인 문제가 떠올라 정신이 번쩍 들었다.

스윽―

몸이 약간 뻑적지근했지만 상체를 일으키는 데 성공한 유정운은 주위를 둘러보았다. 주위에는 몇 명의 환자들이 있었지만 유정운이 아는 사람은 없었다. 그들의 상태가 그렇게 심각해 보이지는 않는 걸로 보아 자신이 있는 곳은 중환자실이 아니라 일반 병실이라는 것을 추측할 수 있었다.

'난 이제 어떻게 해야 하지? 간호사나 의사를 불러야 하나?'

병원비 걱정이 앞섰기 때문에 유정운은 간호사나 의사를 부르려고 생각했다. 그러다가 먼저 자신의 몸에 이상이 있는지 없는지 판단하는 것이 좋겠다는 생각이 들었다. 그래서 이리저리 몸을 움직여 보며 몸 상태를 파악했다. 병원 침대에 오래 누워 있었던 것인지 허리가 매우 아픈 것 빼놓고는 다른 곳은 이상이 없었다.

"......!"

그러다가 문득 이상한 느낌이 들었다. 왠지 모를 불길한 느낌이 들었다. 그것은 마치 유정운이 악운의 징크스에 시달렸을 때와 똑같은 느낌이었다.

"들뜸."

자신의 느낌을 확인하기 위해 유정운은 마나전자를 들뜨게 했다. 병실 안에는 다른 환자들도 있어서 조용한 마법을 사용할 생각이었다. 그런데 평소대로라면 무난히 들떠야 하는 마나전자들이 유정운의 명령을 전혀 듣지 않았다.

"들뜸……!"

유정운은 다시 한 번 들뜸 유도를 했다. 그러나 이번에도 마나전자들은 유정운의 말을 무시했다. 그래서 유정운은 어쩔 수 없이 정식 주문을 외워야 했다.

"위대한 마나여, 그대 나의 부름에 답하여…… 내가 이끄는 대로 따라오라."

하도 오랜만에 외우는 정식 주문이라 유정운은 버벅댔다. 그래서인지 정식 주문을 사용했음에도 유정운의 마나전자는 여전히 원자기띠에서 안정적으로 돌기만 했다. 분명 5밴드의 마나전자가 모두 있는데 그 어떤 마나전자들도 유정운의 바람대로 움직여 주지 않은 것이다.

"후우……."

흥분되려는 마음을 가라앉히기 위해 유정운은 크게 심호흡을 했다. 그러고 나서 이번엔 차분한 마음가짐으로 주문을 외웠다. 이미 한 번 정식 주문을 외워본 상태였기 때문에 두 번째는 무난히 마나전자 들뜸 유도에 성공했다.

"위대한 마나여, 그대 차가운 손으로 얼음의 꽃을 피우라."

구현되어도 소음이 전혀 없는 얼음 마법을 사용할 생각으로 유정운은 정식 주문을 외웠다. 그러나 단 한 번의 주문 영창만으로는 원하는 마법을 실현시킬 수가 없었다. 그래서 유정운은 한 번 더 주문을 외움으로써 간신히 얼음 마법을 발동시켰다.

툭—

마법 도구로 환자용 이불을 사용했고 1밴드의 얼음 마법을 사용했기 때문에 붉은 빛과 함께 자그마한 얼음 조각이 허공에서 만들어졌다가 이불 위로 떨어져 내렸다. 일단 겉보기에는 성공이었지만 유정운은 그 과정에서 큰 변화를 겪었다. 얼마 전까지 이 정도의 마법은 초고속으로 손쉽게 할 수 있었는데 지금은 예전처럼 여러 번의 주문 영창을 거

처야만 간신히 마법을 사용할 수 있었던 것이다.

'마법 감각을…… 잃어버린 건가?'

유정운이 생각할 수 있는 것은 그뿐이었다. 그 외의 것은 생각할 수가 없었다. 프로 게이머인 박호준의 말을 들어보면 프로에게는 아무 이유 없이 슬럼프가 찾아올 때도 있다고 했다. 만약 그렇다면 유정운도 그 슬럼프를 겪고 있는 것인지도 몰랐다.

'왠지 단순한 슬럼프 같지는 않다만……'

우주 금속과의 전투 이후로 마법 감각을 잃어버렸다는 사실이 유정운에게 부정적인 생각을 제공했다. 어찌 됐거나 유정운이 예전처럼 고수준의 마법 컨트롤과 초고속의 마법 사용을 할 수 없게 된 것은 확실했다.

스륵—

유정운이 자신의 마법 실력 저하의 원인을 생각하고 있을 때 병실 문이 조용히 열리며 한 소녀가 안으로 들어왔다. 에메랄드 빛 단발을 소유한 귀여운 용모의 소녀. 채영은이었다.

"아!"

무심코 병실 안에 들어왔다가 유정운이 멀쩡히 상체를 일으키고 앉아 있는 것을 본 채영은이 탄성을 내질렀다. 만약 병실 안에 다른 환자들이 없었다면 채영은은 그보다 더 큰 소리를 냈을지도 몰랐다.

탁탁—

조용히, 그러면서도 한걸음에 유정운에게로 달려온 채영은은 얼굴 가득히 밝은 표정을 지으며 유정운의 손을 잡았다.

"드디어 깨어났군요. 다행이다."

채영은의 얼굴에서는 안도감이 가득 묻어났다. 그런 채영은의 모습을 보며 유정운은 그녀가 잡은 손을 통해 소녀의 체온을 잠깐 동안 느꼈다. 그러다가 채영은에게 질문을 던졌다.

"내가 얼마 동안 잠들어 있었지?"

"거의 3일이에요. 오빠 형하고 오빠 형 친구 분은 모두 깨어났는데 오빠만 안 깨어나서 얼마나 조마조마했다구요."

"……."

자신이 3일 동안이나 깨어나지 않았다는 사실에 유정운은 조금 놀랐다. 그리고 유명운과 남궁소진이 모두 무사하다는 것에 안도했다. 그러나 채영은은 그런 유정운의 안도감에 심각한 타격을 주었다.

"그런데 오빠 형 친구 분은…… 기억 장애가 있다나 봐요."

"기억 장애?"

"저도 정확히는 몰라요. 아, 오빠 깨어나면 오빠 형이 연락하라고 했었는데!"

나중에 유명운의 부탁을 떠올린 것인지 채영은은 유정운의 손을 놓고 병실 밖으로 나가려고 했다. 그 모습을 보고 유정운이 의문을 표시했다.

"핸드폰으로 전화하면 되잖아? 번호 몰라?"

"아, 지금 핸드폰 못 써요. 핸드폰뿐만 아니라 우주 금속이 사용되었던 모든 기계는 못 써요."

"……!"

유정운이 경악하는 사이 채영은이 부연 설명을 했다.

"오빠가 그 괴물을 물리친 직후에 모든 우주 금속이 단순한 철로 변해 버렸어요. 이미 민감한 기계에 사용되고 있던 우주 금속까지 전부요. 그래서 지금 전 세계 곳곳에서 참사가 일어나고 있어요. 병원에 입원해 있던 사람들이 기계 고장 때문에 목숨을 잃었고…… 발전소가 폭발해서 그 주변이 그야말로 날아가 버렸구요. 인명 피해만 해도 전 세계적으로 30억 명 이상이래요.”

“……!”

“위성을 통해 통신하는 모든 기계도 인공위성 정지로 더 이상 사용할 수 없게 됐고…… 가정용품들도 전부 고철로 변했어요. 요리 기계도 고장나서 요리할 수도 없고…… 아무튼 지금 심각한 상황이에요.”

“……”

인명 피해가 30억 명이라는 건 전 세계 인구의 12퍼센트에 해당하는 수치였다. 그런 인구가 단 3일 만에 부상 혹은 사망했다는 것은 결코 쉽게 볼 일이 아니었다. 광범위하게 사용되고 있던 우주 금속이 일순간에 고철로 변하자 전 세계에서 그야말로 대참사가 일어난 것이다.

“우주 금속에…… 너무 의존해서 그런 거야…….”

유정운은 그렇게 자체 평가를 내렸다. 그 평가에 채영은도 동의했다.

“맞아요. 지금 방송에서도 너무 컴퓨터에 의존했다, 우주 금속에 의존했다, 수동적인 제어 장치를 개발했어야 했다라고 말하니까요. 방송국에서 아날로그 방송을 완전히 중단했더라면 이런 방송도 못 나갈 뻔했다니까요. 아, 그리고 보니 지금 옛날 아날로그 수신 TV가 비싼 가격에 팔리고 있어요. 완전 골동품 취급 받는 물건이었는데…… 그리고 보면 세상 참 우스워요.”

그렇게 말을 하며 채영은은 쓴웃음을 지었다. 우주 금속에 의한 최첨단 기술의 기반이 무너진 지금, 예전 2000년대 시절에나 쓰였던 구식 TV, 전화기 등등이 불타나게 팔리고 있었다. 그리고 디지털 방송으로 완전히 전환했던 방송국은 아날로그 방송 기기를 다시 사들이느라 현재 방송 중단 사태였고, 돈이 없거나 옛날 방식을 고수했던 지방의 방송국은 엄청난 시청률을 자랑하며 잘 나가고 있었다. 단 한순간에 입장이 바뀐 것이다.

"아! 그러면 소은 선배는?!"

모든 기계가 대부분 불능이라는 말에 유정운이 혼수상태의 채소은을 떠올렸다. 자신이 기억하기로는 채소은은 인공호흡기를 사용하지 않고 있었지만 꽤 오랫동안 찾아간 적이 없기 때문에 그 이후로는 어떻게 되었는지 모르는 상태였던 것이다. 그런 유정운의 걱정하는 모습을 보며 채영은이 안심하라는 듯이 입을 열었다.

"언니는 원래부터 인공호흡기를 안 썼으니까 상관없어요. 눈만 뜨면 되는데…… 벌써 1년하고 7개월이 지났네요."

"…그렇구나."

자신이 언제부터 채소은을 찾아가지 않는지 기억하기도 힘들 정도라 유정운은 아무런 말도 하지 못했다. 그렇게 유정운이 입을 다물자 채영은은 유명운에게 연락한다며 병실 밖으로 나갔다. 병원에 우주 금속을 사용하지 않은 구식 전화기가 있어서 연락이 가능했다.

…….

채영은이 연락을 취한 지 대략 20여 분 후에 유명운이 찾아왔다. 집에 있다가 잠깐 들른 것이었던 채영은은 유명운이 오자 교대하듯이 집으로 돌아갔다. 현재에도 일어나고 있는 '세계 대란'으로 인해 모든 학교가 휴교 중이었다. 기계 고장으로 밥 먹기도 힘든 상태에서 공부하는 건 어불성설이었기 때문이다. 채영은 역시 지금은 버너로 불을 만들고 냄비와 프라이팬을 통해 음식을 만들어 먹고 있었다. 재료만 넣은 상태에서 버튼 하나면 모든 요리를 먹을 수 있는 2070년대 사람들이 2000년대에나 했던 원시적인 방법으로 음식을 해 먹어야만 하는 것이다.

"몸은 괜찮냐?"

"어. 괜찮아."

유명운은 유정운에게 짤막하게 몸 상태를 물었고, 유정운도 짤막하게 대답했다. 일단 그렇게 서로 인사를 나눈 유씨 형제는 본격적인 대화에 들어갔다.

"형, 소진이 누나는?"

"…코르사코프 증후군(Korsakov' s Syndrome)이다."

"……?"

"방금 전의 일을 기억하지 못하는 기억 장애 증상이야. 현재 심리학계에서는 인간의 기억을 장기 기억(Long Term Memory)와 작업 기억(Working Memory)로 분류하고 있어. 장기 기억은 말 그대로 학습되어서 오랫동안 가지고 있는 기억이고, 작업 기억은 짧은 순간에 무엇인가를 학습할 때 임시 저장고 같은 역할을 해. 코르사코프 증후군은 작업 기억에 이상이 있는 거야. 그 증상이 어떤지는 네가 직접 보면 알게 돼."

유명운의 표정은 매우 딱딱했다. 그의 얼굴에서는 기쁨도 슬픔도 분노도 찾아볼 수 없었다. 마치 감정이 없는 것처럼 보였다.

"이상 없으니까 퇴원 수속하고 소진이 있는 병원으로 가자."

"소진이 누나 여기 없어?"

"여긴 뇌 전문 병원이 아니니까."

유명운의 말대로 유정운은 그를 따라 퇴원 수속을 밟았다. 병원에서는 혹시나 모를 일에 대비해 안정을 취하는 게 좋다고 하루 정도 더 입원할 것을 권했지만 유명운이 딱 잘라 거절했다. 그렇게 퇴원을 한 유정운은 유명운을 따라 남궁소진이 입원해 있는 병원으로 향했다.

끼이—

한눈에 보기에도 우주 금속을 사용하지 않을 것 같은 옛날 택시를 타고 유정운은 유명운과 함께 한 병원에 도착했다. 두 사람은 병원에 도착하자마자 곧장 남궁소진의 병실로 향했다. 남궁소진은 혼자서 병실을 쓰고 있었다.

똑똑—

노크를 하고 유명운이 먼저, 유정운이 뒤를 이어 안으로 들어갔다. 병실 안에는 남궁소진이 여전히 변함없는 모습으로 병원 침대 위에 앉아 있었다.

"명운 씨! 정운아! 왜 인제 왔어? 얼마나 기다렸는데!"

유명운과 유정운이 안으로 들어오자 남궁소진이 활짝 웃으며 두 사람을 반겼다. 그 모습에 유정운이 안심하며 그녀에게 인사를 건넸지만 유명운의 표정은 여전히 딱딱했다. 그리고 매우 건조한 어조로 입을 열었다.

"1시간 전까지 같이 있었잖아. 기억 못해?"

"무슨 소리예요. 오늘 처음 왔으면서. 공부 좀 하다가 쓰러졌는데 그동안 한 번도 안 오고 너무하잖아요."

남궁소진은 매우 불만 어린 표정으로 얘기했다. 누가 보면 유명운이 정말 매정하다고 느껴질 정도로 남궁소진의 표정은 진지했다. 그러나 코르사코프 증후군에 대해 잘 모르는 유정운조차 남궁소진이 거짓말을 하고 있다는 것을 알아챘다.

"밥은 왜 안 먹어?"

이번엔 유명운이 남궁소진의 앞에 놓인 식판을 가리키며 물었다. 식판에는 병원에서 제공하는 음식이 있었는데 전혀 입에 댄 흔적도 없이 그대로 있었다. 그것을 보고 남궁소진이 웃으며 말했다.

"이거 옆방 환자한테 갖다 주는 건데 저한테 잘못 온 거예요. 난 이미 먹었는걸요."

"……."

유명운과 유정운 모두 아무 대꾸도 하지 않았다. 특실을 쓰고 있는 남궁소진에게 간호사가 잘못된 음식을 가져다줄 일은 없었고 더욱이 옆방은 지금 비어 있었다.

"나 잠깐 정운이하고 나가볼게. 의사 선생님하고 할 말이 있으니까."

유명운은 남궁소진에게 그렇게 말하고 유정운을 데리고 병실 밖으로 나왔다. 그리고 유정운을 향해 입을 열었다.

"너도 봤겠지만 소진이는 방금 전의 일을 기억 못해. 그렇게 없어진 기억을 보충하기 위해서 자꾸 거짓말을 하지. 그걸 작화증(Confabulation)이라고 하더군. 문제는 당사자가 자신이 거짓말하고 있다는 걸 인식하지 못한다는 거야."

"그럼 그 거짓말도 계속 바뀌는 거야?"

"그래. 만날 때마다 말이 바뀌지. 지금 들어가면 아마 또 다른 거짓말을 할 거다."

"……."

유정운의 표정도 유명운과 마찬가지로 딱딱하게 굳어졌다. 며칠 동안 남궁소진을 간호하느라 유명운이 얼마나 마음 고생을 심하게 했을지 보지 않아도 훤했다. 사랑하는 사람이 말도 안 되는 거짓말을 하는 걸 옆에서 지켜봐야 하기 때문이다.

"너도 깨어났으니까 난 이제 심리학 공부에 전념할 거다."

"……?"

느닷없는 유명운의 선언에 유정운이 고개를 갸웃했다. 이미 대학을 졸업해서 물리학 교수를 하고 있는 유명운이 돌연 심리학 공부를 하겠다고 하니 의아해졌던 것이다. 그런 유정운을 보며 유명운은 자신의 결심을 들려주었다.

"소진이의 병은 뇌에 문제가 있는 거야. 그래서 뇌에 대해 공부를 할 거다. 알고 지내는 박사들과 의견을 주고받으면서 내가 모르는 심리학하고 뇌 분야를 깊이 파고들 거야. 그래야만 소진이의 병을 치료할 수 있으니까."

"……."

"아마 집에는 못 들어갈 거다. 얼마나 걸릴지 알 수 없으니까. 어쨌든 집 관리는 네가 해야 돼."

"…알았어."

유명운의 결심을 들은 유정운은 그저 고개만 끄덕였다. 그로서는 유명운의 결심을 반대할 만한 구실이 없었다. 설령 있다고 하더라도 반대하고 싶지 않았다. 오히려 유명운이 남궁소진의 병을 해결하기를 바랐다. 자신을 친동생처럼 보살펴 주는 남궁소진과 마찬가지로 유정운 역시 남궁소진을 친누나처럼 생각하고 있었으므로.

＊　　　＊　　　＊

2075년 11월 19일 화요일.

학교가 휴교 중이고 다른 할 일도 없기 때문에 유정운은 오랜만에 채소은을 병문안하기로 했다. 그렇지만 혼자 가는 것은 왠지 용기가 나지 않아서 채영은을 대동했다.

"왜 갑자기 언니 병문안을 하려고 생각한 거예요?"

하도 오랜만에 유정운이 채소은을 찾아가는 것이기 때문에 채영은이 그 이유에 대해서 물었다. 유정운은 채영은과 함께 병원 복도를 지나가며 질문에 대한 답을 했다.

"형은 자기 때문에 소진이 누나가 그렇게 됐다고 생각하고 있어. 그리고 그 책임을 스스로 지려고 하고. 그런데 나는 그렇게 하지 못했어. 그냥 도망치기만 했지."

유정운은 자기 스스로 자신을 비난했다.

"소은 선배가 날 감싸려다 그런 일을 당했는데도 나는 아무것도 못했어. 그리고 내가 할 수 있는 건 아무것도 없다고 단정 지으면서 소은 선배를 잊으려고 했지. 소은 선배를 잊지 않으면 내가 상처받으니까, 내가 상처받는 건 싫으니까 소은 선배를 만나지 않으려고 했어. 만나지 않으면 기억에서 잊혀질 테니까. 잊혀지면 마음이 아프지 않으니까."

"……."

"지금까지 도망쳐 왔지만 이제는 마음을 바꿔먹을 거야. 내가 소은 선배를 그렇게 만든 책임을 져야지. 물론 내가 할 수 있는 일은 병문안밖에 없지만…… 그것이 소은 선배에게 조금이라도 희망이 된다면…… 끝까지 할 거야. 일말의 희망이라도 보인다면 포기하지 않겠어."

유정운의 결심은 확고했다. 유명운처럼 뭔가 가능성있는 방법은 아니지만 그래도 그것이 유정운에게 있어서 최선책이었다.

"어쩌면 내 마음이 정리가 돼서 병문안을 결심한 것인지도 몰라. 소은 선배를 만나도 괜찮을 거란 생각이 들었으니까."

"……."

"내가 바라는 건 소은 선배가 눈을 뜨는 거야. 날 위해서가 아니라 널 위해서. 소은 선배는 영은이의 하나밖에 없는 언니니까."

"…네."

유정운은 채영은의 어깨를 다독여 주었다. 그런 유정운의 모습이 채영은에게 든든하게 보였다. 가족 대부분이 채소은을 포기하려고 하는 이유도 있었지만 유정운의 말은 채영은에게 무한한 신뢰를 주고 있었기 때문이다.

…….

마침내 채소은의 병실에 도착한 유정운과 채영은은 잠시 방문 앞에서 멈춰 섰다. 아무리 마음이 정리되었다고는 하지만 막상 만나면 어떻게 될지 모르기 때문에 유정운은 마음을 차분히 가라앉혔다.

'후우…… 좋아!'

스륵—

심호흡을 한 번 하고 마음을 가다듬은 유정운은 힘차게 문을 열었다. 그리고 망설임없이 병실 안으로 들어갔다. 그 어떤 광경을 보더라도 채소은이 숨을 거두는 것만 아니라면 절대 놀라지 않을 자신이 있었다. 그러나 그러한 유정운의 자신감은 한순간에 무너졌다.

"……!"

병원 침대 위에 얌전히 누워 있어야 할 채소은이, 허리를 꼿꼿이 세우고 앉은 채로 병실 안에 들어온 유정운을 쳐다보고 있었다. 1년 7개월 동안 자르지 않아서 엉덩이까지 내려오고도 남는 은색의 머리카락을 살짝 흔들며 채소은은 유정운에게 시선을 두었다. 그녀의 눈동자는 너무나 맑고 투명했다. 유정운이 처음 채소은을 만났을 때처럼, 그녀에게서는 생기가 느껴졌다.

"정운이………?"

맑은 눈으로 유정운을 쳐다보던 채소은이 입을 열었다. 그 목소리 역시 유정운이 들어왔던 대로 맑고 청량했다. 어째서 채소은이 앉아 있는 것인지 이해하지 못한 유정운은 그녀의 목소리를 듣고도 아무런 행동도 취하지 못했다. 심지어 자신이 보고 있는 것도 믿지 못했다. 우주 금속과의 전투 때문에 시신경과 청신경 쪽에 문제가 생겼나 하고 자문할 정도였다.

"언니!!"

그때 유정운의 몽상을 깨는 한마디의 외침이 발생했다. 유정운보다 뒤늦게 들어온 채영은이 채소은의 모습을 발견한 것이다. 그녀는 병실 문 앞에서 굳어버린 유정운보다 훨씬 빠르게 사실을 인식했다.

"언니! 언니!"

채영은은 그대로 채소은의 품에 뛰어들었고, 채소은은 의아해하면서도 부드러운 표정으로 채영은을 안았다. 채소은의 품에서 울음을 터뜨리는 채영은을 보고서야 유정운도 현실을 받아들이게 되었다.

"소은 선배…… 진짜 깨어난 거예요?"

유정운은 채소은에게 다가가 최대한 감정을 절제하며 물었다. 자신의 질문에 채소은이 대답을 하면 그때 가서 믿어보자고 생각했기 때문이다. 그런 유정운의 표정이 상당히 굳어 있어서 채소은은 조금 떨떠름한 표정을 지었다.

"뭐야? 무슨 도깨비라도 본 듯이 말하네? 영은이는 날 보자마자 울고…… 도대체 내가 얼마나 여기 있었기에 그래?"

일단 채영은이 품으로 날아오기에 얼떨결에 받아주었지만 채영은이 왜 우는지에 대해서 채소은은 짐작 가는 바가 없었다. 깨어났을 때 아무런 외상도 없었고, 몸 상태도 양호했기 때문에 자신이 혼수상태에 있었다는 것도 전혀 생각하지 못했다. 그렇게 의문을 표시하는 채소은을 보며 채영은이 울먹이는 목소리로 말했다.

"언니는 1년 7개월 동안 혼수상태였단 말이야…… 흑흑…… 다시는 못 깨어날까 봐 얼마나 걱정한 줄 알아………?"

"1년 7개월………?"

자신이 1년 7개월이나 잠들어 있었다는 말을 듣자 채소은은 멍한 표정을 지었다. 유정운을 살리기 위해 총구 쪽으로 뛰어든 것까지는 생각이 나지만 그 이후로는 전혀 기억이 없었다. 그래서인지 그 이후로 1년 7개월이나 지났다는 사실이 쉽게 받아들여지지 않았다.

"내가 그렇게나 오래……."

"미안해요, 선배."

유정운은 예전 일을 떠올리는 채소은을 바라보다 침대 위에 팔을 올려놓고 고개를 깊이 숙였다. 그것은 사죄의 자세였다.

"내가 그때 마법을 제대로만 썼다면 소은 선배가 이렇게 되지는 않았을 거예요. 이제 와서 이런 얘기 하면 안 되지만, 정말 죄송해요. 그리고…… 다시 깨어나서 정말 다행이에요……."

고개를 숙인 유정운의 눈에서 눈물방울이 점점이 떨어졌다. 채소은이 혼수상태가 되었을 때 흘렸던 눈물과는 의미가 다른 눈물이었다. 그러나 유정운이 눈물 흘리는 모습을 한 번도 본 적이 없는 채소은으로서는 경악할 만한 사건이었다.

"왜, 왜 그런 것 가지고 울고 그래?"

"미안해요……."

뭐가 미안한 것인지는 모르지만 유정운은 무조건 채소은에게 잘못을 빌었다. 그런 유정운을 보며 채소은이 부드러운 미소를 지었다.

"자책하지 마. 만약 정운이 네가 나처럼 됐다면…… 나도 슬플 테니까. 이유야 어쨌든 예전처럼 지내게 됐으니까 좋잖아."

중간 부분에서 목소리가 작아졌지만 후반부에서는 다시 활기찬 목소리로 변했다. 그렇게 채소은과 채영은, 유정운은 서로의 건강한 모습에 기뻐했다.

*   *   *

2075년 11월 20일 수요일.

유정운은 경찰 쪽의 부름을 받고 경찰서로 향했다. 그곳에서 여러 가지 질문을 받았는데 대부분 무엇 때문에 새벽 5시에 아하 극장으로 갔으며 거기에서 무엇을 했는지에 관한 것이었다. 그들의 질문에 유정운은 그저 이상한 괴물과 싸웠다고 했을 뿐 우주 금속 본체에 관한 언급을 피했다. 말해 줘도 믿지 않을뿐더러 유정운 스스로도 우주 금속의 정체를 정확히 파악하지 못했기 때문이다. 당시에 우주 금속을 제거하는 데에만 관심을 가졌지 녀석이 어떤 식으로 왔고, 어떤 식으로 증식하고, 어떤 식으로 살아가는지 알 생각이 없었던 것이다.

저벅저벅―

경찰서에서의 진술을 모두 끝내고 유정운은 집으로 터덜터덜 걸어 갔다. 세계 대란이 일어난 지 4일이 흘렀으나 아직 복구가 안 된 상태 였다. 그나마 유명운이 미리 만들어놓았던 신금속 덕분에 아주 큰 피해는 막을 수 있었다. 물론 신금속을 개발하고 유통시킨 아카모리 회사는 세계 제일의 기업으로 급부상을 했다는 후문이다.

'결국 제로섬(Zero Sum)인가……'

유정운은 우주 금속과의 사건으로 인한 득실을 0으로 보았다.

'인간은 다양한 활용이 가능한 우주 금속을 이용해 단기간에 굉장한 기술적 진보를 이루었다. 그러나 그 우주 금속이 사라지자 그동안 이룩했던 과학 기술의 기반이 무너지고 증가한 인구수만큼의 인명 피해

가 발생했다.'

2044년에 지구로 떨어진 우주 금속은 인간 문명을 눈부시게 발전시켰고, 우주 금속이 사라진 지금은 그 시절의 기술 수준으로 떨어졌다. 당시 인구 50억에서 현재 80억이었으나 지금은 또다시 50억 정도로 줄어들었다. 따지고 보면 0.

'형은 불행해졌고 나는 행복해졌다.'

남궁소진의 코르사코프 증후군에 의해 유명운은 남궁소진과의 행복한 생활을 잃었다. 반면 유정운은 채소은이 혼수상태에서 깨어남에 따라 그녀를 그렇게 만들었다는 죄책감에서 벗어나면서 행복해졌다. 역시 0.

'난 마나전자 강제 터널링과 가상 밴드 형성이라는 새로운 마법 능력을 개척했다. 그리고 지금은 기본적인 마법 사용조차 힘들어졌다.'

유명운을 제외한 누구도 생각조차 하지 못하고 실제로 완성한 사람이 없는 마나전자 강제 터널링과 가상 밴드 형성. 그 두 가지를 절정까지 이룬 유정운이었으나 우주 금속과의 전투 이후 유정운의 마법 실력은 예전으로 돌아가고 말았다. 마찬가지로 0.

'후우……'

비록 무엇이 시작이고 무엇이 끝인지 불분명하지만 결과적으로 0이라고 볼 수 있었다. 그렇기 때문에 유정운은 무엇을 기뻐하고 무엇을 슬퍼할지 갈피를 잡지 못했다. 그저 이 상황을 담담히 받아들여야 했다.

*　　　　*　　　　*

2076년 1월 1일.

연말에 세계 대란이 일어나 모든 이들이 절망과 한탄을 토해냈던 2075년이 지나고 새로운 해가 시작되었다. 그런 새로운 해의 시작을 맞이하기 위해 많은 사람들이 동해안을 찾았다. 해가 아직 뜨지 않았기 때문에 해안가는 아직 어둑어둑했다.

"……."

신년 해돋이를 보러 온 사람들 사이에 유정운이 끼어 있었다. 본래 유정운은 새해가 시작되든 말든 언제나 같은 일상을 보내왔기 때문에 이런 일에는 하등의 관심도 없었다. 그 인물이 신년 해돋이 보러 오자고 말을 하지 않았다면 절대 오지 않았을 것이다.

"후우……."

조금씩 밝아져 오는 수평선을 바라보며 유정운이 한숨을 내쉬었다. 11월과 12월 두 달 동안 모든 학교가 휴교했으나 1월 중순부터 다시 수업이 재개되고 방학 없이 2월도 수업을 하기로 결정되었기 때문이다. 한마디로 11월과 12월의 휴교가 방학으로 대체된 것이었다. 문제는 누구도 그 두 달 동안 놀지 못하고 피해 복구하느라 바빴다는 것이지만.

"후우우……."

유정운은 계속해서 한숨을 쉬었다. 사실 학교 수업을 하든 말든 공부에 관심이 없었기 때문에 그런 것에 신경 쓰지는 않았다. 그러나 아직 3학년 반 결정이 된 것도 아닌데 내년, 아니, 올해 편성된 반 결과가 자신에게 통보되었다는 것에 절망했다. 그가 통보받은 반은 3학년 1반이었다. 물론 단순히 3학년 1반이 되었다는 게 문제는 아니었다. 그 인물과 같은 반이 되었다는 것이 문제였다.

"나 한국에서 해돋이 보는 건 처음이야!"

한숨만 짓고 있는 유정운 곁에서 귀여운 덧니를 살짝 드러내며 붉은 장발의 미소녀가 미소를 지었다. 소녀는 작년―그래 봤자 어제―에 한국에 입국해서 유정운네 집에 얹혀살기로 한 아카모리 나나미였다.

"해돋이 같은 건 일본에서 봐도 되잖아. 아니, 그보다 왜 여기서 학교 다니려고 생각하는 거야? 집에서 반대 안 해? 그리고 왜 우리 집에서 지내려고 하는 거야? 다른 좋은 데도 많잖아? 게다가 왜 또 나하고 같은 반인 거야?"

유정운은 속사포처럼 나나미에게 질문을 쏘아댔다. 그의 말대로 나나미는 고등학교 3학년 수업을 한국의 천인 고등학교에서 받기로 한 상태였다. 그리고 유명운이 쓰던 방을 빌려 생활하기로 했고, 유정운과 같은 3학년 1반으로 배정받았다. 그것에는 분명히 어떤 커다란 목적이 있었다. 그러나 나나미는 유정운에게 그 목적을 알려주려 하지 않았다.

"남자가 무슨 궁금한 게 그렇게 많아? 그냥 그러려니 해."

"…지금 남녀 차별?"

"응? 뭐?"

"…아니야, 됐다."

어차피 나나미가 제대로 대답하지 않을 것을 예측한 유정운은 더 이상의 질문을 하지 않았다. 사실 일주일 전에 유명운에게서 나나미가 올 거란 말을 듣고 크게 놀랐었다. 그리고 '너 혼자 있으면 엉망 되니까 가정부 붙여준다' 라면서 그 가정부가 나나미라고 했다. 물론 나나미가 가정부 일을 하려고 온 것은 아니지만 어쨌거나 유정운은 나나미와 동거 생활을 하게 되었다. 작년 여름에도 나나미와 같이 살았었지만 그때는 한 달 동안뿐이었고 이번에는 1년 동안을 같이 살게 되는 것이다.

"아무튼 앞으로 잘 부탁해~"

나나미는 생긋생긋한 표정을 지으며 유정운의 어깨를 톡톡 두드렸다. 그녀가 천인 고등학교에서 고3 생활을 보내는 건 자신의 의지도 있었지만 부모의 의지도 있었다. 아카모리 회사가 유명운의 신금속으로 인해 제2의 황금기를 맞이했고, 라이벌이자 동료인 후지이 그룹은 큰 사고 때문에 많이 몰락하고 말았다. 아카모리 회사 입장에서는 무너져가는 후지이 그룹보다 유명운과의 관계를 공고히 하는 게 훨씬 큰 이득이었다. 그래서 유명운과 혈연관계를 맺기 위해 나나미를 파견했다. 이미 배우자를 결정해 버린 유명운보다는 그의 동생인 유정운을 노리자는 속셈이었다. 그러한 부모의 결정에 나나미는 못 이기는 척하면서도 마찰없이 받아들였다. 그래서 일부러 유정운네 집에서 얹혀살기로 결정했고, 부모의 힘을 빌려 유정운과 같은 반인 3학년 1반으로 배정받았다. 모두 유정운을 손아귀에 넣으려는 사전 작업인 것이다.

"나나미 너무 몰아세우지 마. 속으로는 좋아라 하고 있으면서."

이번엔 박호준이 유정운에게 일침을 가하며 말문을 열었다. 세계 대란으로 인해 게임 리그도 모두 중단된 상황이라 박호준은 현재 백수였다. 하지만 올해부터 다시 게임 리그가 재개되기 때문에 열심히 준비를 하고 있었다. 천인 고등학교에서도 그런 박호준을 밀어주기로 약속

했고, 이미 3학년 1반으로 결정된 유정운을 따라 박호준도 3학년 1반으로 결정되었다. 그 결정에는 한 사람의 인물이 크게 관여했다고 알려져 있었다.

"제일 좋아하는 사람은 너잖아."

박호준이 자신을 공격해 오자 유정운도 반격에 나섰다. 그 반격은 의외로 박호준에게 제대로 먹혀들었다.

"하하, 하긴 그렇지."

박호준은 자신의 패배를 인정하며 멋쩍게 웃었다. 박호준이 좋아하는 이유는 유정운이나 나나미와 같은 반이 되었기 때문이 아니었다. 그의 마음속에 가장 크게 자리잡은 사람과 같은 장소에서 1년을 보낼 수 있기 때문이었다.

"무슨 얘기를 그렇게 하니? 선생님은 알면 안 돼?"

박호준의 마음속에 크게 자리잡은 사람, 전애리 선생이 모습을 드러내었다. 그녀는 이번에 3학년 1반의 담임을 맡게 되었다. 전국 메이지 배틀 대회 우승 덕분에 봉급 인상이 이루어지고 학교 내에서 큰손이 되었지만 경력이 길지 않기 때문에 3학년 담임을 할 수는 없었다. 그러나 어떤 한 인물의 강력한 요청에 의해 3학년 1반의 담임을 맡게 되었던 것이다.

"그러고 보면 재작년으로 돌아간 것 같아. 내가 재작년에 가르쳤던 그 아이들 그대로 되었으니까."

전애리 선생은 과거를 떠올리며 감회에 젖었다. 여러 가지 사건이 있긴 했지만 그 사건이 없었다면 자신이 학교 내에서 강력한 힘을 발휘하지 못했을 것이다. 그래서 그 사건들이 괴로우면서도 고맙기도 한,

미묘한 감정에 빠져들었다.

"정말 그러네요. 저희도 있으니까요."

전애리 선생의 말에 맞장구를 치며 두 명의 소년 소녀가 입을 열었다. 그들은 학교 내에서 소문이 자자한 커플인 서동민과 김연영이었다. 오늘로 644일을 맞은 두 사람은 1000일 달성을 위해 앞으로도 노력하자는 뜻에서 이곳을 찾았다. 물론 둘만 따로 올 생각이었으나 한 인물의 초대로 유정운 일행과 같이 따라오게 됐고, 그 인물의 요청으로 인해 일찌감치 3학년 1반으로 결정된 상태였다.

"나도 있다고 나도!"

서동민과 김연영 커플의 오라에 밀려 한쪽 구석에 찌그러져 있던 이상규가 불쑥 얼굴을 내밀었다. 이상규 같은 경우에는 이번 신년 해돋이 여행에 그 누구에게도 초대받지 않았으나 어떻게 알았는지 자기가 들러붙어 왔다. 그리고 마치 자신이 3학년 1반이라도 된 것처럼 말을 했다.

"우리 말고는 반 결정 안 됐을 텐데 어떻게 아냐?"

박호준이 이상규의 침입을 막기 위해 방어막을 펼쳤다. 만약 3학년 때도 이상규와 같은 반이 된다면 유정운과 박호준은 3년 내내 이상규와 한 책상 위에서 공부해야 하기 때문이었다. 그런 박호준을 보며 이상규가 의미심장하게 웃었다.

"후후, 설마 너희 내 성적을 모르는 건 아니겠지?"

"……!"

그 한마디에 유정운과 박호준은 모든 상황 파악을 할 수 있었다. 현재 3학년 1반에 배정된 사람들은 유정운과 박호준, 서동민&김연영, 나나미와 이 모든 일의 주동자인 한 인물이었다. 유정운과 박호준을 빼고는 대체적으로 우등생인데다가, 특히 한 인물이 원래 학년 톱을 달렸었기 때문에 반의 평균을 맞추기 위해서는 성적이 나쁜 사람이 들어와야 한다. 따라서 모두가 인정하는 전교 꼴등 이상규가 3학년 1반으로 배정될 확률이 에베레스트 산만큼이나 높은 것이다.

'이런 GG스러운……!'

'OTL…….'

어디서 들은 것인지 박호준과 유정운은 2000년도 개그를 떠올리며 절망스런 표정을 지었다. 친한 사람들과 같은 반이 됐다는 기쁨이 이상규의 등장으로 전부 상쇄되어 버렸다. 이것은 그야말로 제로섬인 것이었다.

"부럽네요. 이 중에서 저만 혼자인 것 같아요."

에메랄드 빛의 단발머리를 반짝이며 채영은이 쓴웃음을 지었다. 유정운 일행보다 한 살 어린 그녀였기에 유정운과 같은 반이 된다는 건 꿈도 꿀 수 없었기 때문이다.

"무슨 소리야? 부 활동 시간에 매일 만날 수 있는데."

나나미가 채영은의 손을 잡으며 그녀의 말을 부정했다. 여태까지 마법 연구부는 3학년보다는 2학년 주축으로 운영되었고, 3학년들은 등록만 되어 있을 뿐 부 활동 참가를 거의 하지 않았다. 그러나 나나미는 3학년이 되어서도 열심히 마법 연구부에 드나들 생각이었던 것이다.

"그런데…… 난 그렇게 자주는 못 나갈 거야."

"……?!"

나나미와 채영은이 의기투합하고 있을 때 유정운이 두 사람에게 찬

물을 끼얹는 말을 했다. 마법 연구부에서 주축이라 할 수 있는 유정운이 잦은 결석 예정을 발표해 버렸으니 나나미 입장에서는 기분이 좋을 리 없었다.

"왜? 뭣 땜에?"

"아니, 올해에는 프로 게이머에 다시 도전해 볼까 해서."

"프로 게이머?"

예상외의 말이었기 때문에 나나미를 비롯한 일행 전부가 놀랐다. 74년도 하늘의 분노 3차 리그 준우승 이후로 게임이라고는 전혀 하지 않았던 유정운이 갑작스런 복귀 선언을 한 것이다. 아직 유정운은 준프로 게이머의 신분이기 때문에 안정적인 스폰을 얻기 위해서는 프로 게이머 자격을 얻어야만 했다.

"진짜 복귀할 거야?"

유정운의 복귀 선언에 가장 먼저 반응을 보인 이는 박호준이었다. 학교와 게임을 병행하느라 둘 다 기대 이상의 성적을 내지 못하고 있는 박호준으로서는 유정운의 복귀가 반가울 수밖에 없었다. 아무리 1년 이상을 쉬었다고는 해도 기본 실력을 갖춘 유정운이기에 빠른 적응이 가능할 것이라 예상했다. 유정운이 부활하면 자신도 성적 향상이 될 것이라는 근거없는 기대가 생겼던 것이다.

"지금 마법 감각을 잃어서 마법에 매달리기는 힘들 것 같고…… 솔직히 마법은 할 때까지 다 한 느낌이라 목표가 없다고 할까? 아무튼 그런 상태고…… 게임은 아직 우승이라는 큰 목표가 존재하니까 당분간 매달리기에 좋을 것 같아서 그래. 마법만큼이나 게임에도 노력을 했으니까 그 노력을 헛되이 하기는 싫거든."

유정운의 결심은 확고했다. 다른 사람이 뭐라고 하든 이미 프로 게이머로서의 복귀를 결정해 놓은 상태였다. 그래서 일행 중 누구도 유정운의 프로 게이머 복귀를 반대하지 못했다. 단지 유정운이 마법 감각을 잃었다는 사실에 채영은과 나나미가 놀람을 표시했을 뿐이었다.

"마법 감각을 잃었다니? 무슨 소리야?"

"저도 그 말을 이해할 수 없어요."

나나미와 채영은의 반문에 유정운은 잠시 말문을 닫았다. 어떻게 설명할지 감을 못 잡았기 때문이었다. 그래서 자세한 얘기는 생략한 채 두루뭉술하게 설명했다.

"그냥 슬럼프 같은 거야. 아무 이유 없이 잘 안 될 때가 있잖아."

"……."

나나미와 채영은은 유정운의 말을 완전히 믿지는 않았지만 그 외의 질문은 하지 않기로 했다. 짐작으로는 이전에 싸웠던 이상한 괴물과 연관이 있으리라 생각했지만 유정운이 말하기를 싫어하는 것 같아 관두었던 것이다.

"어머, 마치 자기가 마법에 달통했던 것같이 말하네?"

그때 신년 해돋이 보기를 제안한 인물이 그 모습을 드러내었다. 아는 사람이 아무도 없는 상태에서 복학을 하면 적응하지 못할 거라고 학교에다 진정서를 낸 인물. 그것을 통해 자신이 아는 사람들을 전부 3학년 1반으로 강제 배정시킨 인물. 그 인물은 1년 7개월 동안의 침묵을 깨고 새로운 삶을 시작하는 채소은이었다.

"밴드 수만 많으면 뭐 해? 마법 실력은 2년 전하고 똑같은걸."

그렇게 말하며 채소은은 유정운의 볼을 살짝 잡아당겼다. 확실히 마법 감각을 잃어버린 유정운은 마법 실력이 초기화된 상태라 채소은의 말에 반박할 수 없었다. 하지만 나나미는 유정운을 옹호했다.

"소은 언니는 정운이 실력을 몰라서 그래. 재작년 우리 학교에서 했던 메이지 배틀 때 내가 정말 아무것도 못해보고 졌을 정도인걸."

채영은과 유정운을 통해서 채소은의 얘기를 들었던 나나미는 다른 일행과는 다르게 채소은에게 말을 놓았다. 사실 채소은이 3학년 1반으로 자진 배정되면서 그녀는 유정운 등에게 말을 놓으라는 주문을 한 상태였다. 그러나 1년 선배도 아니고 2년 선배인 채소은에게 쉽사리 말을 놓는 사람은 없었다. 채소은을 이번에 처음 만난 나나미만이 그녀를 편하게 대하고 있었던 것이다.

"정운이가 아카모리 학교와의 메이지 배틀에서 이겼다는 것도, 전국 메이지 배틀 대회에서 우승했다는 것도 들었어. 하지만 그건 전부 과거일 뿐이지 지금은 그때의 실력을 가지고 있지 않아. 마법 선배인 내 입장에서 정운이가 마법 목표 운운하는 걸 인정할 수 없다는 거야."

"웅……."

채소은의 말이 틀리지는 않았기 때문에 나나미는 더 이상 유정운을 변호하지 못했다. 실제로 유정운의 마법 실력이 어느 정도까지 떨어져 있는지 확인하지는 못했지만 채소은의 말로 미루어볼 때 지금의 자신보다 더 낮을지도 모른다는 생각도 들었다. 유정운을 라이벌로 생각했을 때라면 기뻐했을지도 몰랐으나 지금은 전혀 기쁘지 않았다.

"언니, 그런데 왜 학교를 다시 다니기로 한 거야? 언니 정도라면 검정고시 봐서 바로 대학 들어가는 것도 쉬울 텐데."

잠자코 있던 채영은이 화제를 유정운에서 채소은으로 돌렸다. 그녀의 말대로 채소은은 검정고시보다 복학을 선택했고, 1년도 아닌 2년 어린 동생들과 한 해를 보내게 되었다. 그것은 대학에 진학했을 때 삼수를 한 것과도 같은 효과였다.

"그냥 고3의 압박이란 걸 느끼고 싶었던 걸지도~"

채소은은 농담조로 말했다. 그것은 더 이상 말하고 싶지 않다는 뜻이기도 했다. 그래도 어느 정도 채소은의 진심을 짐작하고 있는 채영은으로서는 기분이 썩 좋지는 않았다. 그런 채영은과 마찬가지로 나나미 역시 기분이 언짢은 표정을 지었다.

"소은 언니, 언제까지 정운이 뺨 잡아당길 거예요? 아프잖아요."

"……."

그녀의 말대로 채소은은 유정운의 뺨을 잡은 채였다. 그래도 살짝 잡고 있는 정도라 유정운은 별로 개의치 않고 있었다. 사실 대선배인 채소은이 하는 행동을 막을 만한 사람은 아무도 없었다. 특히 유정운은 여러 가지 의미로 채소은에게 절대 복종인 상태였다.

"어머, 당사자도 아니면서 어떻게 알까?"

2년 후배인 나나미의 말을 도전으로 받아들인 채소은이 미묘한 표정을 지었다. 그러면서 유정운의 뺨을 애무하듯이 어루만졌다. 순간 나나미의 눈에 불똥이 튀었고, 채소은은 그 모습을 흥미롭게 바라보았다.

띠리링— 띠리링—

일촉즉발의 위기 상황에서 느닷없이 유정운의 핸드폰 벨소리가 울렸다. 우주 금속으로 만들어진 최첨단 핸드폰이 아닌, 800만 화소의 디지털 카메라 기능, 실시간 캠코더 및 동영상 전송 기능, 3D 게임 재생 및 기본 메모리 1000기가바이트 제공 정도밖에 지원이 되지 않는

구식 중에 구식 핸드폰이었다.

"안녕하세요. 배희 선배."

당연히 발신자 표시가 되기 때문에 유정운은 전화를 건 사람이 임배희라는 것을 알았다. 원래 임배희 역시 채소은의 초청을 받았지만 어려운 집안 사정과 등록금 때문에 아르바이트를 하느라 참가하지 못했다. 대신 핸드폰을 통해 신년 해돋이 장면을 유정운이 보여주기로 한 것이다.

"이제 곧 해돋이가 시작되겠네요."

유정운은 핸드폰을 수평선 쪽으로 향하며 모두에게 해돋이의 시작을 알렸다. 그의 말대로 점차 밝아져 오던 수평선 쪽에서 커다란 태양이 그 모습을 드러내고 있었다. 불그스름한 빛을 내며 위로 향하는 태양의 모습은 그야말로 장관이었다. 많은 사람들이 그 광경을 보며 저마다 새해의 소원을 빌었다. 유정운 일행 역시 자신들의 소원을 빌며 신년 해돋이를 맞았다.

……

태양이 수평선 위로 완전히 떠오르자 비로소 사람들이 하나둘 떠날 채비를 하기 시작했다. 유정운 일행 역시 집으로 돌아가기 위해 몸을 돌렸다. 그때 채소은이 유정운의 옆에 바짝 붙으며 입을 열었다.

"소원 뭐 빌었어? 라고 하면 말 안 해줄 거지?"

"……."

"그럼 나 소원이 하나 있는데…… 들어줄래?"

"……!"

채소은이 무슨 소원을 말할지 모르기 때문에 유정운은 바짝 긴장했다. 물론 채소은이 터무니없는 요구를 하지 않는다는 건 알고 있었다. 그래도 채소은의 생각을 예측한다는 건 불가능하기 때문에 긴장할 수밖에 없었다. 그런 유정운의 긴장된 모습을 보며 채소은이 작은 목소리로 속삭였다.

"한 번만 '소은아' 라고 불러봐."

"……!!"

전혀 예상하지 못했던 요구였기 때문에 유정운은 크게 놀란 표정을 지었다. 2년이나 선배인 채소은에게 '선배' 나 '누나' 라는 말을 전부 떼어버리고 이름으로만 부르라고 하니 유정운으로서는 그 요구를 수용할 것인가 말 것인가를 놓고 엄청나게 고민했다. 채소은이 단순히 농담으로 한 말인지 진담으로 한 말인지 구별이 되지 않았기 때문이다.

"들어보고 싶어. 정운이가 내 이름 부르는 거."

"……!"

채소은의 말이 농담이 아니라는 걸 알게 되자 유정운은 더욱 긴장했다. 앞으로 쭉 '소은아' 라고 부르라는 것도 아니고 이번 한 번만 부르는 것이기 때문에 요구대로 해줘도 되지 않을까라는 생각이 머리 속을 활보했다. 채소은 역시 기대에 찬 눈빛으로 유정운을 바라보고 있었기 때문에 거절하기는 힘들었다.

"소…… 소……."

일단 입을 열어봤지만 선뜻 말이 되질 않았다. 그런 유정운을 보며 채소은은 계속 재촉했고, 할 수 없이 눈 딱 감고 일을 저지르기로 했다.

"소은아……."

마침내 유정운은 그 말을 채소은의 앞에서 내뱉었다. 그런데 왠지

하고 나니 별거 아니라는 느낌이 들었다. 어차피 3학년 때 같은 반이기 때문에 다른 아이들의 시선을 고려해서 말을 놓아야 했다. 그때를 위한 예행 연습이라는 느낌이었던 것이다.

"고마워!"

"……!!"

느닷없이 채소은이 유정운의 볼에 키스를 했다. 부드러운 채소은의 입술이 볼에 닿자 유정운은 순간적으로 온몸이 굳어버렸다. 당황스럽기는 했으나 기분이 나쁘지 않았다. 오히려 하늘에 둥둥 떠 있는 듯한 느낌이었다.

"……!'

그때 유정운의 몸에 어마어마한 한기가 스쳐 지나갔다. 다른 사람들은 전부 몸을 돌려 걸어가고 있었지만 채영은과 나나미는 줄곧 유정운과 채소은에게 시선을 두고 있었다. 그러다 보니 못 볼 것을 보고 말았고 자연스럽게 그녀들의 주변에서 강력한 살기가 피어났던 것이다.

'이런……!'

옆에서 방글방글 웃고 있는 채소은과 좀 떨어진 위치에서 살기등등한 눈으로 자신을 쳐다보고 있는 채영은과 나나미의 모습을 보며 유정운은 속으로 한숨을 내쉬었다. 채소은이 깨어났을 때만 해도 자신은 행복한 사람이라고 생각했었는데, 왠지 그게 아닐지도 모른다는 생각이 들었던 것이다.

'난 행복한 걸까, 불행한 걸까?'

아무리 생각해도 알 수 없었다. 단지 하나만은 분명히 알 수 있었다.

이후로 자신이 하는 행동에 따라 행복해질 수도 불행해질 수도 있다는 사실을. 행운과 불운. 천운과 악운. 유정운을 기다리고 있는 것은 무엇일지, 그것은 하늘밖에 알 수 없을지도 모른다.

〈完〉

'천운초월자'를 거의 3년 만에 완결하게 되었습니다. 2권까지 집필했다가 군 입대를 하고 나서 근 3년을 쉬었네요. 군 복무하면서 '천운초월자' 3권을 쓰려고 했지만 여러 가지 사정상 포기했었습니다. 그리고 제대하더라도 다음 권을 쓰지 않겠다는 결심도 했고요. 저의 판타지 소설 집필 경력이 별로 긴 것도 아닌데 어느 사이엔가 매너리즘에 빠져 있다는 생각이 들었거든요. 또 제가 특별히 글 쓰는 걸 좋아하는 게 아니고 창작이라는 활동 자체를 좋아한다는 결론을 얻었습니다. 그래서 군 제대를 하고 글 이외의 다른 창작 표현의 툴을 습득하기 위해 이런저런 공부를 했죠.

그 와중에 '천운초월자'를 완결하는 게 어떻겠냐는 요청을 받았고, 결국 최대한 짧게 끝내는 쪽으로 가닥을 잡았습니다. 그래서 4권이라는 매우 짧은 분량으로 끝을 맺게 되었습니다. 이번 '천운초월자' 완결을 계기로 다시 초심으로 돌아가기로 했습니다. 왜 내가 글을 쓰기 시작했고, 어떤 내용을 좋아하는지에 대해 생각하면서 '내가 읽었을 때 재미있는 글'을 쓰고자 합니다. 그래야 글을 쓸 때 즐거울 테니까요.

'천운초월자'를 완결 지었으니 당분간은 창작 툴 습득에 주력할 것 같습니다. 98년도에 처음 컴퓨터를 사고 인터넷을 하면서 가장 쉽게 할 수 있었던 창작 활동이 글쓰기였죠. 몇 개의 단편 같은 걸 쓰면서 조회수가 20도 안 되는 것을 보면서도 완결을 지었던 때입니다. 누가 보든 말든 글 쓰는 걸 재미있게 생각했었던 것 같습니다. 그러다가 학교에서 배운 내용을 소설에 써먹어보자는 취지에서 '사이케델리아'를 쓰기 시작했고 그것이 의외의 인기를 얻으면서 마침내 출판까지 하게 되었죠. '사이케델리아'를 쓰면서 느낀 것도 많았습니다. 시간이 지나고 다시 '사이케델리아'를 보니 이런 생각이 들더군요. '나란 인간은 정말 글을 못 쓰는구나' 하고요.

 지금까지 글쓰기라는 창작 툴을 이용했고, 가장 익숙하기 때문에 당분간은 글을 통해 창작 활동을 할 것 같습니다. 하지만 제가 표현하고 싶은 창작 툴의 종류가 많아서 이 글을 쓰고 있는 지금도 그 툴을 배우려고 노력 중입니다. 아직 미숙한 단계이지만 언젠가는 다른 창작 툴을 가지고 여러분을 만났으면 합니다.

 3년 동안이나 소식없이 잠수했던 작가를 기다려 주신 분들에게 감사드립니다. 다음 작품은 좀 더 나아진 모습으로 찾아뵙겠습니다. 날림작가의 작가 후기를 읽느라 수고하셨습니다. 감사합니다.